LA PROMESSE D'UNE ÎLE

SOPHIE TAL MEN

LA PROMESSE D'UNE ÎLE

roman

ALBIN MICHEL

À mon père qui, malgré lui, m'a soufflé cette histoire.

PREMIÈRE PARTIE

« Si tu vois tout en gris, déplace l'éléphant. »

Proverbe indien

1

Alexis venait de repérer son sac à dos sur le tapis roulant. Ou plutôt une masse informe et brillante entourée de cellophane, revêtue d'autocollants de la douane – preuve qu'elle avait été contrôlée plusieurs fois. En la regardant avancer vers lui, au milieu des valises volumineuses, il l'avait trouvée absurde et avait hésité à lui tourner le dos. Ce sac était bien maigre comparé à la tonne de souvenirs emmagasinés ces huit dernières années. À quoi bon rapporter ces quelques habits râpés, s'il les jetait à peine arrivés ? À quoi bon rentrer tout court, s'il n'était pas attendu ? « Absurde », avait-il murmuré plusieurs fois en se dirigeant mécaniquement vers la station de RER. Dans son état de fatigue, il était incapable de réfléchir de toute façon. Il rentrait au bercail, sans but, sans projets, sans joie. Comme une poule regagne son poulailler à la tombée de la nuit. Indifférent aux effusions de joie autour de lui, aux embrassades, le jeune homme avait baissé la tête en longeant les couloirs de l'aéroport. En se félicitant de n'avoir prévenu personne de son retour. L'idée d'une haie d'honneur à Roissy lui aurait paru totalement inappropriée. Tellement futile et décalée par rapport à ce qu'il avait vécu. À vrai dire, il n'avait jamais aimé les retrouvailles. L'excitation que cela suscitait chez certains, la curiosité aussi. Il n'était pas prêt à ça. Les premiers mois qui avaient suivi son départ, il se souvenait que sa sœur Valentine – l'unique famille qu'il lui restait – lui avait reproché de ne pas donner de nouvelles. Elle lui avait même créé un blog pour l'inciter à communiquer. « Cela ne te prendra pas beaucoup de temps, lui avait-elle promis. Tu auras juste à poster quelques photos. » Puis elle avait vite compris qu'il ne partagerait rien et avait respecté son silence. Du moment qu'il lui faisait signe de temps en temps. Un coup de fil où elle pouvait lui raconter les événements qu'il avait manqués : son mariage par exemple – avec un homme dont il n'avait jamais entendu parler –, ceux de ses ex-copines – dont il avait oublié l'existence –, son travail de comptable dans une start-up locale, le décès d'une tante éloignée, la faillite d'un voisin, la naissance de ses neveux puis celle des enfants de ses ex-copines évidemment. Bref, un aperçu de la vie palpitante qu'il aurait pu avoir s'il n'était pas parti. Lui, de son côté, parlait très peu, au grand désarroi de Valentine. Comment retranscrire son quotidien sans l'inquiéter ? Sans choquer ? Ce n'était pas seulement l'expérience d'un voyage, de rencontres exotiques, de beaux paysages. Ses missions humanitaires à travers le monde l'avaient mené là où personne ne va, dans les endroits les plus reculés, les plus hostiles, les plus dangereux de la planète. Il savait maintenant que la violence, la peur, la mort étaient universelles. Que la vie n'avait pas le même prix partout, ni pour tous, malheureusement. Et le trentenaire barbu qui s'agrippait à la barre du RER, de peur de tomber au milieu de la foule, n'avait plus rien à voir avec le jeune urgentiste fringant, plein de bonne volonté, d'il y a huit ans. Une gravité nouvelle s'était immiscée en lui, un regard plus sombre sur le monde. Il avait appris ses limites de docteur, d'homme. Appris à survivre, lutter, se blinder, persévérer. À soigner avec presque rien, à soulager. À être impuissant aussi. Comment pouvait-il atterrir en douceur après ça ? Tout à l'heure, sa voisine de siège s'était retenue d'applaudir quand l'avion avait posé ses roues, sans un rebond, sur le tarmac. La femme lui avait souri d'un air soulagé comme si elle mettait son air crispé sur le compte d'une quelconque peur de l'avion. Mais Alexis n'avait pas desserré les dents. Dans son esprit, il était toujours à l'hôpital de Beyrouth, à des milliers de kilomètres de sa terre d'origine. Un malade parmi tant d'autres. Un blessé de guerre soufflé par une bombe, rapatrié d'urgence dans un pays limitrophe. Cet homme nomade chargé d'une mission à risque – une mission suicide, en quelque sorte – qu'il n'avait pu terminer. Il gardait tellement d'images, tellement de rage et de remords. Tellement de tristesse en pensant à tous ceux qu'il avait perdus. Combien de temps lui faudrait-il pour atterrir vraiment ? Que restait-il de l'homme d'avant ? Qui était-il aujourd'hui ? Un homme morcelé aux quatre coins du monde qui se déplaçait péniblement en s'appuyant sur sa béquille, balloté par la foule de la gare Montparnasse. Le bruit ambiant faisait caisse de résonance et il avait l'impression de tanguer comme s'il était ivre. En levant la tête trop précipitamment vers le panneau d'affichage, il manqua de tomber à la renverse. Le dernier train pour Brest était annoncé à dix-neuf heures. S'il arrivait à le prendre, cela lui éviterait de dormir à Paris. Alexis se posta devant une borne de retrait de billets et analysa l'écran un certain temps. Tout tournait au ralenti chez lui. Son corps, son esprit. Tout était flou. Comment faisait-on déjà pour réserver une place ? Il plissa les yeux plusieurs fois avant de comprendre où poser son doigt. Et le billet sortit comme par magie de l'automate. Voilà comment les choses allaient se passer maintenant. S'il voulait survivre, il fallait faire défiler les bonnes pages – mécaniquement, sans réfléchir. Sans affect. Choisir les bonnes touches et se laisser guider. Sinon, il sombrerait. À coup sûr.

2

Ce samedi-là, Yann n'était pas dans son état normal. L'inquiétude de quitter son île sans doute, de rater son bateau et d'arriver en retard à son rendez-vous. Mais surtout l'appréhension de se rendre à l'hôpital, de se retrouver du côté du patient et d'entendre la sentence. Depuis quelques années, l'homme sentait son corps vieillir et ne s'en inquiétait pas outre mesure. À soixante-cinq ans, c'était dans l'ordre des choses d'être moins endurant à l'effort, plus fatigué après une journée de travail, de sentir ses chevilles gonfler, son dos le tirailler. L'autre jour, il s'était même endormi avant la fin du film et s'était réveillé en pleine nuit, un peu perdu, assis sur son canapé. Dans sa carrière de médecin, il avait diagnostiqué tant de maladies graves, de cancers, de causes perdues, qu'il se réjouissait presque de ressentir ces petits maux du quotidien. Une tension dans la nuque comme si sa tête pesait une tonne, une épine dans le genou, une autre dans l'épaule. « Le corps qui grince », comme il se plaisait à répéter. Mais depuis l'été dernier, c'était différent. On aurait dit que son corps s'était grippé. Une douleur nouvelle avait pris le dessus – plus vive que les autres, plus entêtante. De celles qui s'invitent sournoisement pour ne plus vous quitter. Quand Matthieu, son fils, était venu passer quelques jours de vacances à Groix, il avait tout de suite remarqué sa démarche. Une cassure du rythme, une asymétrie. Trois fois rien.

– J'ai dû me froisser un muscle.

– Ce n'est pas très médical comme expression, Papa… Dis que t'as mal aux reins tant que tu y es.

– C'n'est rien, ça va passer.

– Les cordonniers sont toujours les plus mal chaussés, avait regretté son fils sans chercher à en savoir plus.

Mais quand Yann était resté coincé au milieu des rochers de Locmaria lors d'une partie de pêche à la crevette avec son petit-fils de trois ans et qu'il avait demandé un calmant à Matthieu pour regagner la plage, ce dernier ne l'avait pas raté.

– Je t'achète un fauteuil roulant ou tu te décides enfin à faire quelque chose ?

Le grand-père avait adopté une moue de petit garçon.

– C'est ma hanche…

– J'avais remarqué, merci.

– Y a rien à faire.

– Rappelle-moi… t'es médecin ?

– Oui, mais ça ne m'empêche pas d'être un mauvais malade !

Matthieu avait soupiré en prenant son père sous le bras pour le conduire jusqu'à sa voiture.

– Tu sais que l'arthrose de hanche, ça s'opère de nos jours ?

– Si je pouvais éviter de passer sur le billard.

Ce besoin d'être bousculé et remis en place pour comprendre les choses. Les deux hommes avaient ce point commun. Depuis les années de silence où Yann avait préféré s'exiler à la Réunion plutôt que d'avouer ses problèmes à ses proches, le père et le fils ne se gênaient plus pour se parler librement en appuyant là où ça faisait mal. Ils veillaient l'un sur l'autre, à leur façon. Virile et maladroite. Franche et sans détour. Et lorsque son fils lui avait conseillé d'appeler Gérard, un de ses anciens copains de fac, chirurgien orthopédiste à Brest, Yann l'avait envoyé balader. « Gérard… Pourquoi ne pas alerter toute ma promo, tant qu'on y est ? » Puis son idée avait fait son chemin, sa douleur aussi d'ailleurs.

Ce samedi-là, il avait écourté ses consultations de la matinée et demandé à Jo, son assistant, de fermer le cabinet à sa place.

– Doc', tu te rends compte que tu termines à l'heure ? l'avait-il nargué en tapotant l'écran de sa montre dont l'aiguille indiquait midi.

– Oui, c'est la première fois de toute ma carrière que je respecte les horaires sur ma plaque.

– Je ne sais pas si je dois t'applaudir ou m'inquiéter pour toi… Ça doit être grave pour que tu coures à Brest un week-end de grande marée.

Le Doc' avait grimacé.

– Disons que si tu ne me vois pas revenir dimanche soir, tu appelles les pompiers.

– Qu'est-ce qui se passe ? s'était inquiétée Mme Vaillant en franchissant la porte, son panier du marché sous le bras. Vous êtes souffrant, docteur ?

– Non, juste un peu rouillé… Bon week-end !

Le médecin était parti en direction du port en levant le bras en guise d'au revoir. En le suivant des yeux, Jo s'était demandé à quel moment son patron avait commencé à boiter. Lui qui ne se plaignait jamais de rien. Ce coup de bassin sur le côté, ce lancer de jambe raide à chaque pas. Ça lui donnait des airs de capitaine Crochet. Et un sacré coup de vieux aussi.

– Et mon ordonnance ? avait gémi Mme Vaillant, les mains sur ses hanches. Qui va me la renouveler ?

– Je veux bien essayer, mais la pharmacienne ne va sûrement pas être d'accord.

– Jo, enfin ! s'était offusquée la vieille femme avec le sourire.

– Revenez lundi… Je pense que c'est préférable.

– Si je ne suis pas morte, avait-elle répondu d'une moue contrariée pour le faire culpabiliser.

Les patients du Doc', tels des enfants capricieux, avaient vite pris de mauvaises habitudes. Passer à l'improviste à n'importe quelle heure de la journée. Prendre rendez-vous pour une prescription de paracétamol ou dès qu'un enfant avait le nez qui coule. Réclamer une consultation en urgence à six heures du matin avant le départ du premier bateau ou vers vingt heures après l'arrivée du dernier.

Appeler la nuit pour une crise d'angoisse. Pour les médecins nouvellement diplômés, Yann faisait partie de la vieille école. De celle où la médecine passe avant tout le reste, où le dimanche est le seul jour de repos, où le travail se veut solitaire, loin des maisons médicales. De celle où les horaires s'étirent à la demande. Parce qu'on ne sait pas dire non. Qu'on ne sait pas s'arrêter. Lucien, le médecin en poste sur l'île avant lui, était de cette école-là. Il avait attendu l'arrivée de Yann, il y a quatre ans, pour prendre sa retraite à plus de soixante-dix ans. Le Doc', considéré comme l'enfant du pays, avait été accueilli comme un sauveur et les îliens avaient eu la certitude qu'il ne les lâcherait pas.

Une aubaine que son ami de promo, chirurgien orthopédiste à la Cavale-Blanche, ait accepté de le voir en consultation un samedi après-midi. Dix ans qu'ils ne s'étaient pas revus. Quelques rides de plus, pas mal de déboires sentimentaux, des trajectoires différentes. Mais toujours autant de plaisir à se retrouver et cette même impression de ne s'être jamais quittés.

– Je viens de rater une compet' de golf avec tes conneries, bougonna l'agrégé en lui pinçant les épaules en guise d'embrassade.

– Tant mieux… Ici, on fait du bateau, pas du golf ! Je te l'ai toujours dit.

– Quand ton coéquipier décide du jour au lendemain de s'exiler à la Réunion puis de revenir s'installer à Groix, forcément on fait une croix sur les régates. Le sport individuel, c'est plus sûr avec des potes aussi instables !

Yann boita jusqu'à la chaise et s'affaissa en grimaçant.

– Instable, Gérard. C'est tout à fait ça ! Je viens te voir parce que je suis instable.

– Tu marches comme ça depuis longtemps ?

– Depuis l'été dernier.

– Six mois ! Si ton fils ne m'avait pas appelé, tu aurais attendu combien d'années pour consulter ?

Yann haussa les épaules puis détourna son regard vers l'écran de l'ordinateur où défilaient ses radiographies.

– Alors ?

– Pincement articulaire typique, condensation de la tête fémorale, ostéophytes, géode autour de l'interligne, énuméra le chirurgien sur un ton mécanique. Bref, une belle arthrose de hanche. Tu ne fais pas semblant !

– Tu penses qu'une infiltration pourrait me soulager ?

– Une infiltration ? À ce stade, mon vieux, il vaut mieux tout virer, si tu veux mon avis.

Yann eut un mouvement de recul sur sa chaise. Il connaissait le tact de son ami, mais ces derniers mots lui firent l'effet d'un électrochoc. Il se voyait déjà avec une jambe en moins.

– Pas besoin de m'appeler « mon vieux », j'ai déjà l'impression d'avoir un pied dans la tombe, grommela-t-il.

– Arrête de tout dramatiser… Tu vas galoper avec ta prothèse, tu verras. Une nouvelle jeunesse, je te dis.

– N'en rajoute pas.

– Pense à ton petit-fils… Tu vas pouvoir de nouveau l'emmener à la pêche.

– Matthieu t'a raconté ma vie, à ce que je vois.

– Heureusement que je le croise au bloc opératoire de temps en temps pour avoir de tes nouvelles…

Yann pointa du doigt les différentes prothèses exposées sur les étagères.

– Et il faut compter combien de jours d'arrêt après l'intervention ?

– Deux mois minimum.

– Tu rigoles ! Je ne peux pas fermer le cabinet aussi longtemps.

– Il faut prévoir de la rééducation et tu ne vas pas pouvoir conduire tout de suite… Prends donc un remplaçant.

Yann leva les yeux au ciel. Déjà que les remplaçants ne couraient pas les rues de nos jours. Trouver un volontaire pour venir à Groix, c'était mission impossible.

3

Brest. Terminus.

Alexis laissa le wagon se vider doucement avant de se lever de son siège. Avec sa béquille, il lui fallait de l'espace pour se déplacer et il n'était pas spécialement pressé de mettre le pied dehors. La nuit était tombée au moment où le train avait traversé Rennes et le noir brumeux avait gommé le paysage. Alexis avait cherché, en vain, le pont de l'Iroise qui enjambait l'Élorn au fond de la rade, le port du Moulin-Blanc en contrebas puis la zone portuaire. Si bien qu'il ne réalisait pas vraiment qu'il était arrivé à destination. Finalement, la nuit était la même partout. Il aurait aussi bien pu débarquer dans une petite ville colombienne du département du Meta ou dans la vallée de Katmandou au Népal. Le petit crachin qui lui glaça le visage, en revanche, ne lui laissa aucun doute. À peine sorti du train, il sut qu'il était de retour en Bretagne.

Sur le quai, l'indifférence du flot de voyageurs le soulagea. Depuis qu'il s'était regardé dans la glace des toilettes un peu plus tôt et avait découvert sa mine déplorable, il s'étonnait de se fondre aussi bien dans la masse. Plusieurs giclées d'eau n'avaient pas suffi à colorer ses joues, ni faire disparaître ses yeux creusés cadavériques. Avec ses plaies au visage, son bandage au poignet et sa botte plâtrée, on le prenait sans doute pour un skieur ayant fait une mauvaise chute ou un baroudeur malchanceux – si tant est que quelqu'un s'intéressât à lui. Dans la plupart des pays qu'il avait traversés, on avait porté des regards curieux sur lui. Il avait pris l'habitude d'être un étranger, de se faire aborder avec plus ou moins de bienveillance. Appris à réagir avec flegme et distance à cette sollicitation continuelle. Mais là, c'était tout le contraire. Il avait l'impression d'être un fantôme. Noyé dans un paysage urbain qui lui paraissait familier et étrange à la fois. Comme un décor factice lors d'un tournage de cinéma, éclairé à la lumière des projecteurs, arrosé à l'aide d'une lance à incendie faiblarde. Avec des alentours de gare trop aseptisés pour être vrais. Un trafic trop fluide, des passants trop disciplinés. La rue de Siam trop calme. Et enfin, deux rues plus haut, l'immeuble de Valentine. Trop blanc. Trop propre. Trop silencieux. Si bien qu'il vérifia à plusieurs reprises l'adresse dans sa liste de contacts. Oui, c'était bien celle qu'il avait notée, quelques années plus tôt, pour envoyer des colis à ses neveux pour Noël. Il n'avait pas réalisé alors à quel point c'était proche de son ancien appartement. À cent mètres du square où lui et son ex se donnaient rendez-vous sur un banc, où il révisait ses cours aux beaux jours. À deux pas du bar de quartier où il passait toutes ses soirées. À droite de l'épicerie. À gauche du lavomatique. Bref, au milieu de ses souvenirs. Alexis leva le nez en l'air en quête du présent. En quête du deuxième étage où un plafonnier était justement en train de scintiller. Un jeudi, à vingt-et-une-heure trente, comment pouvait-il en être autrement ? Il visualisait déjà la scène : la petite famille installée autour de la table. Damien et Aurélien, en pyjama. Le chat en train de ronronner dans son panier. Lui qui avait quitté une petite sœur frivole, voilà qu'il allait retrouver Valentine en maîtresse de maison. Il avait du mal à l'imaginer.

– Vous attendez quelqu'un ?

L'homme en complet-veston qui venait de replier son parapluie devant lui fit volte-face, curieux de le voir faire le pied de grue devant la porte – un pied dans le plâtre qui plus est.

– Ma sœur habite au deuxième étage.

– Valentine ? Rentrez alors, l'encouragea-t-il en sortant son trousseau de clefs de sa poche. Ne restez pas sous la pluie !

Dans l'ascenseur, Alexis eut le temps de faire plusieurs constatations : l'homme du troisième étage était décidément très sympathique – très curieux aussi –, sa sœur – dont ce dernier connaissait le prénom – plutôt sociable avec son voisinage et lui… ding, dong… s'apprêtait à sonner directement à sa porte, histoire de soigner son effet de surprise.

– Surprise, bredouilla-t-il, mal à l'aise en découvrant la petite tête brune qui levait vers lui ses yeux interrogateurs.

– M'man, y a un clochard tout cabossé et tout mouillé à la porte.

– Qu'est-ce que tu racontes, Aurélien ? l'entendit-il soupirer.

La même voix aiguë. Le même regard franc et enveloppant. Le visage un peu plus rond. Plus doux encore. À moins que ce soit sa coupe au carré qui ballonnait le tout. Valentine marqua un temps d'arrêt puis poussa un cri étouffé en disparaissant derrière ses mains. Ses doigts s'écartèrent à plusieurs reprises, comme si elle l'épiait derrière les barreaux d'une fenêtre. Puis elle fondit sur lui, manquant le faire tomber à la renverse.

– Alex, pas possible… C'est bien toi, Alex ?

Il l'entendit sangloter contre sa poitrine. Une étreinte si forte qu'il eut du mal à respirer. Dans l'incapacité de bouger, il restait en équilibre, appuyé sur sa béquille, à regarder la deuxième tête brune apparue entre-temps dans l'encadrement de la porte. Plus haute que la deuxième et plus sévère encore. Qui était donc cet homme barbu qui faisait pleurer leur mère ? Les deux vigiles étaient prêts à lui sauter au cou manifestement. Et plutôt que de leur sourire pour les rassurer, Alexis leva doucement son pouce dans leur direction. Un geste pacifique. Ou plutôt un geste d'excuse. Lui qui avait tant à se faire pardonner ! De faire irruption dans leur vie, d'abord. Sans prévenir. De ressembler à une épave « toute cabossée, toute mouillée ». D'incarner cet oncle absent qui rendait triste Valentine. Et surtout, de ne rien ressentir à cet instant. Aucune joie. Aucune excitation. Aucun amour pour eux. Désolé.

– C'est lui, Alexis ? demanda l'aîné sur un ton de déception.

– Alexis, qui ? ajouta le cadet.

Valentine desserra son étreinte et afficha à son intention une moue confuse.

– Alexis, mon frère, répondit-elle, un brin d'émotion dans la voix, en le débarrassant de son sac à dos. Viens, ne reste pas dans l'entrée… Installe-toi.

Marcher depuis la gare, à cloche-pied, un poignet en vrac et l'autre tout ankylosé d'avoir appuyé sur sa béquille, l'avait vidé de ses forces. Il ne se fit donc pas prier pour se laisser tomber sur le canapé. Du velours moelleux qui lui fit l'effet d'un nid de plumes. Et c'est encadré par deux vigiles en pyjama qu'il se prêta au jeu de l'interrogatoire. En formulant les réponses les plus succinctes possibles. Avec ce masque inexpressif qui ne s'illuminait pas.

– Tu es arrivé quand ?

– Là, il y a quinze minutes… Peut-être vingt.

– Et tu viens d'où ?

– Syrie.

– Oh, ce n'est pas vrai ! lâcha sa sœur en s'accroupissant devant lui pour être à sa hauteur. Je te croyais encore en Malaisie.

– Et ces blessures ?

– Un obus tombé sur l'hôpital.

Des râles horrifiés ponctuèrent sa phrase.

– Mais alors, tu as fait la guerre ? demanda le cadet, en restant la bouche ouverte à attendre la réponse.

– Non, je ne l'ai pas faite… Disons que je me suis retrouvé au milieu.

– Et l'obus, tu l'as vu ? Ça t'a fait peur ? renchérit l'aîné.

– Je n'ai pas eu le temps, non.

– Bon ça suffit, les enfants ! Tonton Alexis est fatigué, vous ne voyez pas ?

Tonton. Il trouva le surnom absurde. Ridicule même. Jamais il ne se laisserait appeler comme ça. C'était hors de question ! Mais en le prononçant, les joues de Valentine étaient devenues toutes roses. Il l'avait remarqué. Alors il ne commenta pas.

– Tonton Alexis, répéta le petit, comme s'il appréciait le prononcer lui aussi.

– Tu restes combien de temps ? souffla le grand.

– Oui, combien de temps ? insista Valentine.

– Définitivement.

Ce mot s'accompagna d'un long silence. De regards croisés, attentifs et complices. De sourires timides qui renfermaient un bon nombre de questions encore. Combien de fois lui avait-on proposé à manger ? Une douche ? Des habits propres ?

– Un lit, supplia-t-il enfin, dans un murmure quasi inaudible. Juste un matelas dans un coin quelque part.

Valentine n'avait pas cherché à en savoir plus. Avant d'aller coucher les petits, elle avait déplié pour lui le canapé-lit du bureau. Choisi des draps d'un blanc éclatant. Tendu un pyjama d'homme à sa taille, un improbable pilou rouge à carreaux. L'homme – le père de famille – où était-il d'ailleurs ?

– Bonne nuit, alors ?

– Bonne nuit.

Alexis salua le trio souriant qui s'apprêtait à refermer la porte. Demain, ça serait à son tour de poser des questions. De s'intéresser à eux. Et heureusement que demain était un autre jour. Car ce soir, il s'en sentait incapable.

4

Les pieds sur le bureau, la tête en arrière au risque de faire pencher dangereusement son fauteuil, Jo pouvait passer des heures à fixer le plafond. Un quadrillage de plaques en polystyrène qu'il avait lui-même posé lors de la création du cabinet, quatre ans plus tôt, et qu'il ne se lassait pas d'admirer. Si Yann ne l'avait pas freiné dans son élan, il aurait opté pour un damier et dessiné des pions d'échec pour divertir les patients. Entre deux prises de rendez-vous, cela ne l'empêchait pas d'imaginer des parties et de les faire évoluer au-dessus de sa tête. De s'assoupir aussi, la bouche ouverte, puis de sursauter lorsque son petit chien, assis sagement à ses pieds, le rappelait à l'ordre en entendant la porte grincer. Si bien qu'avant que Yann sorte de son bureau, Jo arrivait toujours à se redresser en faisant claquer les pieds de son fauteuil, puis engageait rapidement la conversation pour faire diversion.

– Olivia vient d'appeler, elle passera au cabinet après la sortie de l'école pour te faire ta séance de kiné.

– Parfait ! Et la petite Rose ?

– Je la garderai pendant ce temps-là… Je l'aiderai à faire ses devoirs.

– Jo, il n'y a pas de devoirs en maternelle.

– T'inquiète, j'improviserai. Les enfants, ça me connaît, répondit-il en faisant signe au patient devant lui de s'asseoir. Je veux bien ta carte verte, Daniel…

– Ma carte vitale ?

– Ouais, je préfère l'appeler comme ça… « Vitale », c'est ridicule. Comme si ça pouvait nous tuer de la perdre.

– T'es un rebelle, Jo, s'amusa le septuagénaire.

Alors qu'il se dirigeait vers la salle d'attente pour appeler la personne suivante, Yann sourit en entendant leur conversation :

– Daniel, maintenant que j'y pense, tu demanderas à Maryvonne si elle peut me mettre de côté quelques magazines. C'est pour mes collages… Je sais qu'elle est abonnée à la revue « Les amis des jardins » et j'ai besoin de photos de fleurs pour mon projet.

– Pas de problème, Jo. Passe quand tu veux.

Cette proximité avec les gens, voilà ce que Yann appréciait le plus chez Jo. Et il était prêt à fermer les yeux sur tout le reste. À oublier les jours « sans », comme il les appelait. Ceux où Jo arrivait en retard au travail, encore enivré de la veille. Le regard vide, le visage tout froissé. Où le fauteuil claquait plus qu'à l'accoutumée, où les fonctions de Jo ne se limitaient plus qu'au strict minimum : prendre les rendez-vous, trier le courrier, ranger les dossiers et passer la carte verte. Au fil des années, une belle complicité s'était nouée entre les deux hommes. Une complicité respectueuse où chacun composait avec les défauts de l'autre. Tous les deux, ils étaient arrivés à peu près en même temps sur l'île. Yann se rappelait que son fils Matthieu lui avait demandé de prendre son ami sous son aile. Tout juste sorti d'une cure de sevrage près de Brest, Jo avait besoin de s'éloigner de son quotidien. Et Yann ne s'y était pas opposé. Même s'il avait émis des doutes quant à ses chances de rester sobre à Groix, il avait tout fait pour lui apporter son soutien. Il lui avait rapidement trouvé un studio au-dessus de son cabinet et, en contrepartie, Jo l'avait aidé à rénover les locaux. L'embaucher sans qualification ne l'avait pas effrayé. Après ces années passées à la Réunion, à exercer une médecine de brousse dans un hameau perdu au milieu du cirque de Mafate, Yann avait pris l'habitude de se débrouiller seul. Sans assistant et sans ordinateur. La présence de Jo apportait la pointe de folie qui manquait à son exercice. Aucune journée ne se ressemblait avec un employé pareil ! Les habitants de l'île de Groix avaient été un peu surpris au début par l'accueil de ce grand blond au visage rubicond taillé à la serpe, qui les abordait nonchalamment comme il l'aurait fait derrière le comptoir d'un bar. Son style vestimentaire, composé de tee-shirts distendus, de jeans troués et de sabots en plastique bicolores, avait même heurté certains. Son petit chien aussi, qui le suivait à la trace. Un Jack Russel surnommé Prozac pour ses vertus antidépressives. Mais maintenant que les Groisillons connaissaient mieux le personnage – son humour, sa gentillesse, son dévouement aussi –, on pouvait dire qu'il faisait l'unanimité.

Pour la venue d'Olivia, Jo avait pris soin d'attacher ses cheveux en catogan et de ranger son bureau – c'est-à-dire pousser son tas de courrier dans un coin et cacher dans le tiroir les pages de magazines qu'il s'amusait à découper. La jeune femme allait arriver d'une minute à l'autre, avec sa fille à la main. Comme à son habitude, la petite ferait tout pour qu'il sursaute et manque tomber à la renverse. Un jeu récurrent entre eux. Il prit donc sa pose préférée, s'approcha prudemment du déséquilibre, et attendit qu'une petite voix le surprenne.

– Bouh !

Jo surjoua la surprise – Prozac aussi, qui aboya pour la forme – et la fillette sautilla de joie en agitant ses couettes noires au-dessus de sa tête comme des ressorts.

– On t'a eu ! On t'a eu !

– Oui, encore, avoua-t-il avec résignation en installant la petite sur ses genoux. Un jour, je ferai une crise cardiaque et vous aurez ma mort sur la conscience !

– On accusera plutôt toutes les clopes que tu grilles à longueur de journée, rétorqua Olivia en lui tapotant l'épaule.

Ce simple contact le fit rougir. Depuis l'enfance, les belles femmes déclenchaient ce phénomène incontrôlable chez Jo et cela lui avait valu bon nombre de moqueries. Le rouge sur ses joues se voyait comme la lumière du phare à l'entrée du port, même si la couperose atténuait maintenant un peu les choses. Sans compter cette impression désagréable d'avoir mis la tête dans un grille-pain.

– Comment va Yann ? s'inquiéta Olivia, sans prêter attention à l'émoi qu'elle suscitait chez lui.

– Couci-couça… Certains jours, il n'arrive même plus à marcher et je dois conduire moi-même ses patients jusqu'à son bureau.

– Il faut vraiment qu'on arrive à le convaincre de se faire opérer.

– Moi, je n'y connais rien en médecine… encore moins en bricolage de hanche, mais si tu crois que ça peut le remettre sur pied, alors parle-lui. Toi, il t'écoute.

Sans le lui dire, Olivia avait déjà commencé un programme de rééducation pour préparer Yann à l'intervention. Cela consistait à maintenir l'amplitude de ses mouvements articulaires, assouplir et renforcer sa capacité musculaire. S'il suivait ses exercices à la lettre, elle savait que les suites opératoires seraient plus simples et ses douleurs disparaîtraient plus rapidement. Le temps qu'il se décide, la jeune femme s'invitait donc au cabinet trois fois par semaine pour lui proposer ses bons soins. Juste vingt minutes de séance entre deux consultations.

– Allez… Aujourd'hui on va travailler tes quadriceps tout en douceur.

Le Doc' reconnaissait être un mauvais malade mais, face à Olivia, il n'y avait pas plus docile et conciliant que lui. Il s'allongea donc sans broncher sur la table d'examen, un coussin placé sous le genou.

– T'as encore maigri toi, non ? lui fit-il remarquer en l'observant en contre-plongée.

– Doc', je ne suis pas venue en consultation. Alors, concentre-toi sur l'exercice ! Contracte l'avant de ta cuisse en plaquant l'arrière de ton genou sur le coussin. Et tu fais ça plusieurs fois. Une série de trente pour commencer.

– Tu nous dirais si tu avais besoin d'aide avec la petite ? Ça fait longtemps que tu ne nous as pas demandé – à Jo et moi – de venir la garder un soir.

– Une façon déguisée de me dire que je ne sors pas assez… Allez, contracte un peu plus ! Je veux que tu l'écrases, ce fichu coussin ! Imagine que c'est l'homme qui t'a relevé tes casiers l'autre jour et qui t'a piqué tes homards.

– Drôle de façon de se battre, mais d'accord… Je vais lui casser la gueule avec l'arrière du genou ! *À ces mots, des éclats de rire d'enfant retentirent dans le hall d'entrée.* Tu vois ? La petite nous adore ! Jo ne peut pas s'empêcher de faire le clown.

– Le pire, c'est qu'il ne fait même pas exprès d'être drôle.

– Rien n'est intentionnel avec Jo. C'est un principe. Et c'est aussi ce qui fait son charme… J'ai fini, chef, j'en suis à trente !

– Alors, passe à l'autre jambe maintenant.

– Si je n'avais pas une confiance aveugle en tes compétences, je me demanderais vraiment à quoi ça rime.

– Tu ne peux pas t'empêcher de râler, soupira Olivia. Tu sais quoi ? Je veux bien faire un deal avec toi.

– Ah, oui ? Lequel ?

– Si tu te prends en main, je te promets de faire un peu plus attention à moi.

Yann s'assit au bord de la table d'examen, l'air soucieux tout à coup, puis remit son pantalon, estimant que la séance était terminée.

– Si je comprends bien, ce deal sous-entend que je me fasse opérer, c'est ça ?

Olivia hocha la tête, satisfaite.

– Et moi, de mon côté, je te promets d'essayer de me décoller un peu de ma fille… De m'autoriser un peu plus de libertés. De m'ouvrir aux autres en quelque sorte.

Sa voix se brisa et Yann sut combien ça lui coûtait de le reconnaître.

C'était la première fois qu'Olivia se livrait de cette manière. Et après toutes les épreuves qu'elle avait endurées, Yann réalisa qu'il n'était pas en mesure de refuser son pacte.

5

Olivia préféra garer sa voiture à cinquante mètres de la maison, près de la chapelle Saint-Léonard tout en haut du village. La pétarade caractéristique de sa deux-chevaux risquait de réveiller la petite. L'effrayer aussi, si elle apprenait que sa mère s'était éloignée de la maison. Un peu plus tôt dans la soirée, elle avait pris soin de coucher Rose en présence de Jo, pour qu'elle ne soit pas surprise de le croiser si elle se relevait de son lit ou faisait un cauchemar.

– Je n'ai plus rien à faire, avait regretté son ami, qui se faisait une joie de jouer avec la fillette. Pourquoi ne pas lui dire que tu sors ?

– Chuuut ! C'est la première fois que je l'abandonne comme ça.

– Tout de suite, les grands mots.

– Je n'ai pas envie qu'elle panique.

– Laquelle des deux est en train de flipper dans l'histoire ? Toi ou Rose ?

Olivia s'était penchée devant le miroir et avait rajouté nerveusement une énième couche de rouge à lèvres.

– Au fait… Regarde dans la cuisine, je t'ai fait des cookies.

– Belle façon de faire diversion.

– À tout à l'heure, Jo ! Merci pour tout !

– Bon film !

Olivia avait rarement eu l'occasion d'arpenter les rues de son village la nuit. Sous la lumière blanche de la Lune, les pierres des façades faisaient plus mystérieuses encore, plus chargées d'histoires en tout genre. Il y a cent ans, le concept de résidence secondaire n'existait pas. Il n'était donc pas difficile d'imaginer les rues de Quelhuit plus animées qu'aujourd'hui. Avec ces femmes en coiffe qui descendaient vers le lavoir en poussant leur brouette, munies de leur lessiveuse en métal. En cette saison, Olivia s'était faite aux volets fermés et aux rues fantomatiques. Cela conférait à l'endroit un caractère immuable. Figé dans le temps. Comme cette chapelle blanche perchée en haut de la butte qui dominait les toits. Que sa maison soit la seule de la rue à être habitée ne la dérangeait pas. Au contraire, n'était-ce pas un gage de tranquillité ? Personne ne viendrait lui chercher des noises jusque-là. En franchissant la cour de sa maison, les graviers blancs crissèrent sous ses talons et Olivia se hissa sur la pointe des pieds. Pas de lumière à l'étage, pas de pleurs. Seul le hululement d'une chouette et le portillon du jardin qui vibrait sous le vent. La jeune femme entrouvrit doucement la porte, ôta ses escarpins dans l'entrée puis glissa en collants sur le parquet du salon.

– Déjà ? l'accueillit Jo depuis le canapé, apparemment déçu qu'elle revienne si vite.

– Une séance de cinéma, ce n'est jamais très long.

– Il ne t'a pas invitée à boire un verre après ? s'étonna-t-il mollement, tout en continuant de visionner son documentaire animalier : la longue et difficile migration des gnous en Tanzanie, à laquelle Olivia s'intéressa elle aussi, pour éviter de répondre à sa question.

– Alors ? Ils étaient comment, mes cookies ?

– C'était une tuerie ! Quelle idée du siècle d'avoir mis des Smarties !

Sa casquette enfoncée sur la tête masquait la moitié de son visage et Olivia fut soulagée de ne pas avoir à affronter son regard, ni raconter sa fuite précipitée au moment du générique. Dans le noir, mentir lui avait paru plus facile :

– Désolée, il faut que je file libérer mon baby-sitter.

– Pourquoi ?

– Il n'a pas arrêté de me bombarder de messages pendant le film, je pense qu'il est dépassé.

L'autre avait paru sceptique et avait retenu son bras pour la garder plus longtemps.

– Rose est grande maintenant.

– Oui, mais… plus capricieuse aussi.

Olivia avait échappé à son emprise. Quelle lâche d'avoir critiqué sa fille, pourtant si sage et arrangeante ! De l'avoir utilisée en quelque sorte. Sur la route du retour, elle en avait même pleuré, au volant de sa voiture vrombissante. Pleuré d'être si ridicule, si difficile avec les hommes, si angoissée en réalité. Que lui reprochait-elle à celui-là ? Ce n'était pas comme si les trentenaires célibataires couraient les rues sur l'île. Ne venait-elle pas d'éconduire le plus séduisant ? Le seul ? Avant une prochaine décennie ? Et pourtant, la jeune femme se sentait soulagée d'un poids. Les crans de sa boîte de vitesses capricieuse passaient plus facilement qu'à l'aller. Elle respirait plus amplement. Preuve qu'elle avait pris la bonne décision.

Avec Rose, elles s'étaient comme barricadées depuis quatre ans. Un cocon solide, où seules quelques personnes étaient autorisées à entrer. Un nid douillet dans un petit village, le plus reculé de Groix. Un petit rythme de croisière entre l'école maternelle et son cabinet. En calquant ses horaires de travail sur ceux de sa fille : sa seule priorité. Et les habitants de l'île l'avaient bien compris. Gaston, en particulier. Un ancien pêcheur, au dos cassé, aux épaules grippées, aux genoux verrouillés. Un de ses patients les plus réguliers. Le plus grincheux aussi.

– Gaston, c'est à toi ! l'avait-elle appelé l'après-midi même, le surprenant en pleine lecture d'un des magazines people de la salle d'attente.

Olivia l'avait guidé vers le petit bureau attenant, laissant Mme Sarfati dans la grande salle à ses exercices d'endurance sur le vélo.

– Bonjour, Co', l'avait salué la cycliste – Co' : appellation amicale, très utilisée sur l'île depuis des générations. Je me prépare pour le Tour de France, comme tu vois.

– Fais déjà le tour de l'île pour commencer, l'avait

narguée le vieil homme, avant qu'Olivia lui passe l'envie de rire.

– Alors, on reprend les exercices de l'autre jour ?

– Je préfère les massages, avait-il ronchonné.

– Ne fais pas ton fainéant... Il faut assouplir et renforcer tout ça, si tu veux avoir moins mal au dos... Les massages, c'est à la fin si tu as bien travaillé.

– Dis donc, on n'est plus à l'école !

– Si, Gaston, justement... Bienvenue à l'école du dos ! Tu peux te mettre sur le ventre, on va commencer par le sphinx.

– Un sphinx à Groix, on aura tout vu.

– Ce que j'aime chez toi, Gaston, c'est l'énergie déployée à me contredire.

– Je savais que t'en pinçais pour moi... Bien que tu me fasses des infidélités ce soir, à ce qu'il paraît.

– Tu es bien renseigné.

– C'est Josette qui m'a dit que tu allais au cinéma. Elle a vu Lionel à la boulangerie, il avait discuté avec Franck juste avant.

– Le téléphone arabo-groisillon, je comprends mieux.

– Sûrement le plus efficace de tous !

Le documentaire terminé, la traversée des gnous effectuée avec succès, Olivia raccompagna Jo à la porte. Après plusieurs refus de sa part, elle réussit enfin à le payer. En cookies exclusivement. Un sachet bien rempli, à la hauteur de son affection pour lui. L'homme rougit, comme à son habitude, puis baissa les yeux. Impossible de cacher sa nervosité. Une soirée passée sans boire une goutte d'alcool le rendait fébrile, au bord du malaise. Ses mains dans les poches s'agitaient depuis tout à l'heure, mues par d'incontrôlables secousses. Olivia feignit de ne pas l'avoir remarqué. Si son ami avait lutté toute la soirée, elle savait qu'il l'avait fait pour Rose. Pour elle. Et n'était-ce pas une petite victoire dans ce long combat ? Comment lui avouer que son état la rendait fière de lui ? Renforçait sa reconnaissance en quelque sorte ?

– On remet ça la semaine prochaine, si tu veux, proposa-t-il malgré tout.

La jeune femme fit la moue.

– J'ai regardé la programmation du ciné, il n'y a rien qui m'intéresse.

– Dommage.

– Ouais, dommage.

Un jeu de haussements d'épaules plus tard, elle se retrouva au chevet de Rose. Ou plutôt au chevet d'une armée de peluches qui faisait front pour protéger la fillette endormie. Olivia sourit en voyant les lunettes en équilibre sur la truffe du chien, l'écharpe autour du cou du singe et les chaussettes parfaitement enfilées sur les pattes du panda. Le clown Jo était manifestement passé par là. S'était-elle réveillée ? Ou lui avait-il préparé une surprise pour demain matin ? Quand Rose dormait dans cette position, mains en l'air, paumes vers le ciel, Olivia avait envie de la prendre et la serrer fort dans ses bras. Elle paraissait si relâchée, si confiante, si vulnérable aussi. Un frisson parcourut la jeune femme. Le même à chaque fois qu'elle venait la border le soir, avant d'aller se coucher. Cette vague d'amour qui vous hérisse les poils et qui vous donne envie de pleurer, de rire à la fois. Une vague qu'elle n'avait éprouvée pour personne d'autre jusque-là. Jamais. Même pour un homme. Elle rajusta les lunettes de l'animal, ajouta un chapeau à l'ourson pour la forme, puis choisit les vêtements de sa fille pour le lendemain. Un jean, pratique pour une balade à vélo – sans les petites roues, cette fois. Préparer ses habits, une manière pour elle de se projeter. De garder le rythme. C'était la promesse muette qu'elle lui faisait chaque soir : ne jamais compromettre leur petit bonheur.

6

– Reste avec moi, tu entends ? répétait Alexis à la fillette qu'on venait de déposer dans ses bras.

Quelques minutes après l'attentat, un adolescent avait débarqué dans l'hôpital de fortune et tendu le petit corps ensanglanté à l'urgentiste qui passait par là. D'un geste précipité, comme on se débarrasse d'une bombe prête à exploser. Le garçon s'était ensuite recroquevillé contre le mur en plaquant ses mains sur ses oreilles pour ne plus entendre les cris des blessés et les explosions qui continuaient au-dehors.

– Reste avec moi, tu entends ?

Le regard apeuré de la fillette venait d'accrocher celui d'Alexis. Un regard noir et intense qui s'en remettait à lui. Un puits sans fond dans lequel il venait de tomber. En voyant la plaie béante qui lui cisaillait le cou, Alexis avait appuyé ses doigts fermement pour comprimer l'artère et arrêter le saignement. Il fallait faire vite ! Lui poser une voie veineuse, trouver un lit en chirurgie et alerter ses collègues pour qu'elle soit opérée d'urgence.

– Vite ! Poussez-vous, poussez-vous !

Dans ces situations d'afflux de victimes, Alexis avait appris – en un temps record – à évaluer la gravité d'une lésion et les chances de survie. À choisir les malades à prioriser, ceux qui ne pouvaient pas être sauvés et ceux, moins graves, qui pouvaient attendre. Mais à cet instant précis, submergé par l'émotion, ce tri lui était impossible. Cette petite fille de quatre ans à peine ne pouvait pas mourir dans ses bras. Colmater la brèche en suturant l'artère ne devait pas être si compliqué que ça.

– Vite ! Poussez-vous, je vous dis !

La plaie continuait de saigner malgré la pression de ses doigts, et l'enfant pâlissait à vue d'œil. Son calme était déconcertant. Terrifiant même. Entre veille et sommeil, la fillette ne le quittait pas des yeux. Par moments, quand son regard décrochait et lorgnait le plafond, il pensait la perdre. Mais elle revenait toujours vers lui. Toujours.

– Reste avec moi, tu entends ?

Elle ne comprenait probablement pas un mot de français. Mais il ressentait le besoin de lui parler sur le trajet vers le bloc opératoire. Pour la tenir en éveil. Pour qu'elle sache qu'elle n'était pas seule, qu'il ne relâcherait pas la pression de sa main. Qu'il ne lâcherait pas…

– Alex, tout va bien ?

Alexis cligna des paupières et les couloirs animés de l'hôpital se muèrent, comme par magie, en une chambre à coucher calme et douillette. Que faisait Valentine allongée sur son lit ? Et pourquoi lui comprimait-il le bras aussi fermement ? Il défit sa prise, et sa mâchoire contractée se relâcha elle aussi.

– Aïe, tu m'as fait mal ! gémit-elle en lui montrant la marque que ses doigts avaient laissée sur son poignet.

– Désolé… Mais qu'est-ce que tu fais là ?

– Je t'ai entendu crier en pleine nuit et ça m'a réveillée… Tu m'as demandé de rester.

– C'est vrai ? J'ai dit ça, moi ?

– Oui, tu y tenais beaucoup apparemment… Alors j'ai dormi à tes côtés.

Alexis se frotta la tempe pour se remettre de ses émotions, son rêve – ou plutôt son douloureux souvenir – encore bien présent dans sa tête.

– Merci, répondit-il simplement. Merci d'être là…

Valentine haussa les épaules en souriant puis se leva pour aller ouvrir les volets.

– Pour une fois que mon grand frère a besoin de moi, je ne vais pas me priver. D'ailleurs, je vais tout de suite appeler mon patron pour lui demander si je peux prendre ma journée.

Alexis resta alité trois jours durant. Le besoin de reposer son corps, de se replier du monde pour calmer ses esprits. Le temps d'atterrir aussi. Atterrir vraiment. Et pendant cette période de transition, Valentine sut se faire discrète, tout en prenant soin du convalescent. En lui apportant des plateaux-repas, des gâteaux faits maison, de la tisane « Nuit tranquille », des cachets de Doliprane – au cas où –, des serviettes et des piles de linge propre. Et même si certaines de ses petites attentions s'avéraient inutiles – son frère ne quittant pas ses vieux habits et ne daignant pas encore prendre de douche –, au moins il mangeait, se disait-elle. N'était-ce pas le principal ? Les enfants, eux, se montraient moins patients et compréhensifs. À leur grand désespoir, ils avaient ordre de ne pas déranger leur oncle. Mais dès que leur mère avait le dos tourné, ils ne manquaient pas de coller leur oreille à sa porte. Pas de bruits, pas de grognements de bête sauvage. Le silence n'était-il pas plus inquiétant encore ?

– Et s'il était mort ? avait fini par s'inquiéter Damien.

– Est-ce que ça fait mal, la mort ? avait renchéri Aurélien. Ça rend triste ? Ça fait du bruit ?

Depuis l'autre nuit, ils ne l'entendaient plus crier. Même pas un ronflement. Pourtant, la petite Syrienne revenait toutes les nuits dans les rêves d'Alexis. Avec la même détresse dans le regard. Lui, le même empressement à la sauver. Et il se réveillait, à chaque fois, avant d'atteindre le bloc opératoire – en sursaut, haletant en silence. Comme s'il ne voulait pas savoir la suite ou refusait de la vivre. Un luxe que procure le rêve, à la différence de la réalité. En sortant de son lit quelques jours plus tard, Alexis put enfin découvrir le monde réel de Valentine. Un monde miniature superficiel et indécent par rapport à toute la misère et les drames de la planète qu'il avait côtoyés. Un décalage dont Valentine n'avait pas conscience.

– Les enfants me réclament une télé plus grande. Mais les tablettes, c'est pratique. Pas de disputes ! Chacun peut regarder un programme différent, tu en penses quoi ?

– Rien…

Ne penser à rien – ni à l'avant, ni à l'après. Voilà le luxe qu'il comptait s'accorder encore. Se fondre dans le paysage, se laisser doucement couler dans le présent, avec deux compagnons hors pair qui regorgeaient d'idées pour lui vider la tête : un puzzle quatre-vingts pièces, une construction de Lego, un dessin animé Ninjago, un collier de perles, de la pâte à sel… Quant à la partie de 7 familles, il comprit rapidement qu'il valait mieux les laisser gagner.

– Encore perdu… z'êtes trop forts.

– Damien a triché, je l'ai vu qui regardait tes cartes.

– Non, c'est pas vrai ! Tu mens !

Alexis s'habitua vite à cette agitation ambiante. À cette effervescence si subite parfois qui pouvait finir en guerre de tranchées. Aux caprices d'Aurélien – quatre ans –, aux rêves fous de Damien – six ans –, aux vocalises suraiguës de Valentine – trente-deux ans. Aux disputes pendant les repas. Aux pleurs qui s'arrêtent d'un coup. Au pouvoir des cartes Pokemon. Aux peluches qu'on fait parler avec une voix de canard. Aux voitures téléguidées qui vous passent entre les jambes au moment où l'on ne s'y attend pas. Et plus les semaines passaient, plus il avait le sentiment d'être un imposteur dans cet appartement. De prendre la place de quelqu'un d'autre. Celle de l'absent. Celui dont on ne prononçait jamais le nom. Spécialement quand Damien lui demandait de l'aide pour ses devoirs, quand Aurélien voulait que ce soit lui – et personne d'autre – qui lui torche les fesses. Ou le soir, quand les deux petites têtes brunes se posaient sur ses genoux en réclamant une histoire. « Tonton Alexis par-ci, Tonton Alexis par-là... »

Dans ces moments-là, il n'éprouvait aucune fierté, aucune joie, aucune tendresse pour eux. Au contraire, il se sentait coupable. Comment faisait-il pour s'habituer de manière aussi déconcertante à ce monde édulcoré ? Ce monde où les problèmes de grands étaient relégués à un autre étage. Jusqu'à ce que Valentine lui raconte tout, un soir, après avoir vérifié plusieurs fois que les enfants étaient bien endormis.

– Hors de question que j'enfile les fringues de ton mec ! avait-il provoqué sa sœur un peu plus tôt lorsqu'elle avait insisté pour qu'il se serve dans le dressing. C'est flippant, il a même laissé ses slips... comme s'il était parti comme un voleur.

– Chuuuut !

Sa réaction l'avait surpris. Elle avait pâli et l'idée que les enfants aient pu l'entendre l'avait complètement paniquée. Ce jour-là, il s'était enfin résolu à jeter son sac à dos et s'acheter des nouveaux habits. Un short plus facile à enfiler sur son plâtre – pas évident à trouver en plein mois de mars. Et Valentine l'avait félicité. Selon elle, il venait de franchir un cap en sortant faire des courses. Et ce fut peut-être la raison qui la poussa le soir même à lui livrer ses secrets, considérant qu'il était désormais capable de les entendre. L'autre, dont elle ne prononçait toujours pas le nom, était parti un matin. Le lendemain d'une dispute, la veille d'un départ en vacances. Un déplacement professionnel urgent, de dernière minute, avait-il annoncé froidement. Un déplacement de trois jours à Paris qui durait depuis plus de six mois maintenant. Valentine lui fit part des différentes phases qu'elle avait traversées et de la palette d'émotions qu'elle avait éprouvées. La honte de l'expliquer aux proches. L'espoir qu'il revienne un jour. La colère. Oui, la colère enfouie. Celle qui fait bonne figure – parce que le bonheur de ses petits est la seule chose qui compte. La colère qui sourit, qui joue et fait des vocalises. Le soulagement aussi de voir débarquer son frère par surprise. De se sentir épaulée – même si l'épaule était bancale. De ne pas être la seule paumée de la famille.

– Et dire que tu as essayé de me refiler son pyjama ! intervint Alexis, au moment où elle allait pleurer. Tu aurais pu t'abstenir.

– Autant que ça serve... Que veux-tu que je fasse de toutes ses affaires ?

– Demain, en allant enlever mon plâtre, ça te dit de faire un détour chez Emmaüs ?

– Tu vas te faire enlever ton plâtre ?

– Ça fait plus de trois semaines... Je ne compte pas vivre avec éternellement.

– Trois semaines déjà ? s'étonna Valentine. T'as raison, un peu de tri ne pourra pas faire de mal.

– C'est sûr.

– Alors, on fait ça discrètement. Je ne veux pas que les petits s'en rendent compte.

– Aucun risque, ils seront à l'école... Des fringues aussi

moches, par contre, je ne suis pas sûr qu'Emmaüs les prenne.

– Arrête !

– J'essayais de te faire rire.

Valentine fit la moue – celle qu'elle arborait souvent quand ils étaient enfants.

– Je ne sais pas si j'arriverai un jour à en rire... Mais merci, Alex. Merci d'être là. C'est à mon tour de te le dire.

7

Yann appréciait quand la mer était d'huile et qu'il n'y avait pas un souffle de vent. Le miroir d'eau prenait alors la couleur du ciel. Un vert-de-gris qui engloutissait tout – même l'horizon. Assis sur un muret de pierres sèches, en ce dimanche matin de mars, l'homme réfléchissait à ce que son ami, l'ancien médecin de l'île, venait de lui conseiller. Pourquoi ne parvenait-il pas à avoir de recul sur lui-même ? Sa propre pathologie ? Lucien avait raison : s'il trouvait un remplaçant, la situation serait différente. Il ne rechignerait pas à se faire opérer. Surtout s'il arrivait à le faire venir à l'avance, à l'observer quelques jours, pour être sûr qu'il fasse l'affaire. Oui, il fallait anticiper. Une île n'était pas un endroit comme les autres. On y débarquait rarement par hasard. On n'y restait pas facilement non plus. C'était un choix, fait de concessions, de contraintes. Et de son côté, ce choix, il ne l'avait jamais regretté.

Yann appréciait que son prédécesseur lui rende des visites régulières le dimanche matin. Quand Lucien frappait à la porte de sa maison, nichée dans une ruelle du hameau de Kerlard, il avait toujours les mains chargées de victuailles – des araignées ou un gâteau breton concocté par Madame –, ce qui lui servait d'excuse pour le déranger. Les deux hommes partaient alors se promener sur les sentiers côtiers – l'un avec ses bâtons de marche, l'autre avec sa patte claudicante – et ils refaisaient le monde, parlaient de médecine, de pêche, du temps qui s'étire quand on a cessé son activité, du sentiment d'inutilité qui vous ronge, de la paresse coupable. Ce jour-là, ils n'étaient pas allés plus loin que le bout du village. Les nombreux nids-de-poule sur les chemins et les mares de boue avaient vite dissuadé Yann de continuer la balade. Il avait marqué une pause sur un muret face à la lande, avec en arrière-fond ce rideau vert pastel qui le mettait de bonne humeur. Et Lucien avait pris place à ses côtés.

– Tu sais que je cotise toujours au Conseil de l'ordre des médecins et que j'ai gardé mon assurance ? avait déclaré le retraité au milieu d'une conversation qui n'avait rien à voir.

– C'est vrai ? À quoi ça te sert ?

– À garder mon ordonnancier pour pouvoir me prescrire du Viagra et des anabolisants quand ça me chante.

– Je me disais aussi que tu avais l'air en forme.

– Trêve de plaisanterie… Je peux très bien te remplacer quelques semaines, le temps que tu te fasses opérer.

– Sous anabolisants ? C'est hors de question ! On t'accuserait de dopage ; et moi, d'exploiter un octogénaire. Tu vois le tableau ?

– Ha ha ha ! Je t'assure, ça me ferait des vacances.

Yann avait soupiré en secouant la tête.

– Lucien, on est vraiment foutus à l'envers tous les deux. Quand certains nous supplient de signer leur arrêt de travail, nous, on n'arrive pas à s'arrêter. C'est normal, d'après toi ?

– La passion du métier, qu'est-ce que tu veux ? Je peux te donner un conseil ?

– Dis toujours… En ce moment, tout le monde s'y met : mon fils, ma kiné et même la boulangère.

– Mets une petite annonce pour trouver un remplaçant. Deux semaines, pas plus, sinon ça risque d'effrayer. Le tout, c'est de ferrer le poisson. De l'appâter… Tu lui vends du rêve, de l'exotisme. Une vie les pieds dans l'eau. Et surtout tu lui prêtes tout : le logement, la voiture, la femme.

– Quelle femme ?

– C'était un exemple… Crois-moi, si tu arrives à le garder au bout de ta ligne au moins un mois, c'est gagné.

– Et s'il veut reprendre sa liberté au bout des deux semaines ? Je fais quoi, moi ? J'annule tout ?

– Mon vieux, ne te fais pas d'illusions… Ça se passe pratiquement toujours comme ça. Ils ne tiennent pas la marée ici.

– Qu'est-ce que vous avez tous à m'appeler « mon vieux », à la fin ?

– Fais-toi opérer et tu verras qu'on t'appellera autrement.

– Petit jeunot ?

– Vieux beau plutôt, l'avait nargué Lucien en le laissant à ses réflexions.

La sagesse des aînés, avait reconnu Yann. La perspicacité caustique qui vous remet à votre place. Il espérait que ses patients pensent cela de lui aussi. N'était-il pas un aîné pour bon nombre de gens sur l'île ? Sa hanche bien calée sur le muret, il avait savouré le fait de ne ressentir aucune douleur et n'avait pas cherché à bouger. Les jours de « pétole » comme aujourd'hui procuraient au paysage un côté serein, apaisant. Les bruits environnants étaient comme amplifiés. Le cri des mouettes par exemple, le glapissement du faisan, les rires de l'autre côté de la rue, le moteur d'une tondeuse au loin. Dans l'esprit de Yann, tout semblait plus limpide aussi. Comme si c'était « pétole » dans sa tête et que toutes ses contrariétés s'étaient envolées. Jusqu'à ce que Jo fasse irruption dans sa ligne de mire, perché sur son tricycle, son petit chien dans sa remorque à l'arrière.

– Doc', je te cherchais justement.

– Qu'est-ce qui t'amène ?

– Mme Sarfati m'a demandé de lui apporter une boîte de pansements et, comme je passais dans le coin, je me suis dit que tu m'inviterais à déjeuner.

– Si tu veux… Mais tu lui as dit à Mme Sarfati que le cabinet n'était pas une pharmacie ? Surtout le dimanche !

– Oui, mais elle venait tout juste de sortir des beignets de la friteuse. Des bottereaux, elle appelle ça.

– Je ne vois pas le rapport.

– Impossible de refuser… Goûte, je t'en ai ramené un,

ça vaut le détour, avait-il ajouté en lui tendant un petit sachet tout dégoulinant de graisse.

Yann se demanda ce qui l'embêtait le plus dans le fait de s'arrêter quelque temps : abandonner sa patientèle ou s'éloigner de Jo ? Après tout, c'était lui qui l'avait engagé et il ne pouvait s'empêcher de se sentir responsable. Qui d'autre serait capable de le comprendre aussi bien que lui ? De travailler à ses côtés ? Comment réagirait Jo en son absence ? Aurait-il besoin de l'alcool pour calmer ses angoisses ? Qui l'épaulerait ? Cela pouvait dégringoler si vite avec lui. Yann n'avait parlé à personne de ses inquiétudes – pas même à Matthieu – car quelque part il se sentait coupable de ne pas faire confiance à son ami. De l'infantiliser. Il imaginait la réaction du remplaçant à son contact. Devait-il en faire mention dans son annonce ? Et de quelle manière ? Jo était indescriptible. Avec le don unique de s'inventer de nouvelles fonctions chaque semaine : livreur de médicaments et de matériel médical, psychologue de comptoir, spécialiste de l'écoute-soutien-réconfort des âmes en peine, canithérapeute et amuseur de galerie à la maison de retraite, bénévole à la buvette de tous les événements de l'île, chef décorateur de la crèche de l'église… La seule chose que Yann ne pouvait exiger de lui, c'était qu'il l'assiste dans ses soins. La simple vue du sang, d'une croûte, d'une cicatrice ou même d'une partie dénudée du corps, le mettait dans tous ses états. Comment énumérer tout cela dans une annonce sans que cela lui soit préjudiciable ? Il valait mieux privilégier l'effet de surprise. Comme ce bottereau justement. En croquant dans le beignet huileux, Yann ne s'attendait pas à le trouver délicieux. De ces bombes sucrées qui pourraient vous rendre fou et complètement addict. L'effet Jo en quelque sorte.

– Cabinet du Doc' Madec, j'écoute, inaugurait-il chaque conversation de sa voix traînante et singulière.

Dans sa position de travail pas très académique, Jo avait appris à être opérationnel. Bouger la souris de l'ordinateur du bout de ses orteils ne lui posait plus aucun problème, ni même décrocher le combiné du téléphone en appuyant sur la touche haut-parleur. Et si écouter était un art qu'il maîtrisait à la perfection, Jo venait de se découvrir un nouveau talent : rédacteur d'annonce sur le site Rempladoc.com.

– Jo, tu as eu le temps de poster l'annonce sur le site ? lui demanda Yann, au moment de fermer le cabinet.

Le Doc n'avait jamais su rédiger ce genre de choses. Ni vendre du rêve, ni mentir. Utiliser un ordinateur non plus, ni poster quoi que ce soit sur le Net. Si bien qu'en confiant cette tâche à Jo, il avait eu l'impression de choisir la solution de facilité. Mais peut-être pas la solution la plus efficace.

– C'est fait, Doc' ! répondit son assistant en mimant le salut militaire, l'air content de lui.

– Parfait ! Lucien m'a dit qu'il valait mieux s'y prendre à l'avance… Tu as suivi toutes les indications que je t'avais données ?

Jo rebondit dans le fauteuil comme s'il était sur ressorts.

– Fais-moi confiance, tu vas crouler sous les demandes après ce que je viens d'écrire.

– Tu me fais peur, Jo.

– Ha ha ha ! C'est pour ça que tu m'as engagé, Doc', ne l'oublie pas !

8

Ce vendredi soir, Alexis se résolut enfin à pousser la porte du bar de quartier. Depuis son arrivée à Brest il y a un mois, c'était la première fois qu'il sortait de l'appartement, autrement que pour aller faire des courses ou refaire le rayon prêt-à-porter pour hommes d'Emmaüs. La première fois qu'il osait affronter le monde, se frotter aux souvenirs et prendre le risque de tomber sur de vieilles connaissances. Et c'était justement à l'une d'entre elles qu'il devait ses nouvelles résolutions. Quelques jours plus tôt, il était tombé nez à nez avec Marie, en allant enlever son plâtre. Lui qui pensait avoir moins de risques de croiser du monde à la polyclinique qu'à l'hôpital. L'affiche à l'entrée avec le nom des médecins lui avait rapidement démontré le contraire. En huit ans, bon nombre de ses collègues avaient migré dans le privé. Même Marie, pourtant prédestinée à un poste universitaire, travaillait comme gynécologue dans cet établissement.

– T'as une sale gueule, Alex, avait déclaré son amie et ex-petite amie éphémère, avec sa spontanéité habituelle.

– Merci, je ne te retourne pas le compliment. Tu es… magnifique.

Après lui avoir brièvement raconté son histoire, la jeune femme – dont le ventre pointait sous sa blouse – l'avait poussé dans le bureau de son collègue orthopédiste pour que celui-ci examine ses radios entre deux consultations.

– Houlà… Ta face n'est pas la seule à avoir morflé, vu l'état de ta cheville ! avait braillé la gynécologue devant le négatoscope.

– Je ne la trouve pas si mal après tout ce qu'elle a subi.

– Je dois dire qu'ils ont fait du sacré bon boulot à Beyrouth, avait constaté l'orthopédiste. Tu peux t'estimer chanceux d'être toujours debout avec un éclatement pareil.

Jusque-là, Alexis n'avait pas vu les choses sous cet angle mais cela lui faisait du bien de l'entendre. Chanceux. Oui, il pouvait s'estimer chanceux.

– Depuis quand tu portes ta botte crasseuse ? s'était étonnée Marie en toquant dessus avec la jointure de ses doigts. Cinq ans ? Il faut scier ça tout de suite avant que des vers s'y installent.

Sa remarque l'avait amusé. Sa façon de le provoquer aussi. Avec cette gouaille de charretière qui n'avait pas faibli avec les années. Il s'était dit que le hasard faisait parfois bien les choses. De ses anciennes connaissances, Marie était sans doute la seule capable de rire de son état, de dédramatiser et de lui donner le courage de renouer avec d'autres. La croiser, en tout cas, lui avait fait l'effet d'un électrochoc.

– Viens donc au *Gobe-mouches* vendredi soir, tu connaîtras du monde.

– Vous y allez toujours ?

– Bien sûr ! Rien n'a changé, ou presque, tu verras… à part qu'on est plus vieux et encore plus cons qu'avant.

En ôtant son plâtre, Alexis s'imaginait déjà marcher normalement, sans béquille. Courir même. Mais quand il avait découvert son mollet de coq et sa cheville, aussi rigide qu'une équerre, il avait vite déchanté.

– C'est raide, avait grimacé le chirurgien, en testant la mobilité de son pied. Il va te falloir plusieurs heures de kiné, si tu veux récupérer un peu de souplesse.

– Je n'ai jamais été souple, de toute façon.

Et Marie n'avait pu s'empêcher d'ajouter :

– C'est vrai que la souplesse d'esprit n'a jamais été son fort !

À chaque pas, il sentait son poids peser lourdement sur son articulation – comme s'il avait pris cent kilos. Combien de vis et de boulons y avait-il à l'intérieur ? Il avait l'impression d'être un robot tout rouillé qu'Aurélien aurait laissé tremper trop longtemps dans son bain. Quel supplice ! Cela faisait bien une heure qu'il tournait autour du *Gobe-mouches*, sans oser entrer. Il avait beau s'éloigner, il revenait toujours au 9, rue du Bois-d'Amour. Était-ce la musique qui l'attirait comme un aimant ? Les rires et les conversations animées des fumeurs sur le trottoir ? Ou bien le fait que cet endroit n'ait pas changé ? Alexis trouvait ça réconfortant. Si sa vision du monde avait été bouleversée, l'atmosphère intemporelle qui régnait dans ce bistrot de quartier lui faisait croire un instant que tout n'était pas perdu. Qu'il pouvait raccrocher au quotidien d'une vie ordinaire – rien qu'en poussant cette porte.

– Alexis Délépine ? Ça alors ! entendit-il brailler, alors qu'il passait devant la vitrine.

Depuis la rue, impossible de repérer l'homme avec cette voix grave et singulière. Seule certitude : il ne s'agissait pas de Marie. La porte tinta comme à son habitude. Un jeu de carillons qui ne faisait plus réagir personne. Derrière le comptoir, pas de trace de l'imposante patronne en tablier. Celle qu'il aurait reconnue entre mille, avec ses pommettes roses généreuses et sa montagne de cheveux frisés sur la tête. Yvonne, où se cachait-elle ? Il eut un pincement en découvrant le barbu au look hipster qui la remplaçait au service. Trop discret, trop poli, trop beau pour la maison, pensa-t-il. Jusqu'à ce qu'il soit rassuré par la rangée de cocktails exposés devant lui. Avec ce liquide marronnasse caractéristique – ce fameux « Gobe-mouches » qui l'avait rendu malade, ivre mort, plus d'une fois. Un homme en short et en tongs, accoudé au comptoir, souleva son verre dans sa direction puis lui fit signe de le rejoindre. Son visage lui était familier. Et Alexis mit quelques secondes à restituer le nom qu'il avait gardé en mémoire depuis huit ans. Matthieu Madec, interne en chirurgie quand lui-même était chef aux urgences. Fêtard invétéré en dehors, étudiant sérieux et efficace à l'intérieur des murs. Cousin d'Anna, ami de Marie, client habituel du *Gobe-mouches* – plus que ça, même : résident à l'année du bar. Tout lui revenait comme un réseau de données imbriquées entre elles.

– Salut Matthieu, répondit-il en s'asseyant sur le tabouret voisin et en appuyant sa béquille contre le comptoir. Fidèle au poste, à ce que je vois.

– Comme tous les vendredis soir… Dis donc, ça fait un bail ! Si Marie ne m'avait pas prévenu, je ne suis pas sûr que je t'aurais reconnu.

– Je sais… il paraît que j'ai une sale gueule.

– La gueule d'un mec qui revient d'une croisière en solitaire, ajouta-t-il en souriant. Je connais ça. *Alexis approuva la comparaison.* Je parie que tu as besoin d'un petit remontant. Tiens, c'est ma tournée !

Quand Alexis plongea ses lèvres dans le cocktail, un flot de souvenirs surgit instantanément. Le rire gras d'Yvonne, les parties de belote au fond du bar, les gloussements de ses ex, le petit chien qui rasait le carrelage, les assiettes de saucisson et d'andouille appelées *pistaches-cacahouètes* servies à l'apéro, les discussions de comptoir avec Jo, un des piliers de la maison.

– J'ai testé plusieurs bars autour de la planète et, crois-moi, ce type de mélange n'existe nulle part ailleurs, annonça-t-il avec le sérieux d'un œnologue.

– Je te crois sur parole ! Il n'y a qu'Yvonne pour avoir une idée pareille !

– Justement, où est-elle ?

– À l'heure qu'il est ? Sûrement devant sa télé en train de regarder *Questions pour un champion*.

– Elle a pris sa retraite ?

– Un mot à ne pas prononcer devant elle si tu tiens à ta peau ! En fin de journée, elle ne tenait plus debout. Ses guiboles, c'était l'arc de Triomphe ! Et du coup, c'est Guillaume qui la remplace maintenant pour le service du soir.

– Marie a mis des mois pour la convaincre de m'engager, précisa le barman, qui suivait malgré lui la conversation.

– Reviens demain pour le petit déj', proposa Matthieu, Yvonne sera contente de te voir. À moins que tu repartes déjà en mission.

Alexis tressaillit.

– Non, l'humanitaire, c'est fini.

Ses yeux glissèrent machinalement vers sa béquille. Une manière de ne pas affronter son regard.

– Tu vas rempiler aux urgences alors ?

– Non plus.

– Excuse, mec. Ce ne sont pas mes oignons, rectifia-t-il en cognant son verre contre le sien.

– Pas de problème. J'avoue que je n'ai pas encore réfléchi à mon avenir.

– Moi non plus… mais j'ai une nana qui réfléchit à ma place, c'est pratique.

Alexis eut une moue amusée. Comme quoi, tout était possible. Si Matthieu Madec était en couple aujourd'hui, pourquoi lui n'arriverait-il pas à courir le marathon avec sa jambe rouillée ?

– Tout compte fait, évite de te pointer demain, conclut

Matthieu. Si tu ne veux pas qu'Yvonne t'assomme avec ses questions, ça vaut mieux.

Guillaume, le barman, approuva.

– Merci du conseil.

Et les hommes entrechoquèrent leur verre à nouveau, contents de cette compréhension mutuelle.

– Hey ! Depuis quand on trinque sans moi ? s'offusqua Marie en s'immisçant entre eux.

Guillaume la mangea du regard puis lui tendit un verre de lait Ribot, sans qu'elle ait à le commander.

– Le « Gobe-mouches » pour le petit, ce n'est pas très indiqué.

Elle passa la main sur son ventre rebondi avant de l'embrasser tendrement par-dessus le comptoir.

– Alexis Délépine, déclama-t-elle ensuite en donnant un coup de pied dans sa béquille pour la faire tomber. Ça fait vraiment plaisir de te revoir parmi nous ! Même si je sais que tu es rentré à Brest un peu en catastrophe. Pas spécialement pour nous voir ! *Elle riva son regard au sien avec intensité et prit un air sérieux tout à coup.* Sache qu'ici, on ne fait pas mine de s'appuyer sur un bâton en fer pour avancer. On s'épaule. Bras dessus, bras dessous. On se pousse même, parfois. Un bon coup dans le derrière. Hein, Matthieu ?

– Ha ha ha ! Désolé, mec… c'est la grossesse qui lui monte à la tête.

Et tous éclatèrent de rire.

9

Matthieu débarquait souvent à l'improviste à Groix. Comme s'il prenait un malin plaisir à surprendre son père et à le brusquer dans ses petites habitudes. En ce début des vacances de Pâques, il avait choisi de faire le chemin par la mer depuis Brest, avec sa petite famille : Marie-Lou, sa compagne, leur fils Malo, sans oublier Écume, leur chien. Leur voilier avait accosté au ponton de Port-Tudy juste avant la tombée de la nuit. Des faisceaux de lumière bordaient le quai et formaient des cercles dorés dans l'eau. La balise pointait sa lampe verte vers le ciel obscur. Et Matthieu, à chaque fois, se disait qu'il n'y avait pas de plus beau spectacle. Marie-Lou, émue elle aussi, avait serré dans ses bras le petit Malo qui commençait déjà à gigoter d'excitation en voyant la Méhari jaune débouler sur le quai. Il n'avait fallu que quelques minutes à Yann pour réagir, saluer son dernier patient, alerter Jo et fermer le cabinet. Malo n'avait pas laissé son grand-père sortir de la voiture qu'il lui avait déjà sauté sur les genoux en lui demandant s'il pouvait conduire sa décapotable. Ne ressemblait-elle pas à s'y méprendre à celle du manège près de chez lui ?

– Peupé Yann, j'suis un grand maintenant, avait-il insisté en pliant son pouce et en écartant ses quatre doigts pour lui montrer qu'il avait appris à compter et que dans deux jours, ce serait son anniversaire.

Ce garçon grandissait décidément trop vite, avait pensé Yann, avec l'impression récurrente d'avoir manqué l'essentiel de sa courte vie. Comment aurait-il pu lui refuser ça ?

– Juste la côte alors, puis tu repasses derrière.

– Si tu commences d'entrée de jeu à céder à tous ses caprices, vous n'avez pas fini, l'avait averti Marie-Lou d'un air attendri.

Malo avait ainsi eu le droit d'agripper ses mains potelées au volant jusqu'à la place de l'église et d'appuyer sur le Klaxon pour faire rire son grand-père. Rire Jo par la même occasion, qui fermait le convoi à vélo. À qui rien ne faisait plus plaisir que l'arrivée surprise de ses meilleurs amis. La promesse de jours de fête en perspective. De sorties bateau avec Matthieu, de parties de pêche avec Malo, de longues discussions au coin du feu avec Marie-Lou. Une sorte d'éclaircie au milieu de la brume. Au milieu de sa solitude, de ses ruminations. Avec le risque, il le savait, d'un contrecoup à leur départ.

Les premiers anniversaires ont quelque chose d'unique. Un côté magique qu'on ne retrouve plus ensuite. L'enfant a l'impression d'être le roi du monde, et sa fierté se mêle souvent à une certaine gêne de se retrouver ainsi au centre de l'attention. Surtout quand tous se mettent à chanter à tue-tête « Joyeux anniversaire », en soufflant dans les cotillons et en lançant des confettis. Et le 17 avril, dans la maison Madec, ce n'était pas un seul enfant que l'on mettait à l'honneur. Malo avait la chance de partager son jour de fête avec une petite fille du même âge, Rose, née à quelques minutes d'intervalle sur l'île de Groix. Avec une émotion teintée de nostalgie, Yann les observait souffler leurs quatre bougies en crachant sur les gâteaux, lorsque cette matinée d'il y a quatre ans lui revint en mémoire. Comment pourrait-il l'oublier ?

Chose rare. Ce jour-là, Jo l'avait interrompu en pleine consultation, un éclat d'excitation dans les yeux. Quand la voix de Matthieu avait retenti dans le haut-parleur de l'entrée, il avait préféré s'asseoir pour entendre la nouvelle.

– Marie-Lou vient de perdre les eaux... On est à l'hôpital.

– C'est imminent alors, avait répondu Yann d'une voix enrouée.

– Je ne sais pas... Une sage-femme est en train de l'examiner. Et moi, je commence à paniquer grave.

– On arrive, avait déclaré Jo sans attendre. Je décale les consultations de Yann et on prend le premier bateau.

– Vous avez intérêt à rappliquer fissa, je ne suis pas sûr d'assurer.

– T'as pourtant pas grand-chose à faire que d'attendre, non ?

– Justement, Jo... C'est ce que je ne sais pas faire : attendre. Je te jure, je suis à deux doigts d'envoyer valser la sage-femme et de gérer moi-même l'accouchement.

Yann avait secoué la tête, en souriant. Conscient et un peu inquiet de ce que son fils était capable de faire. Mais à peine avait-on raccroché le téléphone qu'il s'était mis à sonner à nouveau. Comme si une surprise n'arrivait jamais seule.

– Cabinet du Doc' Madec, j'é...

La personne au bout du fil ne l'avait pas laissé finir sa phrase :

– Jo, avait-elle gémi. Passe-moi Yann, vite !

Elle n'avait pas eu besoin de se présenter, ils avaient tous les deux reconnu le son de sa voix.

– Olivia, je suis là, avait répondu Yann, dans un état second, encore tout remué par l'annonce de son fils.

– J'ai des contractions depuis cette nuit... Et là, ça s'accélère. Je crois que je suis en train d'accoucher.

Heureusement que Yann était bien calé au fond du fauteuil et Jo, assis sur le bureau. Les deux hommes s'étaient regardés en silence pour vérifier s'ils avaient compris la même chose. Deux regards inquiets qui avaient dû intégrer plusieurs informations en même temps : Olivia était enceinte, elle l'avait bien caché, elle n'aurait sûrement pas le temps d'arriver à l'hôpital, ils allaient donc devoir l'accoucher avec les moyens du bord. Jo s'était mis à trembler comme une feuille.

– On arrive, Olivia… Pas de panique, l'avait rassurée Yann. Tu t'allonges sur le lit. T'essaies de respirer calmement et tu nous attends pour pousser.

– Euh… Comment ça, nous ? Moi aussi ? avait couiné Jo, en le suivant à contrecœur.

D'un air béat, Yann ne quittait pas des yeux les deux enfants. Un petit blond espiègle, déjà carré comme son père, et une petite brindille brune, malicieuse comme sa mère. Jo, pour l'occasion, arborait fièrement son nez de clown et tentait maladroitement de jongler avec des mandarines, tout écrasées à force de tomber. Son chien Prozac, dans le rôle de ramasseur de balles.

– T'es trop nul, lui cria Rose, en gloussant de plaisir.

– Aussi nul que Peupé Yann pour marcher ! ajouta Malo, faisant perdre le sourire à son grand-père.

Un peu plus tôt dans l'après-midi, la joyeuse bande avait tenté une promenade jusqu'à l'anse Saint-Nicolas. Yann avait prétexté devoir rester pour préparer le goûter d'anniversaire, mais Matthieu n'était pas dupe et l'avait forcé à se joindre à eux. S'il voulait que son père réagisse, il fallait le bousculer. L'humilier même. Jusqu'à le transporter dans la carriole tractée par le vélo de Jo, à la place du chien. Opération réussie. Yann avait ri jaune, puis reconnu qu'il y avait urgence à ce qu'il trouve un remplaçant. Il avait même pris un air abattu. Avec Jo, ils avaient pourtant fait le nécessaire. Il ne comprenait pas pourquoi on ne se bousculait pas au portillon. Vraiment pas.

– Montre donc cette annonce ! intima Matthieu, une fois les cadeaux distribués, en prenant la tablette qui traînait sur la table.

Quand tout le monde se pencha au-dessus de l'écran, Jo se sentit obligé de préciser :

– Ce n'est qu'un premier jet. Je peux encore l'améliorer.

– Tu peux la lire tout haut, s'il te plaît ? l'encouragea Marie-Lou.

– OK… écoutez ça, dit-il en s'éclaircissant la gorge. « Le Doc' Madec cherche remplaçant en médecine générale. Quinze jours pour commencer. »

– Quinze jours ? s'étrangla Matthieu, sous le regard réprobateur de Marie-Lou.

– Laisse-le continuer.

Nouveau raclement de gorge.

– « Quinze jours pour commencer. Plus si affinités. Patients de 0 à 99 ans, plutôt sympathiques. Activité variée. 30 actes par jour. Visites à domicile. Logement fourni. Voiture de fonction – et pas n'importe laquelle : Méhari, retapée à neuf, avec capote en cas de pluie. *Matthieu leva les yeux au ciel.* Secrétaire sur place : zélé, efficace, multitâche, bon compagnon de pêche, amateur d'échecs… Beau par-dessus le marché. *Éclat de rire général – ou presque –, fierté de l'artiste de susciter un tel effet. Sourire puis pincement de lèvres sérieux pour continuer à parler.* Rétrocession 80 %. Aucun logiciel de RDV en ligne ni de dossiers informatisés. Bref, aucun logiciel. Mais jeux de société dans la salle d'attente. Et enfin… allergiques au chien, s'abstenir. »

Yann guetta son fils du coin de l'œil, un peu inquiet. La créativité de son associé ne semblait pas l'amuser du tout. Mais pas du tout.

– N'importe quoi ! explosa Matthieu en tapant du poing sur la table.

– Je n'aurais peut-être pas dû parler du chien, s'excusa Jo, en se frottant la tête, ce qui ne fit qu'accentuer le fou rire général.

– Je comprends mieux pourquoi je ne trouve personne, bredouilla Yann, d'un air faussement innocent.

– Si Jo confond site de rencontres et site de remplacement, forcément, pouffa Marie-Lou.

Et Olivia d'ajouter :

– D'un autre côté, c'est bien avec lui que le remplaçant va devoir travailler. Je la trouve plutôt à l'image de Jo, cette annonce.

– Justement, ça peut rebuter.

Marie-Lou n'avait pas réfléchi à sa phrase et Jo prit un air boudeur.

– Non, ce n'est pas ce que je voulais dire… Désolée, Jo.

L'affaire était close. Plus personne n'en avait reparlé au cours du séjour. Et Marie-Lou avait vite dissuadé Matthieu de modifier l'annonce. Mieux valait ne pas trop s'en mêler. En quelques années, la jeune femme commençait à bien cerner le fonctionnement Madec. Les rapports père-fils étroits et distants à la fois. Pudiques et sincères. Une sacrée bande de têtes de mule en tout cas. Tous plus fiers les uns que les autres. Plus bornés et incontrôlables aussi. Et dire qu'elle avait mis au monde une version miniature. Elle n'était pas au bout de ses surprises.

10

Plus les jours passaient, plus Alexis se comportait comme le troisième enfant de la maison. Ou comme un baby-sitter peu recommandable. En ramenant ses neveux de l'école, il ne manquait pas une occasion de s'empiffrer de bonbons, monopolisait les toilettes en lisant le *Journal de Mickey*, mangeait avec les doigts, ne débarrassait pas toujours son assiette, regardait l'âne Trotro à la télé avec Aurélien sur les genoux, s'amusait à vider les affaires de son ex-beau-frère dans le dos de sa sœur, oubliait de se laver les dents, se couchait toujours très tôt – avec les poules, comme Valentine lui faisait remarquer. À part bien sûr, les vendredis soir, où il se rendait au *Gobe-mouches* retrouver la bande. S'il s'était moqué de Marie l'autre jour, quand elle lui avait proposé son aide, il se rendait compte aujourd'hui à quel point leur joyeuse compagnie lui était bénéfique. Ce bar de quartier constituait une sorte de pont avec son passé. Un pont qui le rassurait et l'emmènerait peut-être vers un avenir meilleur. Certains matins, hanté au réveil par des yeux noirs implorants, il en doutait. Il traînait alors la patte, cherchait à se vider la tête, fuyait le reste de la journée. Mais heureusement, il y avait ces autres matins – de plus en plus fréquents – où tout lui semblait possible. Même courir avec ses neveux sur le trottoir pour arriver avant la sonnerie de l'école, rejoindre Yvonne au *Gobe-mouches* et manger de l'andouille au petit déjeuner. La bistrotière, la première fois, avait mis du temps à le reconnaître. Elle lui avait pincé les joues comme à un petit garçon, avant de lui proposer de lui couper les cheveux et de lui raser la barbe derrière le comptoir. Il appréciait sa franchise, son humour graveleux, ses préoccupations si différentes des siennes qui lui changeaient les idées : les résultats du tiercé par exemple, les ragots du quartier ou le gagnant de l'émission *Questions pour un champion.* Comme l'avait prédit Matthieu, il n'avait pas coupé à l'interrogatoire et, étrangement, cela ne l'avait pas dérangé de répondre à ses questions. Son interlocutrice était si éloignée de l'actualité géopolitique, des conflits armés ou de l'épidémie du Sida qui sévissait dans le monde qu'il n'avait pas eu besoin de rentrer dans les détails. De toute façon, ses centres d'intérêt portaient surtout sur sa vie sentimentale ou la gastronomie locale :

– On mange quoi en Colombie ? Des haricots rouges ? Les tripes sont excellentes, à ce qu'il paraît... Tu n'as même pas d'histoires croustillantes à me raconter ?

Un matin, il l'avait trouvée grimaçante, le front perlant de transpiration, s'appuyant lourdement au comptoir. Se plaindre n'était pas dans ses habitudes, si bien qu'il avait dû aller au-devant du problème.

– Tu peux jeter un œil à ma jambe ? Mon ulcère ne cicatrise pas, je n'sais plus quoi faire. Ça me fait un mal de chien.

Alexis avait reculé d'un pas.

– Désolé, je ne suis pas la bonne personne… La médecine, c'est fini pour moi.

– Comment ça ? Qui t'a mis cette connerie en tête ?

– Moi-même… Je ne m'en sens plus capable. Je crois que je n'en ai plus envie non plus.

Yvonne avait frappé du poing sur la table.

– Plus envie de rendre service ? Mais c'est complétement égoïste ! Je te signale que ce sont mes impôts qui t'ont payé tes études à rallonge… Et ce n'est pas Marie la gynécologue, Matthieu et Anna les chirurgiens, ni Marie-Lou la neurologue, qui vont pouvoir me donner un avis sur ma guibole. Alors mon p'tit père, voilà comment ça va se passer : tu vas bouger tes fesses derrière le comptoir et moi, je vais dérouler ma bande. Allez ! Et que ça saute !

Alexis l'avait laissée finir sa tirade, sans broncher, et s'était exécuté mécaniquement. Après tout, il reconnaissait qu'elle n'avait pas tort.

– T'énerve pas !

– Si je m'énerve ! On est bientôt fin avril et tu n'as toujours aucun projet. Vraiment, tu tournes en rond, Alexis !

– Je gobe les mouches plutôt, avait-il répondu pour la faire sourire, sans succès, en commençant à ôter délicatement son bandage et découvrant les marques obliques qui cisaillaient son mollet. Pas étonnant que tu ne cicatrises pas, ça fait garrot tellement l'œdème est important.

L'état de la peau n'était pas beau à voir. Une zone orangée et cartonnée entourait la plaie profonde et son pied, à la teinte cramoisie, débordait de sa chaussure.

– C'est infecté, je vais te prescrire des antibiotiques ; et il faudra que tu t'arrêtes quelques jours. Ta jambe doit rester surélevée.

Le visage de la tenancière s'était rembruni tout à coup.

– C'est hors de question !

– Alors, ça va être mon tour de m'énerver ! avait soupiré Alexis. Je veux bien rendre service, à condition qu'on m'écoute !

Deux mines boudeuses s'étaient fait face pendant de longues secondes ; puis Yvonne avait fini par céder, en ronchonnant :

– Je vais appeler Guillaume pour qu'il me remplace, alors...

– Sage décision.

Le vendredi soir suivant, toute la bande le félicita. L'homme qui avait réussi à raisonner la bistrotière – la soigner par la même occasion – devait être considéré comme un héros.

– Tournée générale offerte par la maison ! annonça Guillaume, en le voyant débarquer.

L'état de santé d'Yvonne s'était fort heureusement amélioré. Avant de se rendre au bar, Alexis lui avait rendu visite au premier étage. Même si elle avait du mal à rester en place et à accepter qu'une infirmière passe lui faire son pansement, son pied avait retrouvé sa couleur brunâtre habituelle et sa plaie commençait à se refermer. Déformation professionnelle oblige, elle lui avait proposé à boire. Ça l'avait fait sourire et il s'était dit qu'elle était presque guérie.

– Yvonne nous a dit que tu voulais te reconvertir, c'est une blague ? lui tomba dessus Marie, dès qu'il eut poussé la porte.

– Les nouvelles vont vite, à ce que je vois.

– Fiche-lui la paix ! Il est assez grand pour décider de son avenir, la moucha Matthieu, en faisant signe à Alexis de s'asseoir à ses côtés.

Marie posa les mains sur ses hanches, l'air contrarié.

– Je peux savoir qui tu es allé voir, juste avant ?

– Yvonne, pourquoi ?

– Ha ! J'avais deviné... En bon médecin, tu voulais t'assurer que ta patiente allait bien.

– Pas du tout... J'ai juste voulu être sympathique.

– Alexis... Que tu le veuilles ou non, tu ne sais faire que ça : soigner ! Comme moi, comme Matthieu. Les années nous ont conditionnés. Impossible de s'arrêter du jour au lendemain.

– Les urgences, je ne m'en sens plus capable.

C'était un cri du cœur. Et Alexis venait de mettre des mots sur le fond du problème.

– Pourquoi tu ne ferais pas médecin généraliste, alors ? C'est ta formation au départ, n'est-ce pas ?

Alexis hocha la tête en soupirant. Était-ce la grossesse de Marie qui la rendait si tenace ? Et voilà que Matthieu n'intervenait plus en sa faveur et réfléchissait, le nez dans son verre. Cherchant peut-être dans les vapeurs du « Gobe-mouches » une solution à son problème.

– Mec, j'ai peut-être un plan pour toi, lâcha-t-il d'un ton évasif.

– Ah non… Tu ne vas pas t'y mettre, toi aussi, le supplia Alexis.

Son ami but quelques lampées avant de continuer :

– T'as raison, désolé. Je viens d'avoir Jo au téléphone et je repensais à toutes ses histoires, ça m'a embrouillé.

– Jo ? Notre Jo ? Comment va-t-il ? Je me demandais justement pourquoi on ne le croisait plus au *Gobe-mouches*.

– Il est à Groix maintenant… depuis plus de quatre ans. C'est une longue histoire.

– C'est ton fief cette île, non ? Tu as de la famille là-bas ? C'est toi qui lui as trouvé un job ?

– Ouais, en quelque sorte. Mon père est médecin sur l'île et il l'aide au cabinet.

– Jo, secrétaire médical ?

– Euh… c'est un bien grand mot. Mais tout arrive, mec ! Tout arrive.

– Et quel est le rapport entre Jo et la proposition que tu allais faire à Alexis ? demanda Marie, qui avait du mal à suivre.

– Mon père n'arrive pas à trouver de remplaçant. Il doit se faire opérer de la hanche et retarde l'opération depuis plusieurs mois déjà. C'est complètement crétin d'attendre, mais il ne veut rien savoir et dérouille en silence. Que veux-tu ?

– Et Jo dans l'histoire ?

– Je viens de l'engueuler. À cause de l'annonce zarbie qu'il a publiée sur un site de remplacement, je ne vois pas qui pourrait être assez fou pour tenter l'expérience.

– À part Alexis… bien sûr ! ajouta Marie, tout sourire.

– Merci.

– De rien.

Ils restèrent tous les trois silencieux un bon moment. Guillaume, depuis quelque temps, se permettait de changer le style de musique de l'établissement. Moins guinguette, plus rock. Plus actuel. Bientôt, la statuette de cochon au bout du comptoir disparaîtrait pour une œuvre plus moderne aussi. Tout se perdait. Alexis pensa à Yvonne, à Jo. Aux propos de Marie… À l'île de Groix, où il n'avait encore jamais mis les pieds.

– Tu m'intrigues, finit-il par dire à Matthieu. Fais voir l'annonce !

11

Le bruit l'avait réveillé. Celui du verre qui se brise sur le parquet. Ou d'un pare-brise qui vole en éclats. D'une mort brutale et imprévisible, à laquelle Jo aspirait dans ces moments-là. Trop enivré pour se lever, trop triste pour parvenir à s'endormir, il restait à souffrir sur sa chaise, comme s'il était ligoté, torturé par ses propres idées. Des heures, une nuit entière parfois. Sans espoir de libération. Sans espoir… Ce soir-là, le verre lui avait glissé des mains avant que la bouteille de whisky soit complètement vide. Une seconde de relâchement avait suffi. En regardant ses doigts pendre au-dessus des fragments brillants éparpillés sur le sol, il avait pleuré sans retenue, comme un enfant. Le geste n'avait pourtant pas de conséquences particulières – un verre cassé, ni plus ni moins. Mais il savait que la violence résidait ailleurs : dans ses propres pensées. Quelle place avait-il dans ce monde ? Qu'avait-il accompli de bien ? Vers quel avenir se dirigeait-il ? À quoi rimait une vie de souffrances ? À quoi rimait la vie en général ? Ses sanglots ne lui avaient apporté aucune réponse. Plutôt un sentiment de honte et de lâcheté. Il avait réussi à se déporter sur le canapé et s'était allongé sur le côté, au cas où l'envie de vomir le prenne durant la nuit. Combien de fois avait-il dormi dans cette position ces derniers mois ? Il ne les comptait plus. Ce coup-ci, il l'avait pressenti. Ce fameux contrecoup à chaque fois que Matthieu et sa famille levaient l'ancre, ou – à un moindre degré – quand Yann fermait le cabinet le soir et lui donnait rendez-vous le lendemain. L'angoisse montait juste après. La soif d'alcool aussi. Subite et irrépressible. Comme les secousses qui gagnaient tout son corps. La solitude avait toujours eu cet effet sur lui. Capable, à elle seule, de le transformer en quelqu'un d'autre. Plus vulnérable, plus lucide aussi. Sa face sombre en quelque sorte. Comment avait-il pu croire qu'un exil sur l'île de Groix pouvait changer ce phénomène ? Cette fragilité, cette solitude, transpiraient en lui, où qu'il soit. Transmise de génération en génération. Comment lutter contre cette fatalité ?

– Jo ? Ouvre-moi ! Jo ?

Olivia frappa à sa porte, doucement, avec le plat de la main, pour ne pas alerter les patients installés dans la salle d'attente du rez-de-chaussée. Ce lundi matin, en repérant le fauteuil vide dans le hall d'entrée et les piles de courrier qui s'entassaient sur le bureau, elle avait tout de suite compris et foncé au premier étage. Après avoir déposé Rose à l'école, la kiné s'était d'abord dirigée vers le cabinet pour s'occuper de Yann – son premier patient de la journée. L'état du médecin généraliste n'avait fait qu'empirer ces derniers jours et la rumeur courait qu'il ne consultait plus qu'assis en donnant des coups de pieds sur le sol pour déplacer sa chaise à roulettes. Un comportement qui semblait amuser sa clientèle, mais qui – de son côté – la faisait rire jaune. Jusqu'où irait-il ? Jusqu'au fauteuil roulant manifestement. Mais une inquiétude nouvelle avait pris le pas sur la précédente en débarquant au cabinet. Mêlée d'un sentiment d'irritation. Était-elle la seule personne sur l'île à s'inquiéter pour Jo ? Yann, depuis le temps, s'était fait une raison. Toute tentative de sevrage, chez son ami, s'était soldée par un échec et il s'était résolu à ne pas intervenir. Après ses nuits d'ivresse, son assistant finissait toujours par descendre, de toute façon. N'était-ce pas l'avantage d'un logement au-dessus du cabinet ? Toujours garder un œil sur lui ? Olivia ne partageait pas cette passivité. Elle n'avait peut-être pas fait de très longues études de médecine, ne maîtrisait pas bien la psychologie de Jo, ni les secrets de son passé, mais elle le sentait glisser ces derniers mois. Comme Yann, mais pour d'autres raisons. Sa perte de poids pour commencer – quelques kilos à peine, assez pour le faire flotter dans ses pantalons. Son hygiène négligée. Son teint tirant sur le jaune – le vert parfois. Ses grasses matinées de plus en plus fréquentes, qui cachaient autre chose que de la paresse. Et sa façon de faire le pitre en toutes circonstances pour noyer le poisson. Comme l'autre soir, lorsqu'il revenait de la pêche, plage de la Glacière. Qu'elle l'avait surpris longeant le quai, le regard dans le vague, la démarche courbée sous le poids des contrariétés. Et le changement subit de son visage quand elle avait klaxonné. Elle se souvenait qu'il avait accouru vers elle pour lui raconter la dernière blague du jour.

– La famille « Groix à dîner ce soir » a un fils, comment s'appelle-t-il ? Tu donnes ta langue au chat, pas vrai ? Gédéon. « Gédéon Groix à dîner ce soir ». Elle est canon cette blague, hein ?

À croire qu'il notait toutes les blagues nulles qu'il entendait au comptoir du PMU pour pouvoir faire diversion. En le voyant remonter la côte du Bourg juste après, sa canne à pêche sur l'épaule, elle s'était demandé s'il avait repris sa mine triste, une fois le dos tourné. Un rusé, ce Jo. Un trompeur. Un clown triste, décidément.

– Ouvre à la fin ! Sinon, j'enfonce la porte !

Le double des clefs traînait sans doute dans un tiroir de son bureau, mais la menace lui sembla plus efficace. Jo lui ouvrit quelques minutes après, les cheveux en bataille, les yeux vitreux et la mine coupable.

– Je m'habille et j'arrive… J'ai eu une panne de réveil.

Et Olivia s'apaisa aussitôt.

– Tu veux que je te fasse un café, pendant que tu te prépares ?

– Plutôt un thé noir, avec trois sachets, s'il te plaît.

Du thé, c'est vrai. L'addiction chez Jo s'exprimait sous toutes ses formes. Alcool, tabac. Même le thé était consommé à outrance. Trop fort pour être buvable, jugea Olivia en goûtant une gorgée. Ils rejoignirent le cabinet du rez-de-chaussée quelques minutes après et sautèrent sur Yann, dès qu'il sortit de son bureau. En chaise à roulettes, comme l'annonçait la rumeur.

– Désolé, je ne vais pas avoir le temps, s'excusa-t-il auprès de sa kiné préférée.

– Je ne crois pas t'avoir demandé ton accord, rétorqua Olivia, avec l'aplomb qui la caractérisait. Tu es sur mon planning, ce n'est pas négociable. Allonge-toi ! *Elle invita Jo à assister à la séance.* Viens par ici, toi ! J'aurai peut-être besoin de ton aide s'il ne se laisse pas faire.

– Tu veux que je l'immobilise sur la table d'examen ? plaisanta-t-il en gonflant ses biceps.

Mais Yann n'était manifestement pas d'humeur à rire.

– Je serais toi, je ne ferais pas le malin.

Jo eut une moue d'excuse. Message compris. Alors que la bouteille de whisky de la veille en aurait tué plus d'un, lui se sentait maintenant d'attaque pour entamer sa journée de travail. Un des avantages de l'accoutumance, les lendemains de cuite lui semblaient moins difficiles. Un phénomène d'endurance sans doute.

– Tu es trop rouillé aujourd'hui au niveau de la charnière, constata Olivia en mobilisant son patient avec douceur. Je vais me concentrer sur tes genoux et tes chevilles.

Yann n'eut d'autre choix que de se laisser faire et prendre son mal en patience. Les patients qui attendaient dans la salle d'attente aussi, d'ailleurs.

– J'ai reçu un coup de fil étrange hier soir, annonça le médecin après un moment d'hésitation.

Olivia releva la tête.

– De quel genre ?

– Un ami de Matthieu, souffla-t-il. Qui voulait avoir des précisions sur l'annonce. Il n'avait pas l'air si emballé pourtant, c'était vraiment bizarre.

– C'est génial, tu veux dire ! s'enthousiasma Jo en gigotant sur sa chaise, relayé par Olivia.

– Une sacrée bonne nouvelle !

– Non, je vous dis. J'ai l'impression que Matthieu l'a forcé à m'appeler... Il était hésitant, pas très motivé.

La kiné leva les yeux au ciel et tira un peu trop vigoureusement sur sa jambe.

– Comment veux-tu te rendre compte par téléphone ?

– Aïe, pas trop fort, tu me fais mal !

– Pardon... Continue.

– Le mec n'a jamais exercé dans un cabinet libéral apparemment. Il a travaillé aux urgences puis a fait de l'humanitaire à travers le monde. Il n'était pas revenu en France depuis huit ans, t'imagines ?

Jo se mit à ricaner.

– Et toi ? Tu t'es barré combien de temps à la Réunion ? Moi je le trouve plutôt intéressant, son parcours.

– Si ça se trouve, il te ressemble, approuva Olivia.

Jo s'approcha de la table d'examen, bien décidé à éclaircir cette histoire.

– Comment s'appelle-t-il ? Si c'est un ami de Matthieu, il y a des chances que je le connaisse.

– Oui, c'est le cas. Vous vous êtes croisés au *Gobemouches* apparemment.

– Au Gobe... quoi ? grimaça Olivia.

– Un bar, je t'expliquerai. Le meilleur de tous ! C'est forcément un mec bien ! C'est quoi, son nom ?

– J'ai oublié.

Jo soupira.

– Alors passe-moi ton téléphone, que je le rappelle !

– C'est justement ce que je lui ai proposé... Que tu le rappelles.

– Ben, voilà ! Fallait le dire plus tôt ! s'écria Olivia.

– L'affaire est dans le sac. Croyez-moi, c'est comme si c'était fait.

Quand Jo bomba la poitrine d'un air victorieux, les deux autres prirent peur. L'assurance chez Jo n'annonçait rien de bon en général. Ses certitudes ayant une fâcheuse tendance à se fissurer aussi vite qu'elles s'étaient formées, puis à se transformer en déceptions. Qu'à cela ne tienne, l'assistant venait de s'emparer du portable et s'éloignait déjà à grandes enjambées à la recherche d'un peu de tranquillité. D'ici, ils purent l'entendre s'éclaircir la voix plusieurs fois avant de prononcer un « allô » des plus exaltés.

12

Alexis avait toujours considéré la vie comme une succession de choix. Certains mûrement réfléchis, d'autres pris sur un coup de tête. Tout était question de maturité, de moment, d'humeur, de rencontres... Mais depuis qu'il avait traversé de nombreux pays au régime totalitaire, il mesurait sa chance de pouvoir décider de son avenir. Encore fallait-il avoir l'envie, l'élan suffisant pour prendre des initiatives. À quel moment avait-il pris sa décision ? Il ne s'en souvenait pas précisément. Un sentiment d'inutilité l'avait gagné un matin quand Valentine et les enfants étaient partis travailler. Une sorte de spleen qu'il avait perçu comme positif. Avec l'idée qu'il était peut-être en train de cicatriser. Ce matin-là, Alexis était sorti de l'appartement et s'était dirigé vers le port du Château. Un quartier qui s'était métamorphosé ces dernières années, qu'il aimait arpenter le nez en l'air, avec la curiosité d'un touriste dans sa propre ville. L'énergie qui émanait de ce lieu avait quelque chose de stimulant. Une énergie tournée vers l'océan, vers l'horizon de tous les possibles. Assis sur un banc face à la marina, il s'était mis à réfléchir à son avenir. Un futur proche pour ne pas l'angoisser. Vers quelle activité pouvait-il bien s'orienter ? À part soigner, que savait-il faire ? Il repensa aux propos de Marie. À l'annonce fantaisiste rédigée par Jo, que Matthieu avait tant hésité à lui montrer.

– Ce n'est pas la peine de la lire jusqu'au bout, l'avait-il mis en garde en posant son téléphone sur le comptoir du *Gobe-mouches* pour que Marie puisse la découvrir elle aussi. Le début suffit…

Mais la curiosité avait poussé Alexis à aller plus loin.

– C'est une blague ?

Entre Matthieu qui secouait la tête, dépité, et Marie qui éclatait de rire, la réaction d'Alexis s'avérait moins tranchée. Cette annonce n'avait-elle pas le mérite de lui donner des nouvelles de Jo ? « Zélé, efficace, multitâche. » Et surtout aussi joyeusement décalé qu'avant, avec toujours le mot pour rire. N'était-ce pas la preuve qu'il s'en était bien sorti ? Dans ses souvenirs, ce n'était pourtant pas gagné.

– Jo s'enflamme un peu, tu le connais, avait ajouté Matthieu d'un air renfrogné, en reprenant son téléphone, au cas où lui prenne l'envie de relire une nouvelle fois la petite annonce. Ce n'était pas une bonne idée. Désolé

Marie, de son côté, semblait pourtant convaincue :

– Rien que pour travailler avec Jo, moi j'accepterais à ta place !

– Pourquoi quinze jours ? s'était interrogé Alexis, en

se frottant la barbe. On s'arrête plusieurs mois après une prothèse de hanche, non ?

– Ouais, c'est vrai... mais pas mon père.

Ce que Marie avait confirmé :

– Quand tu verras l'engin, tu comprendras.

– Je n'ai pas encore dit oui.

– Allez, dis oui, l'avait-elle supplié en battant des cils, avant de se pendre à son cou. Dis oui !

Et le barman, face à eux, avait froncé les sourcils dans leur direction.

– C'est purement professionnel comme proposition, l'avait tout de suite rassuré Alexis. Elle est toujours aussi insistante pour arriver à ses fins ?

L'homme avait confirmé d'un hochement de tête amusé.

– Je suis parti en courant la première fois.

– M'étonne pas !

Bien sûr, Marie ne s'était pas fait prier pour lui raconter leur rencontre rocambolesque. La gynécologue avait croisé Guillaume lors d'un semestre de formation à Paris. Elle cherchait à meubler son studio dans le quartier du Montparnasse, lui à vider son appartement quelques rues plus loin et le site Leboncoin avait servi d'intermédiaire.

– Preuve qu'il faut toujours répondre aux annonces, avait déclaré Marie avec malice, en caressant son ventre rebondi.

Une remarque ponctuée d'éclats de rires et d'une nouvelle tournée de « Gobe-mouches » – sauf pour la future maman, qui avait eu le droit à un autre verre de lait Ribot.

Plus personne n'avait osé reparler de l'annonce ce soir-là mais, chez Alexis, l'idée avait fait son chemin. Un chemin sombre et broussailleux qui s'éclairait à mesure qu'il y pensait. Même si le premier échange avec Yann, le père de Matthieu, avait été un peu froid et distant au téléphone. Même si l'homme s'était montré méfiant quand Alexis s'était présenté comme un ami de son fils, il ne s'était pas démonté. Le remplacer lui donnait l'impression de rendre service à un ami. Comme de soigner la jambe d'Yvonne. Il était désormais convaincu que ce n'était pas un choix, mais un devoir à accomplir. Cela ne se refusait pas. Surtout qu'il ne prenait pas grand risque à s'engager pour une si courte période.

– Tu auras juste le temps de poser tes valises que tu devras déjà repartir, lui avait confirmé Jo, le lendemain matin au téléphone.

Une voix enthousiaste et chaleureuse qu'il avait eu plaisir à réentendre.

– Tu débarques quand ? Tu me donneras l'horaire de ton bateau qu'on vienne te chercher.

Sa sœur, qui écoutait la conversation, avait été étonnée d'entendre sa réponse :

– C'est plutôt à vous de me donner la date de l'intervention… Je m'organiserai en fonction.

Ils étaient installés à la table du petit déjeuner et Valentine avait bien failli en faire tomber sa tartine dans son bol de thé.

– Dis donc, je pensais que tu serais plus difficile à convaincre.

Alexis s'était mordu la joue, surpris lui aussi de la facilité avec laquelle il avait accepté. L'effet Jo, sans doute.

– C'est un bon test, avait-elle ajouté. Après ce remplacement, tu sauras si tu es toujours fait pour la médecine. Tu pars quand ?

– Tonton Alexis, tu pars ?

La réaction de ses neveux l'avait un peu décontenancé en revanche. Pris de panique, les deux garçons s'étaient cramponnés à lui, comme si un rat courait sous la table. Aurélien lui avait pincé le cou de ses petits doigts boudinés et Damien avait inondé son tee-shirt d'une substance non identifiée. Un mélange de morve, de bave et de larmes probablement. Alexis et Valentine s'étaient interrogés du regard un long moment en pensant à la même chose. À cet homme parti sans prévenir, en laissant ses habits dans les placards. À l'angoisse d'abandon des petits. Un voile triste avait couvert le visage de sa sœur et il avait souri pour la rassurer. Puis il avait refermé ses bras autour de ces deux petites choses bien turbulentes qu'il avait su apprivoiser ces dernières semaines et qui pinçaient son cœur en ce moment, plus qu'il ne l'aurait pensé.

– Je vous inviterai sur mon île, promis.

– C'est loin ?

– Non, pas très.

– Tu restes en Bretagne ?

– Évidemment, quelle question !

Un soupir de soulagement s'était fait entendre.

Aurélien lui tendit un gâteau tout écrasé au creux de sa main et Damien, un *Journal de Mickey* tout écorné. Au cas où il s'ennuierait pendant le trajet ou aurait une petite faim. Valentine, attendrie par la scène, eut un sourire d'excuse et l'embrassa. En se dirigeant vers le bus, il veilla à ne pas boiter. Une démarche aérienne, aussi légère que le sac qu'il emportait avec lui. Alexis n'avait jamais aimé les haies d'honneur. Les effusions au départ, ni à l'arrivée. Les démonstrations d'affection en général. Et pourtant, il n'avait pas réussi à les dissuader de l'accompagner jusqu'à la gare routière. Se rendre sur l'île de Groix en transports en commun s'avérait plus compliqué qu'un trajet Paris-Brest. Il devait d'abord rejoindre Quimper en autocar puis Lorient en train, avant d'aller à l'embarcadère, situé à quelques kilomètres de la gare, pour la dernière traversée en bateau. Une expédition qui lui donnait l'impression d'aller au bout du monde, contrairement à ce qu'il avait dit à ses neveux. Un bout du monde breton, entouré d'eau. Où l'exotisme consisterait sans doute à cohabiter avec Jo.

– Tu nous enverras des photos ! lui cria Valentine.

Il hocha la tête, en sachant pertinemment que les reportages n'étaient pas son fort. Le temps de les saluer derrière la vitre, le véhicule se mit en marche et disparut dans la côte qui descendait vers le port. Alexis pensa à son arrivée à Brest, quelques semaines auparavant. Dans quel état d'esprit se trouvait-il aujourd'hui ? Le décor, en plein jour, lui parut différent. Plus net, plus familier. Réconfortant même. Pourtant, il ressentait la même impression de flottement. D'égarement. De tristesse. Il se demanda s'il avait pris la bonne décision. S'il n'était pas en train de fuir de nouveau ? Fuir la réalité ? Il se demanda s'il serait à la hauteur. S'il n'était pas trop tôt pour reprendre le travail. Un sentiment d'angoisse l'envahit et il enfouit sa tête dans ses mains. Surtout ne pas réfléchir. De toute façon, il était trop tard pour faire marche arrière. La bande dessinée posée sur ses genoux attira son attention. Donald, comme s'il avait été capable d'entendre ses interrogations, lui fit un clin d'œil. Le petit Damien, par la même occasion, qui lui avait donné le *Journal de Mickey* un peu plus tôt.

– Que vois-tu, Onc' Donald ?

– Rien ! J'ai du soleil dans les yeux !

– Vivement que je pose le pied sur la terre ferme…

– Argh !

Alexis sourit. Sacré Damien ! N'était-il pas, malgré lui, en train de lui venir en aide ? Un coup de pouce pour lui éviter de cogiter durant le trajet ? Pour lui redonner le sourire aussi ? Argh ! Surtout ne pas réfléchir. Et se laisser guider. Oui, se laisser guider vers la terre ferme.

DEUXIÈME PARTIE

« La confiance se gagne en gouttes et se perd en litres. »

Jean-Paul Sartre

13

Assis au bout de la jetée, Jo agitait les bras au-dessus de sa tête en sifflant. La balise verte à l'entrée du port – le repère de Jo, comme certains l'appelaient – était un poste idéal pour s'isoler, rêver, boire une bière. Idéal pour pêcher. Pour assister à l'arrivée ou au départ du roulier quand on avait quelqu'un à saluer. Yann en l'occurrence, qui partait à Brest ce samedi pour se faire opérer. Alors que son chien, excité par la sirène du bateau, lui faisait la fête en courant dans tous les sens, Jo cachait sa peine derrière son grand sourire. Réussirait-il à identifier son ami parmi les voyageurs attroupés sur la plateforme arrière ? Sitôt que le monstre de métal mettait les gaz, il savait qu'il ne lui restait que quelques secondes pour dire au revoir. Yann, avec sa hanche rouillée, devait plutôt se trouver derrière un de ces hublots. Mais lequel ? Le rictus figé, Jo l'avait cherché sans succès et dès que le bateau avait tourné le dos à la balise, les coins de sa bouche s'étaient affaissés. Pourquoi avait-il un si mauvais pressentiment ? Depuis qu'ils travaillaient ensemble, Yann ne s'était jamais arrêté. N'était jamais tombé malade. N'avait jamais quitté l'île aussi longtemps. Beaucoup de « jamais » qui faisaient de ce jour-là une exception pour Jo. Un moment déstabilisant et terriblement angoissant. Et si Yann – son patron, son ami, son pilier – ne se remettait pas de son intervention ? Si on lui trouvait une autre maladie ? S'il ne revenait pas ? Jo avait attendu que le bateau disparaisse, englouti par la rade de Lorient, pour quitter son poste et longer le quai en sens inverse. Quand les pêcheurs au bout de leur canne l'avaient salué, il avait simplement hoché la tête et ne s'était pas penché au-dessus de leurs seaux pour évaluer leurs prises. Il avait tracé sa route, le menton baissé, le regard absent. D'habitude, par gros temps, il appréciait le contraste entre les deux plans d'eau : la pleine mer agitée dont les vagues fouettaient la pierre d'un côté, et le calme apparent du port de l'autre. Mais là, Jo n'y avait même pas prêté attention. C'était morne plaine sur la mer, comme dans son esprit. Et les petits sauts joueurs de son chien autour de lui pour égayer son humeur n'avaient rien changé.

Quand l'animal avait pris la direction de la maison de retraite, Jo l'avait suivi, satisfait qu'il prenne l'initiative à sa place. Un chien était-il à même de reconnaître les jours de la semaine ? D'identifier qu'on était bien samedi matin ? Moment où il allait habituellement à la rencontre des résidents de l'EHPAD ? Oui, Prozac en était sûrement capable, avait pensé Jo en traversant le Bourg au pas de course, guidé par sa queue frétillante. Car ce chien était exceptionnel. À l'arrivée, Jo savait qu'il n'aurait rien à faire. Cette boule de poils se chargerait à elle seule de l'animation. Il n'aurait qu'à l'installer sur ses genoux, au centre de la salle à manger, et le défilé pourrait commencer. Dans ces moments-là, Prozac portait bien son nom, tant il avait le pouvoir de redonner le sourire aux personnes âgées. Aucun dressage n'était nécessaire. La patience et la douceur dont il faisait preuve étaient innées chez lui. Tout comme l'intelligence avec laquelle il s'adaptait aux attentes de chacun. Le Jack Russel était capable, à la chaîne, d'endurer sans broncher des chatouilles à rebrousse-poil, puis de courir chercher une balle, revenir léchouiller un bras fripé, croquer dans un gâteau, lever la patte, abaisser ses oreilles pour mieux accueillir une caresse ou, au contraire, les dresser, l'air attentif, dès qu'une parole lui était adressée. Jo qui malgré les apparences n'avait pas son aisance dans les rapports humains, avait toujours été surpris de la qualité de ces interactions et de la joie qu'elles pouvaient susciter. Raison pour laquelle il revenait chaque samedi, sans aucune exception, pour des séances que les soignants nommaient savamment canithérapie. Jo, thérapeute ? Qui l'eût cru ?

Tout avait commencé deux ans plus tôt, quand Fanch, nouveau résident de l'EHPAD, avait demandé à Jo d'adopter son chien. Devenu hémiplégique à la suite d'un AVC, l'homme avait dû quitter, du jour au lendemain, sa maison de Quelhuit et son chien. Comment Jo aurait-il pu lui refuser quoi que ce soit ? À force de passer sa carte verte toutes les semaines au cabinet et de taper la causette, il s'était attaché à cet homme affable, célibataire, sans famille, avec un sérieux penchant pour l'alcool. Et quelque part, il s'était identifié à lui. Après tout, un chien antidépresseur ne pouvait pas lui faire de mal. N'était-ce pas un bon remède contre la solitude ? La gaieté qu'il avait ressentie les jours suivants lui avait donné raison. Lui avait fait peur aussi. Éprouver un tel attachement pour un animal avait quelque chose d'inquiétant. Était-il sous l'emprise d'une nouvelle addiction ? Jusqu'à présent, personne ne l'avait regardé de cette manière. Comme s'il était l'homme le plus admirable et le plus important au monde. Quand Prozac se mettait à le fixer si amoureusement, il lui arrivait même de se retourner, pensant que quelqu'un d'autre était posté derrière lui. À ses côtés, Jo se sentait plus en confiance et avait pris l'habitude de l'emmener partout avec lui : au travail, au supermarché, à la pêche, au comptoir du PMU. Sans oublier leur petit tour à la maison de retraite les week-ends, qu'ils continuaient d'honorer depuis le décès de Fanch.

Ce samedi-là, peu désireux de rentrer chez lui, Jo resta déjeuner avec les résidents. Un bœuf bourguignon bien bouilli, facile à mastiquer, qu'il engloutit d'une traite pendant que Prozac faisait le tour de la table et vidait, à lui seul, toute la corbeille de pain. Du temps de Fanch, il pouvait rester des samedis entiers à jouer aux échecs avec les résidents. Des samedis d'hiver, pluvieux, où il préférait répondre à l'appel des joueurs qu'à celui de la bouteille de whisky. Mais là, il n'y avait aucun échéphile pour le distraire et Jo, de toute façon, se sentait trop découragé pour être raisonnable. En rentrant, il s'affaissa dans son fauteuil Club et délaça ses chaussures. Sa tête renversée en arrière, il pensa à Yann. Son départ, sa mort programmée. À tous ceux qui l'avaient quitté. Il appuya fortement sur ses yeux pour chasser les larmes, un vieux réflexe qui – en réalité – ne l'empêchait pas de pleurer. Tout lui paraissait absurde et fugitif. La vie, l'amitié, l'amour. À quoi bon s'attacher si tout était amené à disparaître ? Juste deux verres, se dit-il à lui-même, pour alléger son cœur lourd. Et il commença à allonger le bras. Un. Deux. Prozac, tête penchée et oreilles dressées, suivait ses gestes des yeux, bien décidé à compter. Trois. Quatre. Cinq.

Quand le téléphone vibra dans sa poche, Jo décrocha sans réfléchir.

– Allô… Jo ?

La voix d'Olivia devait faire partie du rêve. Forcément. Elle essayait de l'attirer, de l'emmener avec elle, de le faire courir. Ses paupières étaient lourdes pourtant.

– Ouuuais.

– Tu veux venir te promener avec moi et la petite ? On comptait aller jusqu'au sémaphore… Rose aimerait te montrer comment elle se débrouille à vélo.

Se promener ? Sous-entendait-elle qu'on était encore en plein jour ? Derrière ses rideaux fermés, il n'avait plus la notion du temps.

– Bah, ça va pas être possib'… Dés'lé.

Il y eut un silence, entrecoupé de plusieurs bâillements.

– Jo ? Tout va bien ?

– Ouip'…

– Tu n'oublieras pas d'aller chercher le remplaçant demain ?

– Ah… c'est vrai. Non, bien sûr… C'est vrai. Je veux dire, j'irai. Bien sûr.

Un soupir se fit entendre. Ou était-ce sa propre poitrine qui se dégonflait ?

– Onze heures quarante-cinq au port… Tu te rappelles ?

– Ouip'…

– Yann compte sur toi.

– …

– Jo… Tout va bien se passer.

Il fallait bien un sixième verre pour s'en convaincre.

– À plus, Ol'via.

– À plus, Jo… Fais attention à toi…

La dernière gorgée venait d'avoir raison de lui. Sa nuque roula sur le côté au ralenti et sa joue s'affaissa contre le fauteuil en déformant sa bouche. Une position que Prozac commençait à bien connaître maintenant et qui durait, en général, jusqu'au lendemain matin. Le Jack Russel renifla la main qui pendait au-dessus du tapis, la balança pour s'assurer qu'au bout son maître était toujours en vie, puis s'allongea à cet endroit, le museau sur les pattes, en mode veilleur de nuit.

14

Accoudé à la fenêtre de son studio, Alexis observait les toits du Bourg se découper à la lumière de la Lune et cherchait la mer au loin. Celle qui s'était fondue, un peu plus tôt, dans l'obscurité. L'air était doux, sans aucun souffle de vent, avec de discrets effluves de goémon par moments, signe de marée basse. En se penchant vers la rue, il put constater que passé vingt-deux heures, il n'y avait plus personne pour traîner dehors. Même pas un chat. Que faisait-il là, en ce dimanche soir d'avril ? Une question qu'il se posait à chaque fois qu'il débutait une mission humanitaire. Il en avait connu des situations étranges, des ambiances peu engageantes – en Syrie, en Colombie, en Inde notamment –, mais celle-là s'annonçait encore différente. Avec l'impression, pour la première fois, d'être un imposteur. Il avait beau avoir un diplôme de médecine générale en poche, jamais il n'avait exercé dans un cabinet de ville. Un cabinet français, avec des patients de 0 à 99 ans, exigeants et impatients sans doute. Même si Jo les avait décrits comme sympathiques, Alexis avait quelques appréhensions. Aussi étonnant que cela puisse paraître, il se sentait beaucoup plus à l'aise dans la gestion d'urgences que de cas plus routiniers. Depuis combien de temps n'avait-il pas traité une angine ? Une gastro-entérite ? Pris en charge un diabète ? Un rhumatisme ? Sans parler des soucis gynécologiques, des pathologies de l'enfant et des troubles psychiatriques… Quand il avait travaillé en dispensaire au Cambodge, qu'il avait exercé une médecine de proximité – sans doute proche de celle d'un cabinet de ville –, il était entouré de médecins, infirmières, sages-femmes avec qui il pouvait échanger. Mais à partir de demain, il serait seul. Désespérément seul, perdu sur une île, avec comme unique personne pour l'aider : Jo. L'accueil qu'il lui avait réservé à son arrivée au port en disait long sur le personnage.

Avec ses lunettes noires et ses cheveux en pagaille, il ne l'avait pas reconnu au début. L'homme était arrivé une demi-heure en retard, perché sur un drôle de tricycle, avec un chien à l'arrière. Après avoir posé pied à terre, il s'était mis à zigzaguer maladroitement entre les gens en brandissant une pancarte « Bienvenue, Doc' Alexis », histoire de le mettre à l'aise. Toute la terrasse du café Mojo avait pu assister à la scène et avait dévisagé le Doc quand il s'était approché timidement du manifestant.

– Hey Jo, tu peux baisser la pancarte… Je suis là.

– Alexis ! s'était-il exclamé d'une voix rauque en posant les mains sur ses épaules. Désolé pour le retard, j'ai eu une panne de réveil. J'avais peur que tu sois parti.

– Parti où ?

– Ouuais, c'est vrai… Ce n'est pas bien grand ici.

Ils avaient pris l'escalier près du café de la Jetée et s'étaient dirigés vers le Bourg, guidés par un Jack Russel monté sur piles – aussi survolté que son maître se montrait lymphatique.

– Prozac travaille avec moi, avait déclaré Jo avec fierté, en le regardant faire des cercles autour d'eux, un bâton serré entre les dents. Ce sera ton deuxième assistant en quelque sorte.

Des propos censés rassurer Alexis qui avaient eu l'effet contraire. Le touriste, avec sa jambe boitillante, avait peiné à suivre le rythme du convoi, tout en portant sur le paysage des yeux intrigués et émerveillés à la fois. D'en haut, la vue sur le port était magnifique. Avec ses deux balises verte et rouge – que Jo appelait des phares –, les casiers colorés alignés le long de la jetée, les falaises verdoyantes en arrière-fond qui surplombaient la mer. En longeant les rues bordées d'anciennes maisons d'armateurs, le futur médecin avait pu constater que le Bourg n'était pas si petit que cela et qu'il n'allait pas s'ennuyer, même hors saison. Tout semblait rayonner autour de la place de l'Église et Alexis avait voulu s'arrêter un moment pour observer les commerces aux devantures soignées : boutiques de déco, restaurants, café-librairie devant lequel des clients étaient attablés au soleil, ainsi qu'un vieux manège en bois, près du monument aux morts, qui faisait tourner une flopée d'enfants en ce dimanche matin.

– Je te montre le cabinet puis je t'emmène boire un

verre au PMU, lui avait proposé Jo en désignant son chien qui était déjà loin. *L'animal s'était arrêté devant le rez-de-chaussée d'une vieille bâtisse, transformé en cabinet médical.* Comme tu peux le constater, c'est juste en face du presbytère, lui avait-il fait remarquer. Mais surtout, n'en tire aucune conclusion.

Plus d'une fois, durant la visite, ce dernier avait tenté de le faire sourire, mais Alexis ne s'était pas déridé. Le cabinet se résumait à un petit hall d'entrée avec le poste de Jo et son chien, une salle d'attente communicante et un bureau médical, fermé par une porte phonique capitonnée. Un endroit exigu tant il y avait de mobilier : vitrines en tout genre, chaises pour accueillir une famille entière, deux tables d'examen de taille différente – une pour les enfants et une pour les adultes – ainsi qu'un mur entier de casiers métalliques. Vingt-six au total, où l'on pouvait lire les lettres de l'alphabet.

– Tous les dossiers médicaux des habitants de l'île depuis plusieurs générations, avait précisé Jo en suivant son regard inquiet. On a même gardé ceux du Doc' Lucien, à son départ en retraite.

En ouvrant un des tiroirs, Alexis avait bien cru qu'il allait lui rester dans les mains.

– Houlà ! Ne tire pas trop fort, mon ami ! Un jour, Yann a bien failli se prendre toute l'armoire sur la gueule. La mémoire de l'île, ça pèse ! Il y a de quoi t'écraser comme une crêpe !

À ces mots, Alexis avait désigné certaines cases laissées

entrouvertes, d'où dépassaient des paquets de feuilles chiffonnées.

– Certains noms sont plus courus que d'autres, s'était justifié Jo. Le C de Calloch, le T de Tonnerre et le Y de Yvon… Forcément, ces tiroirs-là, ils débordent !

Alexis s'était affaissé sur la chaise à roulettes – la fameuse que Yann utilisait pour tous ses déplacements. Et dire que, dans quelques heures, il serait à la même place avec une montagne de responsabilités ! Comment pouvait-il se projeter ? Yann aurait tout de même pu s'arranger pour l'accueillir et lui faire quelques transmissions avant son départ. Lui donner le nom des patients à surveiller en priorité, ceux dont les examens étaient en attente. C'était la moindre des choses, quand même ! Pourquoi n'avait-il pas souhaité le croiser ? Un mystère, cet homme ! Jo, assis sur la table d'examen, guettait ses réactions.

– Désolé, mon vieux.

– Pourquoi ? C'est si terrible que ça ?

– Non, mais c'est une phrase que j'ai l'habitude de prononcer… et tu faisais la grimace.

Alexis avait posé la main sur la pile de courriers non ouverts en laissant échapper un long soupir.

– Dans quelle galère je me suis embarqué !

– T'inquiète ! Quinze jours, c'est vite passé.

Alexis semblait en douter.

– Tu m'aideras si j'ai des questions ?

– Évidemment… Si tu veux savoir l'horaire des marées, les résultats du tiercé, le programme télé, je suis là ! Sinon, je ne t'ai pas demandé : tu sais jouer aux échecs ?

– Je me débrouille.

Cela faisait plusieurs fois qu'Alexis se faisait la réflexion : s'il cherchait à l'avenir un quelconque soutien, encouragement ou même conseil, ce ne serait pas vers Jo qu'il faudrait se tourner. Mais vers qui, alors ?

La découverte de son appartement avait plutôt été une bonne surprise. Alexis logerait sous les toits, au-dessus du repaire de Jo. Un studio remis à neuf, qui s'ouvrait vers le ciel grâce un grand velux, d'où il pouvait même apercevoir l'océan, avec la côte qui se dessinait au loin. Le canapé-lit lui rappelait celui de sa chambre à Brest, chez Valentine, sur lequel il espérait juste avoir des nuits meilleures. Au cours de son tour du monde, il avait connu des logements plus spartiates. Des couvertures à même le sol en guise de lit, des dortoirs, des tentes, des villages sans eau courante. En comparaison, cet endroit, c'était un palace cinq étoiles ! Sans compter la Méhari jaune, garée devant l'entrée, dont les clefs lui avaient été remises sans plus tarder par Jo :

– Tiens, elle est à toi…

– Tu ne t'en sers pas ?

– Je n'ai pas le permis, mais je fais un parfait copilote !

Guidé par Jo, Alexis en avait profité pour faire le tour de l'île. Un tour rapide pour touriste pressé, qui veut tout survoler en un temps record. Le phare de Pen-Men à la pointe ouest, en passant par le village de Kerlard, berceau des Madec – la famille de Yann. Sans oublier le village de Locmaria au sud, puis la pointe des Chats et la plage des

Sables-Rouges, à l'est de l'île. Sur la route, Jo lui avait parlé d'un tas de choses qu'il lui réservait pour plus tard : un autre hameau avec une chapelle perchée sur une colline où vivait une certaine Olivia – dont la simple évocation l'avait fait rougir –, une grande plage de sable fin où l'on allait à pied, un coin sauvage au sud avec des falaises abruptes qu'on appelait « le trou de l'Enfer » et des magnifiques sentiers côtiers, qui reliaient tous ces points. De retour au Bourg, Alexis avait négocié un repas chez Jo, plutôt qu'un verre au PMU. Un plat de spaghettis jambon-beurre, arrosé de bière de Groix. Un mélange qui avait eu le mérite de le détendre et lui faire oublier le stress du lendemain. Jusqu'à ce que son reflet dans la glace le rappelle à l'ordre, un peu plus tard. Une tête de tueur à gages avec ses longs cheveux châtains indomptables qui lui tombaient sur les épaules et sa barbe épaisse qui masquait le bas de son visage.

– T'inquiète, ce n'est pas la ville ici. Les gens s'en fout' de ta tronche... Du moment que t'es un bon toubib, avait déclaré Jo, en connaissance de cause ; et, pour une fois, Alexis l'avait cru.

De retour chez lui, il raccourcit tout de même sa barbe pour dégager sa bouche et testa le catogan pour paraître moins négligé. Un cache-misère, pensa-t-il alors, de plus en plus fébrile. Combien de temps Alexis broya-t-il du noir, accoudé à son velux entrouvert ? Il tenta une méthode qu'il avait déjà expérimentée dans ses missions difficiles, celle de répertorier toutes les impressions positives de la journée : la traversée en bateau par temps calme, sa lente approche de l'île – spectaculaire, même sous un ciel mitigé –, le circuit touristique en voiture, ses retrouvailles avec Jo – aussi loufoque soit-il. Et la technique porta ses fruits. Au milieu de la nuit, le remplaçant finit par s'endormir, un peu plus confiant qu'avant.

15

Matthieu avait pris sa journée pour rester au chevet de son père. Opéré au petit matin, Yann avait d'abord été placé sous surveillance en salle de réveil puis venait à l'instant de regagner sa chambre. En le découvrant au fond de son lit, à peine éveillé, Matthieu eut un mouvement de recul. Comment ne pas penser à sa mère, hospitalisée quelques années plus tôt dans le même établissement ? Des souvenirs d'une telle précision qu'il lui sembla que c'était hier. Matthieu n'était-il pas assis dans un de ces fauteuils le jour où Brigitte, sa mère, était remontée du bloc opératoire ? Une chirurgie délicate consistant à poser un stimulateur cérébral pour mieux contrôler son Parkinson. C'était Marie-Lou qui s'était occupée d'elle, au début de son internat en neurologie. Il venait de faire sa connaissance et cette situation n'avait pas été simple à gérer pour lui. La femme dont il était tombé follement amoureux ne pouvait pas avoir ce rapport avec sa mère. Pas ce rapport de soignante. Il avait mis du temps à l'accepter et Marie-Lou avait eu la patience nécessaire. Que serait-il devenu sans elle ? Il reconnaissait aujourd'hui qu'elle était tout pour lui : sa béquille, son âme sœur. N'était-ce pas grâce à elle qu'il avait réussi à garder le cap ? À bien accompagner sa mère durant sa maladie, à mieux la comprendre ? Jusqu'à son décès brutal, l'année dernière, d'une embolie pulmonaire. Un décès qui l'avait dévasté. Depuis cette date, il avait oublié ce que cela faisait de s'inquiéter pour ses proches. Oublié que Yann pouvait avoir des problèmes de santé, lui aussi. Qu'il n'était pas immortel. En observant l'infirmière changer sa poche de perfusion, Matthieu réalisa qu'il ressentait le même sentiment d'impuissance éprouvé lorsqu'il était au chevet de Brigitte. À la différence près que cette dernière était malade depuis longtemps et qu'il s'était habitué à la voir affaiblie. Alors que son père restait un roc dans son esprit ! Un roc, un peu à côté de la plaque parfois, mais un roc quand même !

– Vous savez si Gérard va venir le voir ? J'aimerais lui parler.

– Le professeur ? Je vais me renseigner, Dr Madec, et je reviens vous voir.

Au moment de partir, la femme en blanc lui sourit. Matthieu avait beau porter la blouse, à cet instant, il se sentait comme toutes les autres familles : préoccupé et avide d'informations sur le déroulement de l'intervention. Étaient-ce les effets de la morphine qui rendaient Yann si somnolent ? Avait-il perdu beaucoup de sang pour être aussi pâle ? Quand allait-il être autorisé à marcher ? Tout chirurgien qu'il était, Matthieu n'avait pas les réponses à ces questions. Et la patience n'ayant jamais été son fort, il se mit à tourner autour du lit comme un lion en cage.

– Arrête ! Tu me donnes le vertige, gémit Yann en se cachant les yeux.

– Étonnant comme effet pour un ORL !

Réponse qui fit sourire son père.

– J'ai des raisons d'être fatigué, tu ne crois pas ?

– Ne t'écoute pas trop…

– Facile à dire.

– On t'a fait une piqûre d'anticoagulants, au moins ?

– Je n'en sais rien.

– À rester immobile comme ça, tu vas faire une phlébite… voire une embolie.

– Une embolie ?

Yann venait de comprendre. Avec Matthieu, certains mots pouvaient en cacher d'autres. Des histoires entières même. La peur de le perdre par exemple, comme sa mère. Comment pouvait-il le rassurer ? Lui qui se sentait si faible, si vieux. Incapable de bouger un orteil. Il ne ressentait aucune douleur, juste l'impression de planer au-dessus du lit – l'effet de la morphine sans doute. S'il avait pu, Yann se serait bien roulé un pétard ou caché la tête sous les draps pour piquer un petit somme. Mais son fils n'aurait pas vu ça d'un très bon œil. Matthieu était un homme d'action. Exigeant, autant avec lui-même qu'avec les autres. Le lit pour une blouse blanche – il était bien placé pour le savoir – représentait la maladie. La mort. Et même si Matthieu ne l'exprimait pas, tout son corps lui criait : lève-toi ! Lève-toi et marche !

– Tu pourrais aller me chercher une tablette de chocolat à la cafèt' en bas ? finit-il par lui demander, histoire d'être un peu tranquille.

– Si tu veux… Du noir ?

– Ouais, un corsé ! Je crois que ça pourrait me donner un petit coup de boost.

– Je vais voir ce que je peux trouver.

Le premier lever se fit en présence du kiné quelques heures plus tard. Un grand gaillard qui n'eut aucun mal à soulever le convalescent.

– Un vrai poids plume ! le nargua Matthieu, voyant son père aussi surpris que lui de la facilité avec laquelle il venait d'être manipulé.

Yann suivit les directives du kiné et réussit à faire ses premiers pas, en appui sur deux cannes anglaises, sous les applaudissements de Matthieu. Ce dernier, amusé par la vision de son père en slip, avec ses bas de contention qui lui pinçaient les cuisses, ne fit aucun commentaire, tellement il était soulagé de le voir sur ses deux pieds. L'intéressé n'en revenait pas lui-même, d'ailleurs.

– Incroyable, déclara Yann, revigoré tout à coup. Aujourd'hui, je marche. Demain, je cours. Après-demain, je reprends le travail… Où est le problème ?

Gérard, son sauveur, choisit ce moment pour faire son apparition dans la chambre.

– Hey ! Mollo, mon pote… À ce rythme, tu vas luxer ta prothèse dès le premier jour !

– Mais non, c'est du solide ! J'ai un bon chirurgien.

– Le meilleur, tu veux dire... Mais ça ne t'autorise pas à brûler les étapes ! Je te préviens : tu as interdiction de croiser les jambes, et de t'accroupir.

– Mince, je pensais inviter Madame à danser, répliqua Yann en pointant l'infirmière avec sa canne.

– Qu'avez-vous mis dans sa perfusion, Martine ?

– J'ai suivi le protocole, professeur... Uniquement des antibiotiques et un pousse-seringue de morphine.

– Baissez donc le débit, je trouve qu'il ne grimace pas assez.

– Pas touche ! grogna le convalescent en regagnant son lit, estimant avoir fait assez d'efforts pour aujourd'hui.

L'orthopédiste parut satisfait.

– Martine ! On le garde toute la semaine, celui-là. Je veux l'avoir à l'œil.

– C'est noté.

– Toute la semaine ? protesta Yann. On m'avait parlé de trois jours d'hospitalisation seulement.

– Oui, mais toi, tu habites à Pétaouchnok... Je veux être sûr que tout aille bien avant de te lâcher.

Yann leva les yeux au ciel comme un gamin, puis supplia Matthieu d'intervenir en sa faveur. Sans succès. Si bien qu'un silence pesant s'installa dans la pièce, après le départ du professeur, entrecoupé des mâchonnements rageurs du convalescent qui finissait la tablette.

– Tu vas avoir mal au ventre, l'avertit Matthieu, préférant encore l'air renfrogné de son père à sa mine désastreuse de tout à l'heure.

– Tiens ! Passe-moi mon portable, que j'appelle Jo.

– Pour quoi faire ?

– J'aimerais savoir comment ça se passe au cabinet.

– Tu ne peux pas couper, juste une journée ?

– Et toi, tu ne peux pas arrêter de me materner ?

Yann, pour une fois, ne laisserait pas son fils avoir le dernier mot. S'il voulait arriver à ses fins, il fallait juste crier plus fort que lui.

– Passe-moi le TÉLÉPHONE !

Et, comme par magie, Jo se mit à brailler peu de temps après. Si fort que Matthieu n'eut aucun mal à l'entendre depuis son fauteuil.

– C'est la cata', Doc' ! Alexis est arrivé avec une heure de retard et depuis, c'est le bureau des plaintes, ici ! Le contact ne passe pas du tout avec les patients. Mme Vaillant vient de me faire une scène à l'instant : elle trouve ça honteux qu'il ne l'ait pas totalement déshabillée pour lui prendre la tension ! Elle soutient que tu le lui demandes à chaque fois. Quant à Mme Sarfati…

Yann, intrigué, questionna son fils du regard ; et sa mine amusée le rassura.

– Tu t'attendais à autre chose de la part de Jo ? lui demanda Matthieu, une fois raccroché.

– Non, pas vraiment, soupira-t-il. Il ne peut pas être sérieux une seconde.

– C'est sa façon de te dire qu'il ne faut pas t'inquiéter… Allez, fais-leur un peu confiance. Ils se débrouillent très bien sans toi.

N'était-ce pas ce qui le gênait le plus dans l'histoire ? Le fait qu'on puisse se passer de lui, du jour au lendemain ? Que personne ne soit indispensable dans la vie ? Les prochaines heures allaient être longues, il le savait. Celui qui n'a jamais expérimenté une nuit dans une chambre d'hôpital ne peut pas savoir ce qu'on ressent. La solitude, l'angoisse, l'inconfort. Yann se serait bien tourné plusieurs fois dans son lit, aurait bien dormi sur le côté, à plat ventre. Mais son intervention récente lui imposait la position du mort – sur le dos, la tête sur l'oreiller. Une position si intolérable pour lui qu'il s'empressa d'appuyer sur la commande électrique pour se redresser. Une douleur étrange lui oppressait la poitrine depuis quelques minutes. Était-ce la tablette de chocolat qu'il avait du mal à digérer ? Toutes ses idées qui l'angoissaient ? Un classique, les attaques de panique la nuit. Un classique, les serrements qui vous coupent le souffle, qui vous contractent la mâchoire, qui vous donnent un coup de chaud et vous font transpirer. Un classique, vraiment ? Pourquoi n'avait-il jamais ressenti une telle pression dans le thorax, alors ? Ce n'était pourtant pas la première situation stressante de sa vie. Yann hésita puis finit par appuyer sur la sonnette. Un peu honteux, pas très convaincu. Inquiet quand même. Comme l'expression de l'infirmière qui fit irruption dans sa chambre.

– Monsieur Madec ? Un problème ? Du renfort chambre 21, vite ! l'entendit-il appeler ses collègues.

16

Dès cinq heures du matin, Alexis avait commencé à tourner en rond dans son lit, en pensant à la journée de remplacement qui l'attendait. Après deux cafés bien serrés, pour être certain de ne pas se rendormir, il s'était finalement décidé à descendre au cabinet, torse nu et en pantalon de jogging. Sur le palier du premier étage, il avait cru entendre les ronflements réguliers de Jo, mêlés aux grattements de son chien à la porte.

– Chut ! Va te recoucher ! lui avait-il ordonné en chuchotant sur un ton autoritaire.

Ce qui avait eu l'effet inverse : Prozac s'était mis à japper de plus en plus fort. Quand Alexis s'était résolu à lui ouvrir, de peur qu'il réveille Jo, l'animal lui avait fait la fête comme s'ils étaient les meilleurs amis du monde puis l'avait suivi jusqu'au rez-de-chaussée, en battant de la queue. Le bureau lui avait paru plus grand que dans son souvenir. Sans Jo sur le dos, il pouvait prendre le temps de tout inspecter. Faire l'inventaire du matériel, des médicaments dans l'armoire à pharmacie, des livres de la bibliothèque. *Psychiatrie et Art. Histoire de la médecine. Nouveaux dossiers d'anatomie. Auxologie, méthode et séquences. Guide d'exercice professionnel, édition 1970.* Un lot d'antiquités – purement décoratif – qui ne lui serait pas d'une grande aide à l'ère d'Internet. D'ailleurs, l'ordinateur n'était pas de dernière génération lui non plus et l'imposante unité centrale s'était mise à ronronner, une fois allumée. La photo d'écran l'avait fait sourire : un gros bar pendant au bout d'une ligne, avec la tête de Jo, fier et hilare en arrière-plan. Comment pouvait-il se concentrer face à une image pareille ? La pile de courriers, juste devant, lui avait fait passer l'envie de rire. Il s'y était attaqué et avait commencé à faire le tri, en rangeant les résultats d'examens – les bons – dans les dossiers et en mettant de côté les mauvais. Puis il s'était mis à organiser son plan de travail : le pot à stylos devant lui, l'ordonnancier à sa droite, l'encrier et le tampon à sa gauche. Plutôt désordonné d'habitude, ce comportement l'avait surpris. Une nouvelle manière d'évacuer son stress, sans doute. Tout était en ordre dès les premières lueurs du jour. Il ne lui restait plus qu'à feuilleter le cahier de rendez-vous dans l'entrée pour découvrir le planning de la matinée. Il avait fait glisser son doigt et s'était rendu compte qu'il était déjà bien rempli. Archiplein même ! Comment pouvait-il consulter toutes les quinze minutes ? Sans connaître les patients au préalable ? À la différence de Yann, lui devait tout découvrir : leurs antécédents médicaux, allergies, hérédité, mode de vie, liste de leurs traitements. Sans compter les nouveaux problèmes qui les poussaient à consulter aujourd'hui. Pour gagner du temps, il avait commencé à noter les noms des premiers visiteurs sur un papier avant de partir à la recherche de leur dossier. Cases V, A, G, M, L… Et le jeu d'énigmes n'était pas terminé : il lui restait maintenant à déchiffrer l'écriture saccadée et brouillonne – parfois illisible – de son prédécesseur.

L'église venait de sonner huit coups quand Alexis referma enfin la dernière case – la R, comme retard – et réalisa qu'il était grand temps d'aller se changer. En redescendant quelques minutes plus tard, vêtu d'un jean et d'une chemise à carreaux un peu chiffonnée, il constata qu'une file d'attente de cheveux blancs s'était formée devant la porte. Une dizaine de grands-mères qui bavardaient comme si elles faisaient la queue au marché, et dont le pépiement stoppa net, au moment où il ouvrit la porte.

– Bonjour, vous avez rendez-vous ?

Une seule main se leva tout au bout de la file.

– Oui, moi ! couina une petite femme replète avec un panier sous le bras.

Une femme dont il avait retenu le nom – rangé dans la case V.

– Madame Vaillant, suivez-moi… Et les autres ? Je peux faire quelque chose pour vous ?

Un gloussement général se fit entendre.

– Non, non… On l'accompagnait juste ! On voulait être les premières à voir le remplaçant du docteur Madec.

Alexis leur sourit, surpris d'un tel accueil.

– J'espère que vous n'êtes pas trop déçues alors,

bredouilla-t-il timidement, constatant – à leurs mines radieuses – qu'elles devaient le trouver à leur goût.

À la fin de la consultation, Alexis trouva Jo à son poste, avachi dans son fauteuil, un bol de thé fumant sur le bureau.

– J'espère que vous ne l'avez pas trop martyrisé ! apostropha-t-il la vieille femme, avec un sourire en coin.

– Dis donc, Jo ! Pour qui me faites-vous passer ? Le docteur Délépine a été très consciencieux. Il m'a même pris la tension aux deux bras. C'est bien la première fois qu'on me fait ça !

– C'est pour voir de quel bord vous penchez !

– Ha ha ha ! Elle est bonne, celle-là.

Alexis put le constater au fil des heures : Jo trouvait toujours le moyen de faire sourire les gens, au moment de passer leur carte verte. Même les plus grincheux, les plus tristes, les plus malades. Et, grâce à lui, le jeune médecin n'avait pas le temps de stresser entre deux consultations. À la fin de la journée, il se sentait rassuré. La plupart venaient pour des renouvellements d'ordonnance, et leur bienveillance à son égard ne cessait de l'étonner. Dans l'annonce, Jo avait parlé d'une clientèle sympathique et cela se vérifiait à chaque fois. Seul un bébé de six mois lui donna du fil à retordre, en refusant de se faire examiner. Lui diagnostiquer une otite en immobilisant sa tête pour approcher son otoscope ne fut pas une mince affaire. Il dut mettre à contribution sa maman pour qu'elle le serre dans ses bras. Lui chanter une comptine aussi, dont les paroles lui revinrent comme par enchantement. *« Petit escargot porte sur son dos sa maisonnette... »* Et puis, il y eut cette dernière patiente de la journée. Une quarantenaire au look baba cool, à la chevelure rouge frisée qui lui faisait penser à une perruque de clown. On aurait dit qu'elle faisait tout pour le déstabiliser.

– Le docteur Madec m'a dit que vous aviez fait une thèse sur la mycose vaginale, c'est vrai ? l'aborda-t-elle d'entrée de jeu.

– Pardon ?

– Votre thèse portait sur les mycoses ?

La femme déboutonnait déjà sa robe pour s'allonger sur la table d'examen, et Alexis se demanda comment il devait réagir. Pourquoi Yann avait-il raconté un truc pareil ? Qu'avait-il à y gagner ? La contredire reviendrait à lui avouer que son médecin lui avait menti, s'était moqué d'elle en quelque sorte. Surtout de lui, en vérité. À moins que la fille soit folle et que ce soit une manière de le tester. Il tourna deux fois le stylo entre son pouce et son index avant de déclarer sur un ton le plus neutre possible :

– Effectivement, vous êtes bien renseignée... Je ne m'en vante pas souvent, même si j'en tire une certaine fierté.

La fille parut enthousiaste.

– Depuis le temps qu'on attendait un médecin spécialisé en gynécologie sur l'île ! Comptez sur moi pour passer le mot à toutes mes copines !

Alexis changea de couleur.

– C'est moins drôle d'un coup, bredouilla-t-il dans sa barbe.

– Comment ?

– Non, rien…

Au moment de fermer le cabinet, il s'apprêtait à raconter à Jo la drôle de conversation qu'il venait d'avoir quand il l'entendit, dans le hall d'entrée, répondre au téléphone :

– C'est la cata', Doc ! Alexis est arrivé avec une heure de retard et depuis, c'est le bureau des plaintes, ici !

Alexis resta en retrait, les bras croisés, et laissa son assistant casser du sucre sur son dos. Une montagne de sucre, en réalité ! Ses anecdotes étaient si grotesques qu'il dut se retenir de rire, plus d'une fois. Où allait-il chercher toutes ces idées ? Avec cet énergumène-là, Alexis n'était pas au bout de ses surprises. Devait-il l'interrompre et répondre lui-même au téléphone ? Le pauvre homme ne méritait pas un tel stress le jour de son intervention. Puis il repensa à ce que Yann avait raconté à son sujet. Aux autres mensonges qu'il découvrirait peut-être. N'était-ce pas de bonne guerre ? Un juste retour des choses ? Décidément, Jo et lui avaient une drôle de façon de fonctionner. L'humour vache leur servait-il d'armure ? Une armure pour âme sensible ? Alexis soupira et décida qu'il était trop fatigué pour réfléchir. Pour intervenir aussi. Prozac, qui flairait déjà l'heure de l'apéro, l'appelait à l'étage et il préféra s'éclipser discrètement. Persuadé que l'endroit qu'il quittait n'avait pas été le bureau des plaintes dépeint par Jo. Mais plutôt celui des sourires.

17

Au volant de sa Méhari, Alexis peinait à trouver l'endroit que Jo lui avait indiqué : « Village de Kermario, quatrième maison sur la gauche après le virage. Portillon bleu, muret de pierres sèches, girouette sur le toit. » Comme les trois quarts des habitations de Groix ! réalisa-t-il le long du chemin. Il finit par s'arrêter pour questionner un passant. Un homme qui remontait péniblement la côte, penché sur sa canne, qui lui répéta la même chose :

– La quatrième sur la gauche…

– Il n'y a pas de noms de rues ici ?

– Non… la plupart des maisons n'ont même pas de numéro.

À ses grosses moustaches qui pointèrent vers le ciel, ce détail sembla l'amuser.

– Alors, comment vous faites ?

– Bah, tout le monde se connaît.

– Je plains le facteur !

– Les remplaçants ont du mal à s'y retrouver ! Comme vous, d'ailleurs. Vous assurez les visites du docteur

Madec ? *Alexis hocha la tête, voyant qu'il ne passait pas inaperçu dans sa Méhari jaune.* Faut que vous veniez me voir alors... Moi, c'est la deuxième bâtisse, sur la droite.

– Je passerai après, si j'ai le temps.

– Aujourd'hui ? N'y pensez pas... Vous avez déjà assez à faire avec Robert. Pauvre homme ! Prenez soin de lui, de sa femme aussi. Une bien triste histoire... *En le laissant au milieu de la côte, Alexis l'entendit crier derrière lui de sa voix chevrotante.* Z'avez retenu ? La quatrième... juste après le poteau électrique ! Vous ne pouvez pas vous tromper.

Facile à dire. Alexis, à cet instant, pesta contre Jo qui n'avait pas daigné l'accompagner.

– Ça signifie quoi, le « V » devant le nom du patient ? avait-il demandé à son assistant, content de terminer plus tôt aujourd'hui.

– « V » comme visite à domicile. C'est évident, non ?

– Il ne peut vraiment pas se déplacer, celui-là ?

Jo avait pris un air grave, pour la première fois de la journée.

– Fin de vie... Il ne quitte plus son lit, à ce qu'il paraît.

– Eh bien... c'est gai.

– C'est rarement gai, les visites à domicile, avait-il rétorqué comme si c'était une évidence, avant de se lever pour mettre l'écriteau « fermé » sur la porte.

Jo avait été catégorique : il ne lui servirait pas de guide. Il avait mis cela sur le compte d'une aversion pour les piqûres, perfusions, pansements et bobos en tout genre.

Sans parler de la vue du sang qui le faisait tourner de l'œil et des odeurs corporelles qui lui donnaient la nausée.

– Et tu t'es dit un jour : tiens ! Je vais travailler dans un cabinet médical ! C'est ça ? avait ironisé Alexis.

– Non, c'est Doc' qui est venu me chercher ! Il ne m'a pas laissé le choix. Matthieu non plus, d'ailleurs… Je me rappellerai toujours la fois où j'ai dû l'assister pour un accouchement. Une boucherie, ce truc… Plus jamais vous m'embarquerez dans vos visites à la noix ! Plus jamais, tu entends !

Une deux-chevaux verte était garée sur la chaussée, juste devant le portillon bleu – le fameux, près du poteau électrique. Mais Alexis eut tout de même un doute sur l'endroit. Aucun éclairage n'était visible à travers les rideaux fermés et il hésita à sonner. Frapper à la porte lui sembla moins intrusif. Deux coups secs, un peu intimidés. Une femme apparut dans l'encadrement de la porte. La cinquantaine, carré poivre et sel, sourire crispé.

– Bonjour, docteur. On vous attendait, l'encouragea-t-elle à la suivre.

Un air de musique classique lui parvint depuis la chambre attenante au salon. Une envolée de violons, douce et apaisante. Dans la pénombre, il repéra une femme qui lui tournait le dos. Avec de longs cheveux bruns en cascade. Penchée en avant, elle s'appliquait à masser les jambes du malade, allongé sur son lit. Ses mains glissaient à un rythme régulier et Alexis put sentir d'ici l'odeur de l'huile essentielle qu'elle utilisait. Il resta un moment à la regarder. On aurait dit qu'elle suivait le tempo de la musique, telle une danseuse, en s'appliquant à endormir le corps qu'elle prenait pour cible. Et le charme semblait opérer. L'homme demeurait immobile, paupières closes, traits apaisés. Pas besoin d'être médecin pour reconnaître les marques d'un cancer avancé : extrême maigreur, teint cireux, cheveux clairsemés. Qui contrastaient avec ce visage poupon, dépourvu de rides, boursouflé par les corticoïdes. Au bout de quelques minutes, Alexis se racla bruyamment la gorge pour signaler sa présence et la jeune femme fit volte-face, l'air contrarié.

– Pardon, bredouilla-t-il, comme un enfant venant d'être grondé.

Dans la pénombre, ses yeux le fusillèrent et il trouva cela un peu disproportionné. Il se tourna alors vers l'épouse qui se tenait à ses côtés pour la questionner du regard.

– Robert a mis du temps à s'endormir, lui murmura-t-elle à l'oreille. Il n'a pas fermé l'œil la nuit dernière à cause de ses douleurs… Olivia vient de réussir à les calmer.

– Olivia, répéta-t-il, réalisant que ce prénom lui était familier.

– Il faut que vous augmentiez ses doses de morphine, continua l'épouse. Je ne supporte plus de le voir souffrir comme ça.

– Je peux voir son ordonnance ?

La femme hocha la tête puis s'éloigna en direction du salon. Une manière de gagner du temps, se dit Alexis. Pourquoi n'avait-il pas parcouru son dossier avant de venir ? Une erreur de débutant. Il avait vu Jo le sortir de la case G et le glisser dans sa mallette juste avant de partir. Ce n'était pas anodin de prescrire un tel traitement, il fallait qu'il en sache plus. Où se cachait ce fichu dossier ? Le jeune médecin était en train de fouiller parmi ses instruments, ses stylos et son ordonnancier quand sa mallette glissa et tomba lourdement sur le sol. Un bruit qui fit sursauter le malade. Ou plutôt frémir légèrement, avec quelques clignements de paupières suivis d'un long soupir. Puis plus rien. Alexis craignit un nouveau mouvement de sa part. Mais non, le sommeil venait d'avoir le dessus.

– Pardon, pardon, s'excusa-t-il plusieurs fois, le feuillet enfin dans la main.

La masseuse fronçait à nouveau les sourcils dans sa direction, manifestement agacée par son attitude. Son attitude ou sa simple présence ? Ce n'était pas clair.

– Chut !

Elle n'avait pas fait de bruit, ses lèvres s'étaient juste arrondies et il avait compris. Si elle ne s'était pas montrée si hostile, Alexis l'aurait même trouvée jolie. Un visage d'Amérindienne à la peau dorée avec des yeux en amande surmontés de longs cils noirs, des pommettes hautes et un long nez légèrement épaté. Dommage que son air hautain gâche le tout. Exaspérée, elle venait de décider que la séance était terminée et s'éclipsait déjà sur la pointe des pieds. Elle, sa petite veste en jean cintrée, sa longue robe de bohémienne et son sac à main trois fois trop grand pour elle, porté en bandoulière.

Lorsque l'épouse revint avec la liste de médicaments,

Alexis ne chercha pas à réveiller son mari. Il lui proposa de revenir le lendemain, lors de sa pause du midi, pour l'examiner et réévaluer son traitement. Prendre le temps d'écouter son histoire s'avéra plus informatif que les données gribouillées dans le dossier. Cancer généralisé d'emblée, dont le point de départ n'avait jamais été localisé. Une prise en charge palliative, à domicile selon la volonté du patient. Il avait même signé une décharge pour n'être hospitalisé sous aucun prétexte.

– Robert est né à Groix, il mourra à Groix. C'est important pour lui, déclara-t-elle comme un avertissement.

Et Alexis comprit à quel point cela pouvait être angoissant de quitter son île, quand on y avait passé toute sa vie. La détresse de cette femme le toucha. Des situations similaires, il en avait connu aux urgences. Des fins de vie. De longues agonies. Mais là, c'était différent. Plus intime. C'est lui qui venait chez les gens, dans leur décor de vie. Lui qui reviendrait. Les mots résonnaient d'une autre manière. Plus fortement encore. Comment garder la distance nécessaire ? Avant de partir, il conseilla à l'épouse de rapprocher les doses de morphine si son mari était inconfortable et, surtout, de l'appeler si elle avait la moindre question. Et quand il referma la porte, il eut la désagréable impression de ne pas avoir été d'une grande aide, bien qu'elle l'eût remercié chaleureusement. Désagréable impression qui se prolongea dehors, en apercevant des yeux noirs pleins de reproches pointés vers lui. Olivia n'en avait manifestement pas fini avec lui et l'attendait appuyée contre la portière de sa deux-chevaux. Peu disposé à faire sa connaissance, il marmonna un « bonsoir » en passant.

– Expéditif comme visite ! lâcha-t-elle, pour le faire réagir.

Il se demanda s'il avait bien entendu et la défia du regard. Pour qui se prenait-elle ? Une arrogance pareille, alors qu'ils ne se connaissaient pas, il n'avait jamais vu ça. L'avait-elle attendu exprès pour lui faire cette remarque ?

– Une visite quand le patient dort, forcément, c'est expéditif… Madame ?

– Olivia.

Quelque chose lui laissait penser qu'elle n'était pas si sûre d'elle. Mais quoi ? Un drôle d'éclat dans ses pupilles. Une tension dans son corps. Ses doigts qui ne cessaient de s'entremêler.

– Alors Olivia, ça semble difficile d'examiner un patient quand on a reçu l'ordre de ne pas faire de bruit, non ?

– Pas faire de bruit ? Eh bien, c'était complètement raté !

– Je crois que tu me l'as déjà fait remarquer, répondit-il sèchement.

La fille fit la moue et baissa les yeux.

– La prochaine fois, j'interviendrai après toi, dans ce cas.

– Je reviens à midi demain, si tu veux être sûre de ne pas me croiser.

– Très bien.

– Très bien.

Deux hochements de tête satisfaits qui n'en pensaient

pas moins. La deux-chevaux cala plusieurs fois, en crachant des nuages de fumée, et Alexis démarra le premier. Quand il prit la mauvaise direction, celle du phare de Pen-Men, Olivia ne chercha pas à le suivre pour le remettre dans le droit chemin. Rose l'attendait à la garderie et une petite visite de l'île ne pouvait pas faire de mal au nouveau venu. Ce remplaçant avait du répondant, un look de baroudeur en perdition, deux mains gauches et une jambe boitillante qui ne lui disait rien qui vaille. Mais sur la route du retour, une Méhari jaune au loin dans son rétroviseur, elle ne pouvait s'empêcher de sourire. Peut-être y était-elle allée un peu fort. Juste un peu.

18

Yann avait changé de service dans la nuit. Un déménagement forcé et précipité de la chirurgie orthopédique vers la cardiologie, dont il gardait très peu de souvenirs : une onde Q sur un électrocardiogramme, une course de brancard dans les couloirs, des traînées de néons au-dessus de sa tête, puis plus rien. À son réveil, Yann eut la surprise de trouver son fils en train de dormir dans le fauteuil à côté de lui – dans une position toute courbée, bonne à se casser le cou. Et il ne put s'empêcher de se sentir coupable. N'était-ce pas plutôt le rôle d'un père d'être réveillé au milieu de la nuit ? De veiller sur son fils quand il était malade ? Le voilà justement qui s'étirait douloureusement et bâillait à s'en décrocher la mâchoire.

– Bonjour, P'pa ! Comment tu te sens ? lâcha-t-il, à peine réveillé.

– Énervé !

Matthieu sourit en découvrant la mine boudeuse de son père.

– C'est bon signe.

– Tu trouves ?

– Je commence à te connaître… Tu m'as fait une sacrée frayeur, la nuit dernière.

– On n'aurait pas dû t'appeler.

– Tu comptes faire tous les étages de l'hôpital ? ironisa Matthieu.

– Je suis bien parti pour…

– Le service d'urologie est très sympa, à ce qu'il paraît ! Tu ne voudrais pas faire un globe urinaire ? Ou une prostatite, qu'on rigole un peu ?

Yann leva les yeux au ciel.

– Plutôt que de te moquer de ton vieux père, tu ne voudrais pas me sortir de cet hôpital ?

– Tu vas devoir attendre un peu.

Mais Yann n'avait pas cette patience. Il se mit à arracher un à un les capteurs collés à sa poitrine en le suppliant :

– Sors-moi tout de suite de là ! Je vais finir par y passer sinon… Je le sens !

– Reste un peu tranquille, lui dicta Matthieu, en plaquant une main ferme sur son épaule pour l'empêcher de se redresser. Et arrête de paniquer !

– Pourquoi crois-tu que j'aie fait un infarctus ?

– Parce que tu fumes comme un pompier depuis quarante ans… C'est aussi simple que ça.

Yann secoua la tête.

– À cause du stress, fiston… Le stress d'être cloué au lit. Allez, on file en douce… Viens ! Tu connais les couloirs comme ta poche.

Matthieu s'empara de la sonnette accrochée à son lit et appuya sur le bouton rouge en le défiant du regard.

– Tu fais quoi ?

– Je préviens juste l'infirmière d'une tentative de fugue, ça me semble normal.

– Traître !

Mais à l'arrivée de la soignante, Yann eut un tout autre discours. Il mit l'appel sur le compte d'un problème de capteurs avant d'exhiber son torse.

– Je transpire tellement qu'ils se décollent. À moins que ce soient les poils.

– Quel plastron ! commenta Matthieu, amusé par le revirement de situation et le numéro de charme de son père.

En repensant à la nuit dernière, quel soulagement de le trouver si vigoureux aujourd'hui. Une veine qu'il ait été d'astreinte et ait laissé son téléphone allumé. Quand le numéro de l'hôpital s'était affiché, l'ORL avait d'abord pensé qu'on avait besoin de lui aux urgences. Une fibroscopie pour ôter un corps étranger par exemple.

– Docteur Madec, je vous appelle pour vous prévenir que votre père a fait un malaise. Il est actuellement en salle de coronarographie.

De ces réveils qui vous électrisent et vous glacent à la fois. Matthieu avait fait un bond dans son lit.

– Un infarctus ? Mon père ? Est-ce qu'il… va bien ?

Marie-Lou, à ses côtés, s'était redressée elle aussi, avec le même air décontenancé et inquiet, puis avait tendu l'oreille pour écouter la réponse de l'infirmière.

– Tout ce que je peux vous dire, c'est qu'il a été pris en charge tout de suite. L'avantage d'être dans les murs de l'hôpital.

– J'arrive tout de suite.

– Je ne suis pas sûre que ça soit…

Elle n'avait pas fini sa phrase que Matthieu avait déjà raccroché. En tant qu'ORL d'astreinte, il avait eu droit à une faveur cette nuit-là : celle d'entrer dans l'unité de soins intensifs pour veiller son père. Passé le choc de le découvrir inconscient au fond de son lit, son collègue cardiologue l'avait aidé à positiver : Yann était toujours en vie, avec un stent tout neuf dans une coronaire. Sa poitrine se soulevait. Ses pulsations cardiaques couraient sur l'écran. L'orage était passé et les voyants, au vert. Matthieu pouvait être rassuré. Fidèle au poste, il s'était affaissé dans le fauteuil en skaï – comme il l'avait fait la veille – puis avait fermé les yeux, faute de pouvoir s'endormir.

Après que l'infirmière eut consciencieusement replacé les électrodes sur sa poitrine, Yann déclara d'une voix mielleuse :

– Merci infiniment, je vous promets de rester bien sage au fond de mon lit.

– Peux-tu répéter, que j'enregistre ? le nargua son fils en appuyant sur le mode dictaphone de son téléphone.

L'homme eut une moue complaisante en direction de la femme en blanc puis changea radicalement d'expression une fois qu'elle fut sortie de la chambre.

– Éteins ton portable, sinon je le jette par la fenêtre !

– Tu n'as jamais pensé à te lancer dans le cinéma ?

– C'est de l'instinct de survie, c'est différent. Il faut vraiment que je sorte d'ici au plus vite…

– Si tu arrêtes de jouer au con, ils ne devraient pas te garder très longtemps.

Le mot « con » lui irrita l'oreille – le blessa même – mais Yann sentit que, face à son fils, toute tentative de rébellion serait vaine. Que, de toute façon, il n'aurait pas le dernier mot.

– Ce n'est pas la peine d'inquiéter Jo, grommela-t-il en commandant la manette de son lit pour se redresser. Je le connais, s'il apprend que j'ai fait un infarctus, il va complètement paniquer.

– Ça me semble difficile de ne pas le mettre au courant. Il appelle tous les jours pour prendre de tes nouvelles… Ce n'est plus un gamin. Arrête de vouloir tout le temps le ménager !

– Facile à dire… Ce n'est pas toi qui travailles avec Jo ! Ces derniers temps, il n'avait pas l'air dans son assiette.

– Il s'est remis à déconner ?

– Oui, j'en ai bien peur. Le matin, il débarque de plus en plus tard. Sans parler des jours où il s'endort dans son fauteuil. Tu le connais, c'est difficile de lui faire une remarque ou d'aborder le sujet, Jo tourne tout en dérision. Il se moque de tout, même de lui-même.

Matthieu acquiesça d'un air contrarié. Les propos de son père ne venaient-ils pas conforter son impression lors de sa dernière venue à Groix ? Il avait trouvé son ami amaigri, fébrile par moments, avec un regard vide – au milieu de toutes ses pitreries. Durant son court séjour, Matthieu regrettait de ne pas avoir pris le temps de lui parler sérieusement. Réussir à coincer Jo et le pousser dans ses retranchements s'apparentait à un affrontement, une intrusion dans son intimité. Matthieu savait qu'il ne se confierait pas facilement à lui. Peut-être même lui tiendrait-il rigueur de se mêler de sa vie. Mais avait-il le choix ? Comment pouvait-il oublier sa descente aux enfers quelques années auparavant ? Le jour où Marie-Lou l'avait retrouvé inconscient dans son appartement au milieu d'une mare de sang. Une hémorragie digestive due à ses alcoolisations massives qui avait bien failli lui être fatale. Au fil des mois, Jo avait réussi à remonter la pente, grâce à une cure de sevrage et au soutien de toute sa bande d'amis. Mais ceux qui le connaissaient bien – Marie-Lou, Anna, Yvonne, Alexis et lui-même – savaient pertinemment qu'un exil à Groix ne suffirait pas à l'éloigner de ses démons. Le fléau qui sévissait dans sa famille depuis des générations n'avait pas de frontières. L'alcool, comme remède contre la tristesse, ses aïeux en avaient tous fait les frais. Plus poison que remède d'ailleurs, avec – pour la plupart d'entre eux – le suicide comme seule échappatoire. Un saut désespéré du haut des falaises de la pointe Saint-Mathieu près de Brest. Mais Matthieu – celui avec deux T dans son prénom – ne croyait pas aux fatalités. La fragilité de son ami ne justifiait pas qu'il le tienne à l'écart des soucis de santé de son père. Au contraire, Jo devait être considéré comme un membre de la famille et mis au courant en priorité.

– Allô, Jo ?
– Matthieu ?
– T'es assis ?
– Ouais, pourquoi ?
– Comme ça… Pour savoir.
– Y a un problème avec Yann ?

19

« Infarctus » faisait partie de ces mots « coups de poing » – comme hémorragie, cancer ou AVC – que Jo redoutait tant. Quand Matthieu l'avait prononcé, il s'était senti tanguer. La même sensation que lorsqu'il était ivre, en plus brutal. Une sorte de déconnexion. La voix de son ami lui avait paru lointaine, son corps oppressé. « Petit infarctus », avait précisé Matthieu. « Sans gravité, guéri, terminé ». Mais cela n'avait pas suffi. Jo n'écoutait plus.

– Jo ? Tu es toujours là ? répétait la voix dans le combiné laissé sur le bureau, mais Jo ne parvenait pas à émettre un son, laissant son chien – coincé derrière lui – aboyer pour deux.

Coudes sur la table, mains plaquées sur ses tempes, l'homme tentait de mettre ses idées en ordre. Il repensait à son mauvais pressentiment quand Yann avait quitté l'île. Le Doc' ne se remettrait jamais de son intervention, c'était une certitude maintenant. Il ne reviendrait jamais. Et justement, c'était sa voix qui l'appelait au téléphone.

– Jo, tu m'entends ? *Ce dernier releva la tête et s'empara de l'appareil.* Si tu connais un moyen de t'évader d'un hôpital, je veux bien que tu me répondes… C'est un malentendu, je pète la forme !

– Ne bouge pas, j'arrive.

Jo n'avait pas l'habitude de voyager seul et il s'était fait violence pour tout organiser : la traversée en bateau, le trajet en train jusqu'à Quimper puis le bus. Un vrai parcours du combattant avec une arrivée à Brest à la nuit tombée qui l'avait contraint à repousser sa visite à l'hôpital au lendemain. Avec Matthieu, ils étaient convenus de se retrouver au *Gobe-mouches* situé à quelques minutes à pied de la gare routière. Un lieu incontournable pour Jo, malgré les souvenirs douloureux qui y étaient associés. Ce bar avait été comme une seconde maison durant les années où il avait vécu à Brest. Une période oisive et désœuvrée où il avait passé ses journées au comptoir, assis à la même place, à faire la conversation à Yvonne. Une femme qu'il estimait beaucoup, toujours bienveillante à son égard, sans jugement. Une béquille en quelque sorte, comme Yann l'était pour lui aujourd'hui. Venir à Brest sans la saluer lui semblait inconcevable. Et réciproquement, Yvonne avait tenu pour l'occasion à assurer exceptionnellement le service du soir à la place de Guillaume.

– V'là mon ami ! brailla-t-elle derrière son bar, à peine eut-il franchi la porte.

Plusieurs visages familiers se retournèrent, dont celui de Matthieu en premier plan, ce qui lui donna l'impression troublante de n'être jamais parti. Jo eut une mimique gênée puis se pencha pour caresser le labrador allongé aux pieds de son ami. Une manière comme une autre d'éviter tous les regards braqués sur lui. Yvonne lui désigna le tabouret resté vacant – celui-là même qu'il occupait auparavant.

– Installe-toi ! Je l'ai réservé pour toi, déclara-t-elle en posant un verre de « Gobe-mouches » en face de lui, si délicatement qu'elle en renversa la moitié.

Ce voyage lui avait donné soif – cruellement soif – et Jo savoura chaque gorgée du cocktail. Un goût si singulier qu'un flot d'images et de bribes de conversations lui vint instantanément à l'esprit. Un désordre joyeux et mélancolique, empreint de nostalgie et de regrets – de honte aussi – qui le coupa du monde et le fit s'affaisser petit à petit sur son siège. Matthieu tentait vainement d'interagir avec lui mais Jo ne parvenait pas à imprimer ses propos. L'hospitalisation de Yann. La nuit de l'infarctus, la grande frayeur, le soulagement qui avait suivi. Devait-il s'inquiéter que Matthieu, d'un naturel si taciturne, se montre aussi bavard ? Comment pouvait-il être si confiant ? Il lui cachait sûrement quelque chose.

– J'en prendrais bien un autre, demanda-t-il à Yvonne en levant son verre vide.

Le regard préoccupé qu'elle échangea avec Matthieu le surprit. Depuis quand avait-elle besoin de l'accord de quelqu'un pour resservir un client ? Ce manque de confiance le heurta, contribuant à assombrir son humeur encore plus.

– Juste une lichette, lui accorda-t-elle finalement. Mon pauvre, tu n'as pas l'air dans ton assiette.

Jo haussa les épaules.

– Ça me fait juste bizarre d'être ici.

– Tu as fait du chemin en quatre ans, non ? l'encouragea Matthieu.

– Tu trouves ? Moi, j'ai plutôt l'impression d'avoir déplacé mes emmerdes…

– Tu travailles maintenant.

– Ton père m'assure un logement et un salaire, oui… Sinon, rien n'a changé.

– N'exagère pas.

– Je suis un boulet, Matthieu. Un boulet accroché à vous, faut voir la vérité en face. Et si Yann flanche, je flanche avec.

– Arrête de boire, ça te rend triste.

– Réaliste plutôt… Et boire me permet d'oublier.

– Oublier quoi ? l'interpella Yvonne qui essayait de suivre, la tête penchée en avant, les deux poings plaqués sur ses hanches.

– Oublier qui je suis.

– Tu devrais boire à quelque chose de positif, lui suggéra Matthieu. Tiens, à la santé d'Yvonne par exemple !

– Ma santé ? Qu'est-ce que vous en avez à foutre de ma santé ? grogna-t-elle. À l'amour plutôt.

Jo rit jaune.

– L'amour ? Je le cherche encore, celui-là… Depuis le temps, je me suis fait une raison, ce monde n'est décidément pas fait pour moi.

– Bon, je crois qu'il est temps qu'on y aille, soupira Matthieu en lui tapant dans le dos. Si ce monde n'est pas fait pour toi ce soir, demain – avec un peu de chance – il te sourira.

– Le vent tourne, mon ami ! s'égosilla Yvonne en regardant Jo partir avec regret. En Bretagne, le vent tourne sans arrêt. Garde confiance !

Jo n'avait pas mesuré à quel point ce voyage serait une épreuve pour lui. Revenir à Brest impliquait forcément de se confronter au passé. Et ce retour en arrière s'avéra plus cruel que prévu : une sorte de coup de projecteur sur sa vie ratée et son inaptitude à trouver sa place dans la société. Pourquoi n'éprouvait-il aucun plaisir à retrouver le *Gobe-mouches* et ses autres lieux fétiches ? À revoir Yvonne et les amis qu'il avait côtoyés ? Il ne gardait pas que des mauvais souvenirs de cette ville pourtant. Tout lui paraissait violent et terrifiant, à l'image de ces longs couloirs d'hôpital qu'il arpenta le lendemain en allant rendre visite à Yann. Sa vue se brouilla, les murs se couvrirent de ouate et Jo baissa la tête pour se concentrer sur les talons de Matthieu devant lui. Ce n'était pas le moment de paniquer. Personne n'allait le confondre avec un malade ni l'agresser avec une aiguille. Toutes ces idées, c'était dans sa tête. Comme l'impression qu'une giclée de sang pouvait à tout moment lui jaillir à la figure et qu'on pouvait lui ordonner – sur-le-champ – de s'allonger sur un lit. Aucune femme n'allait accoucher à ses pieds, ni lui demander de l'assister. Non, impossible. Lorsque les chaussures de son ami ralentirent enfin, Jo réalisa qu'ils étaient arrivés en cardiologie.

– C'est ici, lui souffla Matthieu en lui désignant une porte flanquée d'un numéro.

Jo recula.

– Entre toi d'abord, s'il te plaît… Et dis-moi comment tu le trouves.

– Tu as peur ?

– Moi ? Non… mais je ne voudrais pas qu'il soit surpris de me voir.

– C'est toi-même qui l'as prévenu de ta visite. Crois-moi, il t'attend.

– Vas-y en premier, s'te plaît… Et s'il a une perfusion ou un pansement, tu peux lui demander de les cacher sous les draps ?

– C'est bien ce que je disais : tu as les j'tons !

Jo leva les yeux au ciel et attendit le feu vert de son ami pour entrer à son tour. Précautionneusement, comme s'il marchait sur un champ de mines. Cette odeur d'hôpital. Cette menace permanente. Cette chaleur. Jo s'assit sur le lit et veilla à ne pas croiser le regard du convalescent, assis dans le fauteuil près de la fenêtre. Les magazines posés sur la table de chevet lui semblèrent une cible moins éprouvante.

– Jo, mon ami ! s'écria Yann, d'une voix plus faible qu'il ne l'aurait souhaité. Toi au moins, tu vas m'écouter et me ramener à Groix.

Jo hocha la tête, le sourire crispé, toujours incapable de le regarder en face. Matthieu et son père firent la conversation à sa place. Un ping-pong de phrases courtes où se mêlaient sujets profonds, conseils, reproches et un bon nombre de plaisanteries. Jo, de son côté, riait bêtement à tout, répondant évasivement – et souvent à côté de la plaque – à toutes les questions qu'on lui posait. Donner le change était un art qu'il maîtrisait parfaitement, alors qu'il ne rêvait que d'une chose : fuir en courant et siffler un grand verre de whisky cul sec – ou de « Gobe-mouches » à la rigueur.

– Jo, tu vas devoir rentrer sans moi, finit par admettre Yann devant l'insistance de son fils. Dès qu'on me libère de tout ce bordel, je te rejoins. Promis.

Jo s'efforça de lever les yeux et découvrit les capteurs collés sur sa poitrine. Pourquoi l'avait-on ligoté sur son siège ? Que signifiaient toutes ces lignes sur l'écran ? Jo ne reconnaissait que celle zébrée du rythme cardiaque. D'ailleurs, le sien était en train d'accélérer dangereusement. Le convalescent avait bonne mine pourtant, sans l'ombre d'une cicatrice apparente, mais Jo ne pouvait s'empêcher de penser à la menace imminente d'un nouvel infarctus. D'une ligne plate sur l'écran, d'un bip continu, comme dans les films. L'air lui manqua de nouveau.

– Je dois filer, bredouilla-t-il en se dépliant lentement. Tu comprends, je ne peux pas laisser Alexis seul trop longtemps.

– Ça se passe comment avec le remplaçant ? C'est vraiment la cata' ?

Jo s'en voulut d'avoir stressé le Doc' l'autre jour. Si ça se trouve, c'était à cause de sa mauvaise blague qu'il avait failli mourir. À cause de lui ! Il se mit à trembler de tous ses membres.

– J'ai peut-être exagéré un peu, avoua-t-il d'un air coupable. Tu me connais.

Yann lui sourit.

– Bien sûr que je te connais. Allez, file !

20

Vers dix-neuf heures, il n'y avait plus personne dans la salle d'attente et Alexis s'empressa de placer l'écriteau « fermé » derrière la porte vitrée pour dissuader d'éventuels retardataires de se présenter. En l'absence de Jo, la journée de travail avait été éprouvante. Entre les appels téléphoniques en pleine consultation, les rendez-vous à programmer, les cartes vitales à passer, les pauses-pipi du toutou à gérer, le jeune médecin n'avait pas eu un seul moment à lui. Sans compter qu'à midi, Alexis avait préféré se rendre à Kermario revoir le patient qu'il n'avait pu examiner la veille, plutôt que de prendre le temps de manger. Une visite qu'il avait pu honorer sans difficulté cette fois, sans que personne vienne lui mettre de bâtons dans les roues. D'ailleurs, une chance que tout le monde se soit montré compréhensif envers lui aujourd'hui. Les patients portaient définitivement bien leur nom. Même le chien avait été exemplaire ! Jusqu'à maintenant, il était resté d'un calme olympien, enroulé comme un escargot dans le fauteuil de l'entrée. Mais depuis qu'Alexis s'était emparé des clefs de la Méhari pour sortir, le fauve ne tenait plus en place. Le voilà qui grattait à la porte avec ses pattes pour lui montrer la sortie.

– Hey ! Du calme, du calme… J'ai compris que tu voulais aller te promener. Attends juste une seconde !

Curieux de s'aventurer dans un coin de l'île qu'il ne connaissait pas, Alexis prit le temps d'étudier le plan affiché sur le mur. Plusieurs de ses patients lui avaient parlé de la plage des Grands-Sables aujourd'hui, en s'étonnant qu'il n'ait pas encore eu l'occasion d'y aller. Une négligence qu'il voulait rattraper.

– La plus grande plage convexe d'Europe, avait commenté l'un. Ça vaut le détour !

Et un autre avait ajouté :

– Son sable combine toutes les nuances du grenat au blanc, c'est splendide !

Puis encore :

– Un site protégé, où les gravelots nichent à même le sable en cette saison. Il faut faire attention où l'on met les pieds !

Sur la carte, Alexis venait de repérer le fameux croissant à l'est de l'île quand la porte s'ouvrit brusquement sur une fillette surexcitée.

– Bouh !

Son cri le fit sursauter. Un petit cri d'oiseau, censé créer l'effet de surprise. Qui devint plus timide sitôt que cette dernière se retrouva face à lui. Une petite brune, toute fluette, avec deux couettes plantées sur le haut du crâne. Alexis se figea sur place, avec une expression de terreur.

– M'man ! Viens voir ! appela la gamine en se tournant, manifestement contrariée.

Alors que Prozac l'entraînait vers l'avant, Alexis recula d'un pas, parcouru de frissons. Son pire cauchemar venait d'apparaître sous ses yeux. Là, en plein jour, dans un tout autre décor. La fillette ne gisait plus dans ses bras, cette fois. Elle avait retrouvé de la vigueur. Capable désormais de sautiller sur ses jambes, d'appeler sa mère, de caresser le chien. Mais ce regard d'ébène pointé sur lui. Ce regard intense, pénétrant, plein d'interrogations, lui, n'avait pas changé.

– Quel cauchemar ! gémit-il en se frottant énergiquement les paupières comme si ce geste était capable de modifier son champ de vision.

Sauf qu'en ouvrant les yeux, elles étaient deux. Une grande brune tenant par la main sa version miniature. Qui le fusillait du regard, comme la première fois.

– O… Olivia ?

– Sympa comme accueil !

– M'man… le m'sieur fait un cauchemar, grimaça la petite en pointant du doigt Alexis.

Il se laissa tomber dans le fauteuil, au bord du malaise, et tenta de se raisonner. Olivia avait une fille, donc. Une fille en parfaite santé. Comment avait-il pu les confondre ? Serait-il condamné à perdre ses moyens devant toutes les petites brunes qu'il croiserait ? Il s'en voulut d'être aussi émotif. Aussi fragile. Surtout devant cette femme !

– Tu as besoin de quelque chose ? bredouilla-t-il d'une voix rauque. D'une consultation pour la petite ?

– Non, Rose voulait voir Jo… Ça lui a pris en sortant du supermarché.

– Jo ?

– Ils sont très proches, tous les deux.

– Il n'est pas là, désolé.

– Où est-il ? réclama la fillette.

– Parti à Brest, voir Yann.

Olivia s'avança vers lui et se mit à chuchoter. Bien au fait des dernières nouvelles de l'état de santé du médecin généraliste, celle-ci le pria de ne rien dire à sa fille pour ne pas l'inquiéter.

– Peupé Yann, il va revenir bientôt ? les coupa la fillette, en tirant sur la manche d'Alexis.

Un surnom qu'Olivia se sentit obligée de préciser, vu l'air surpris de ce dernier :

– Rose le considère un peu comme son grand-père.

– Peupé Yann va bien, la rassura Alexis, en s'efforçant de sourire. Je suis sûr qu'il sera bientôt de retour… D'ailleurs, il le faut ! Car je ne compte pas le remplacer très longtemps.

– C'est si difficile que cela ? s'étonna Olivia avec la même arrogance que la veille.

– Non, c'est plus simple quand personne ne m'empêche de travailler et ne me dit ce que j'ai à faire.

Elle sourit, surprise par sa repartie.

– Je ne vois vraiment pas à qui tu fais référence… En tout cas, tu t'es bien débrouillé aujourd'hui. C'est rare de trouver le cabinet vide à cette heure !

– J'ai mis un message sur le répondeur pour prévenir les

patients qu'en l'absence de Jo, je consultais sans rendez-vous.

– Et ils ont été bien disciplinés ?

– Oui… Quand il y avait trop de monde dans la salle d'attente, ils faisaient demi-tour.

– Comme chez le boucher, en quelque sorte, ironisa-t-elle.

– Merci pour la comparaison.

Cette fille avait l'art de le bousculer. Un peu comme sa copine Marie, mais en plus hostile. Plus méfiante. Pourquoi prenait-elle un malin plaisir à se moquer de lui ? Et voilà que la petite s'y mettait, elle aussi.

– T'es boucher, toi ? lui demanda-t-elle, en tirant à nouveau sur sa manche. Je croyais que t'étais un pirate.

Remarque qui parut réjouir sa mère.

– Il ne faut jamais se fier aux apparences, répondit-il un peu mal à l'aise, en tentant d'aplatir son épaisse tignasse.

– Allez, viens Rose… On rentre à la maison.

La petite croisa les bras, en faisant barrage devant la porte.

– Je veux attendre Jo et faire des collages ! C'est le roi du collage, tu savais ? dit-elle en direction du pirate.

– Non… Mon assistant a décidément plein de qualités cachées.

Il attendait une réaction de la part d'Olivia mais celle-ci resta fermée et entraîna sa fille vers la sortie.

– La prochaine fois, on appellera Jo avant de se déplacer.

– Revenez demain ! Il sera là.

Une invitation qu'il avait prononcée sans réfléchir, qu'il

regretta aussitôt. N'ayant pas très envie de voir son hall d'entrée se transformer en garderie. Pas très envie de les revoir non plus, d'ailleurs.

– À demain, répéta la fillette en se retournant plusieurs fois.

– À demain, répondit-il à la mine boudeuse de sa mère.

Alexis n'avait pas de mots pour décrire le paysage qui s'ouvrait sous ses yeux. Grandiose. Unique. Apaisant. Il avait garé sa voiture à Port-Mélite puis avait continué à pied sur le sentier côtier. La plage lui était apparue en contrebas, au détour d'un virage. Une vaste étendue de sable blanc s'avançant vers la mer, avec des touffes d'oyats perchées sur la dune – masses vertes, ondulant au vent. Alexis attacha le chien en haut des escaliers puis s'approcha du rivage. Quelques pêcheurs guettaient le poisson, assis devant leur canne à pêche, plantées à même le sable. Une femme lisait un peu plus loin, allongée sur sa serviette. Sinon, la plage était déserte. Un paradis pour gravelots, pensa-t-il alors. Alexis s'assit sur un tronc d'arbre poli par les flots et laissa son regard se perdre vers l'horizon. À la lumière du soleil du soir, tout semblait scintiller sur la mer. Comme cette petite voile blanche au loin. Triangle nacré qui glissait en silence. Il repensa à sa journée. À toutes les personnes qu'il avait croisées. À cet homme plié en deux par une sciatique. Cette femme constipée. À celle qui confondait ses médicaments avec ceux de son mari. Celui qui n'avait plus envie de vivre. Celle qui cherchait encore la raison qui l'avait poussée à venir consulter. Il repensa à tous ces échanges. Ces plaintes, ces questions, ces conseils, ces rires aussi. Au bruit des conversations. Aux silences. Au cri de Rose, pour finir. Aux mots d'Olivia. « C'est rare de trouver le cabinet vide à cette heure ! » Son seul compliment. Et quand, un peu plus tard, il entendit le chien aboyer en haut de la falaise – comme un rappel à l'ordre –, il réalisa que le bateau avait disparu dans le soleil couchant, englouti par l'obscurité.

21

– Reste avec moi, tu entends ?

Alexis slalomait à toute vitesse entre les brancards, la fillette dans ses bras. Les obstacles avaient beau être nombreux, le couloir interminable, l'urgentiste ne renonçait pas.

– Poussez-vous, je cherche un chirurgien. Quelqu'un a vu un chirurgien ? Un chirurgien !

Autour de lui, tout le monde s'affairait avec la même précipitation. Les montées de pression, propres à la médecine de guerre, Alexis en avait fait plusieurs fois l'expérience. Comment prioriser les blessés quand toutes les victimes graves affluaient en même temps ? S'ils voulaient sauver des vies, les urgentistes devaient faire des choix. En un temps record, ils devaient évaluer les chances de survie de chacun, le plus consciencieusement possible. En mettant de côté leur affect, leur empathie. Leur détresse d'homme. Un exercice encore plus difficile face à un enfant. L'urgence absolue – celle qui devait passer avant toutes les autres –, n'était-ce pas celle qu'on croyait pouvoir sauver ? Alexis le savait et, à mesure qu'il avançait au milieu de ce chaos, il doutait de pouvoir réellement sauver cette petite fille. Sur la plaie, ses doigts avaient laissé place à son poing serré. Un poing qu'il continuait d'appuyer de toutes ses forces à la racine de son cou et, malgré cela, la plaie continuait de saigner. À son regard apeuré pointé dans sa direction, il sut qu'elle perdait espoir elle aussi.

– Reste avec moi, tu entends ? insistait-il inlassablement d'une voix étouffée.

Un chirurgien coiffé d'un bonnet bleu venait de sortir du bloc opératoire. Alexis le trouva en train de jeter ses gants en latex, l'air désabusé. Ce n'était pas le bon moment pour l'aborder, mais l'urgentiste n'avait pas de temps à perdre et lui présenta sa patiente.

– C'est certainement une lésion de la carotide commune, déclara l'homme, après qu'Alexis eut soulevé sa main. La plaie n'est pas si grande, probablement due à un éclat de verre, mais crois-moi, l'artère en dessous est bien amochée.

À ces mots, la tête de la fillette commença à partir en arrière et Alexis s'empressa de reprendre la compression.

– Opère-la et tu verras bien ! supplia-t-il son collègue.

– Laisse tomber… c'est un trop grand chantier. Pour bien faire, il faudrait que je lui ouvre le thorax, on n'a pas le temps… J'ai plusieurs amputations qui m'attendent au bloc.

En une phrase, l'homme venait de lui régler son sort. La petite avait glissé de l'autre côté : celui des causes perdues.

C'était injuste. Ses chances avaient été évaluées en fonction de celles des autres. Si elle avait été seule, au milieu d'un couloir vide, l'homme aurait réfléchi autrement. C'était injuste, mais Alexis lui donna raison. La mort dans l'âme, il se remit à marcher. Mécaniquement. Et ralentit la cadence. Comment pouvait-il l'abandonner ? Comment pouvait-il desserrer son poing ? Impossible. Il eut envie de crier. Crier.

Quand Alexis ouvrit les yeux, sa bouche était grande ouverte et aspirait l'air à grandes bouffées, comme s'il venait d'émerger de l'eau. Son cri l'avait réveillé et il réalisa qu'il n'avait jamais été aussi loin dans son rêve. Était-ce lié à sa rencontre de la veille ? À la petite Rose, qui n'avait pourtant pas grand-chose en commun avec cette petite Syrienne ? Depuis qu'il avait débuté ce remplacement, il s'était pourtant félicité de ne plus faire ce cauchemar. Son esprit était si préoccupé par ses nouvelles responsabilités qu'il avait été capable d'occulter pendant quelques jours son douloureux passé. Mais voilà qu'il lui revenait comme un boomerang, avec une précision déroutante. Comment passer à autre chose ? S'intéresser à un autre patient, sans trouver son cas futile ? Situation à laquelle il allait bien falloir se confronter, vu la rangée de grands-mères qui l'attendaient de pied ferme sous la pluie battante.

– À qui le tour ? demanda-t-il, après avoir fait asseoir tout le monde dans la salle d'attente.

Une petite dame se leva péniblement, en prenant appui sur ses cuisses.

– Normalement, c'est à moi… Mais je me suis fait doubler dans la montée.

– Je ne pouvais pas savoir que vous alliez chez le médecin ! aboya sa voisine.

Les répliques fusèrent et Alexis craignit qu'elles en viennent aux mains. L'inconvénient de consulter sans rendez-vous, sans Jo pour faire la police, regretta-t-il alors. D'ailleurs, pourquoi son assistant n'occupait-il pas son poste ce matin ? Alexis se demanda s'il devait s'en inquiéter. Hier soir, Jo était rentré de Brest dans un tel état d'ébriété qu'il avait dû aller le chercher à la sortie du bateau. Quand il lui avait demandé des nouvelles de Yann, une sorte de bouillie incompréhensible était sortie de sa bouche, ponctuée de grands éclats de rire. Alexis en avait déduit que le convalescent devait bien se porter pour voir Jo revenir aussi joyeux. Arrivé à la porte de son appartement, Jo lui avait ouvert les bras dans un élan d'amitié et Alexis en avait profité pour le conduire jusqu'à son lit, le déchausser et le border comme un enfant. Trop bien bordé sans doute, vu qu'il n'émergeait pas de son lit ce matin.

– Jo arrive souvent vers dix heures, le prévint gentiment une des habituées, qui le voyait pâlir dans le hall d'entrée.

– Je devrais peut-être en faire autant alors, répondit-il en souriant. La journée me paraîtrait moins longue.

Des protestations molles se firent entendre, des rires aussi, et la tension ambiante s'apaisa.

– Honneur aux aînés, déclara le médecin, en faisant

signe à la plus âgée de le suivre – celle avec les jambes arquées et le dos tout courbé.

– Mon corps est fatigué, docteur, gémit cette dernière avant d'arriver jusqu'à sa chaise. Quatre-vingt-quinze ans, vous vous rendez compte ? Vous croyez que le Bon Dieu m'a oubliée, là-haut ?

Voilà une drôle de question pour commencer la journée, pensa Alexis en feuilletant son dossier. Mais en découvrant la liste de ses pathologies, il lui donna presque raison. La pauvre dame collectionnait les insuffisances : cardiaque, rénale, veineuse, respiratoire…

– Personne ne vous a oubliée, rassurez-vous, déclara-t-il en prenant son appareil à tension. Vous avez juste un bon médecin… Je féliciterai le docteur Madec à son retour.

La vieille dame sourit.

– Nom de Doué ! Ne le félicitez pas ! Sinon, je vais finir centenaire.

– Vous m'autorisez quand même à renouveler votre traitement ?

– Oui, si vous n'essayez pas de l'améliorer.

– 13/8… Une tension de jeune fille. Je ne vois rien à modifier.

– Vous êtes gentil, docteur. Et si charmant…

Un compliment qu'elle avait prononcé en rougissant comme une jeune fille. Ce qui ne fut pas le cas de la patiente suivante.

– Ces derniers temps, j'ai l'impression que tout le monde me repousse… même le nouveau médecin généraliste, l'attaqua-t-elle d'entrée de jeu.

« Au secours », pensa-t-il, tout en hochant la tête d'un air compatissant. N'était-ce pas le genre d'entretien qu'il redoutait tant ? L'écoute-soutien-réconfort ? Il se serait bien contenté de l'écoute seulement. Après avoir connu la guerre, les plaintes lui semblaient si insignifiantes. Comment trouver les messages apaisants s'il n'éprouvait rien ? Aucune compassion.

– Je ne m'en sors pas, docteur… Ma fille ne veut plus m'adresser la parole, à part pour me demander de l'argent. Mes petits-enfants m'ignorent quand ils me croisent dans la rue. Et pour couronner le tout, mon voisin menace de me faire un procès si je ne taille pas mes arbres. Vous pouvez me prescrire un antidépresseur ?

L'urgentiste s'appuya lourdement sur son coude, assommé par le poids de ses contrariétés.

– Laissez-moi d'abord vous prendre la tension…

Jo arriva en milieu de matinée – comme prédit – avec la discrétion de quelqu'un qui a quelque chose à se reprocher. Même son chien se montra silencieux, bien calé derrière son dos.

– Cabinet du Doc' Délépine, j'écoute, l'entendit-il brailler dans le combiné, alors qu'il sortait de son bureau. *Son assistant lui adressa un clin d'œil et un sourire de connivence pour lui signifier que tout était sous contrôle, avant de poursuivre la conversation.* Oui, c'est ça, on reprend le planning de rendez-vous ! À quelle heure ça vous arrange cet après-midi ?

Alexis lui glissa à l'oreille :

– Tu peux me bloquer une plage d'une demi-heure à quatorze heures ? C'est pour une urgence.

Jo hocha la tête et plaça la consultation un peu plus tard.

– Chez qui tu te rends ? Je vais te sortir le dossier.

– Chez la coiffeuse…

– Merde ! Elle a un problème ?

– Non, c'est moi qui ai un problème avec mes cheveux… Il paraît que j'ai une gueule de pirate !

– Ha ha ha ! Elle est bonne, celle-là… OK, je bloque !

Deux angines, un mal de dos, une dépression, une bronchite, une mycose vaginale – sa grande spécialité –, une allergie aux pollens, quelques points de suture et trois renouvellements de traitements plus tard, Alexis pensait enfin avoir terminé sa journée de travail quand il aperçut une dernière personne qui patientait dans la salle d'attente. Et pas n'importe laquelle : une grande brune au caractère bien trempé. Elle était en train de tricoter, hypnotisée par le long ruban de laine qui lui tombait sur les genoux. Il la regarda un moment. Ses longs doigts aux mouvements brefs et répétitifs. Le jeu des aiguilles qui battaient la cadence comme les ailes d'un oiseau en plein vol. L'image de sa mère lui revint en mémoire. N'était-ce pas la dernière fois qu'il avait vu quelqu'un s'adonner à une telle activité ? Après tout, il n'était pas étonné. Olivia entretenait ce côté rétro. Dans le choix de ses robes, ses longs cheveux aux bouts tressés, sans parler de sa voiture d'un autre âge. Une beauté intemporelle, pensa-t-il alors, comme hypnotisé lui aussi.

– Vous n'avez pas honte de faire travailler les enfants !

La voix railleuse de sa dernière patiente lui parvint depuis le hall d'entrée. En découvrant la petite Rose assise derrière le bureau, il comprit son étonnement. Une paire de ciseaux à la main, la fillette suivait les indications de Jo en tirant la langue. Cette fois, Alexis ne fut pas troublé en la voyant. La seule idée qui lui vint à l'esprit fut la ressemblance avec sa mère. Le même sérieux, la même application à l'ouvrage.

– Rose veut refaire la déco du cabinet, annonça fièrement son assistant en brandissant le collage : une mosaïque de fleurs de toutes les couleurs, dont les photos avaient été découpées dans des magazines.

– Magnifique ! Je trouvais aussi que ça manquait de fleurs, approuva Alexis en levant le pouce dans leur direction.

Après vérification, il crut discerner un sourire au-dessus du tricot.

– Waouh ! s'exclama la fillette en découvrant sa nouvelle coupe de cheveux.

Une coupe dégagée sur les côtés, avec de fines boucles sur le dessus, légèrement gominées par excès de zèle de la coiffeuse. Depuis son relooking, Jo ne cessait de répéter :

– Le Doc' s'est refait une beauté ! Je ne vous raconte pas, le téléphone n'arrête pas de sonner.

– J'avoue que vous m'avez donné envie de revenir,

docteur, ajouta la patiente sur le point de partir, pour accentuer sa gêne.

Les joues d'Alexis s'empourprèrent au-dessus de sa barbe fine. S'il avait su, il aurait demandé à se faire raser la tête.

22

À la fermeture du cabinet, ils s'étaient rendus plage des Sables-Rouges. Une idée de Jo, quand le ciel s'était dégagé en fin de journée.

– *Vamos a la playa* ! s'était-il écrié en direction du médecin, de l'artiste en herbe et de la tricoteuse.

Avant même d'entendre leur réponse, il avait déjà sorti la glacière du placard, un pack de bières du frigo et tout un assortiment de gâteaux apéro. Alexis avait été enthousiasmé par l'idée, qui lui rappellerait les soirées-plage lorsqu'il était étudiant à Brest.

– Quelle organisation !

– Je me tiens toujours prêt, au cas où.

De son côté, Olivia était plus hésitante, mais les supplications de Rose avaient fini par la convaincre :

– OK… Une heure, pas plus. Il y a école demain et je ne veux pas que tu te couches tard.

C'est ainsi que la joyeuse bande – chien compris – avait fait cap à l'est, dans un concert de klaxons. La deux-chevaux verte talonnant la Méhari jaune. Lors de son tour de l'île, Alexis se souvenait avoir longé cette plage aux eaux translucides. Un lieu qui portait bien son nom, vu la teinte rouge brique que le sable prenait par endroits, liée aux éclats de grenat présents dans les roches environnantes. À peine eut-il posé sa serviette qu'il s'empressa de faire couler une poignée entre ses doigts pour en apprécier les nuances.

– Rose passe des heures à tamiser le sol à la recherche de pierres précieuses, commenta Olivia, amusée par son geste de touriste.

– Elle a déjà trouvé quelque chose ?

– Non, rien…

– Cette île est surprenante, à tout point de vue, continua-t-il pensivement en détaillant les grains restés au creux de sa paume.

– Oui… On arrive là par hasard puis on ne peut plus la quitter.

En disant cette phrase, Olivia avait regardé l'horizon comme si une histoire se cachait derrière. Une histoire secrète qu'Alexis était curieux de découvrir. Apparemment, elle non plus n'était pas originaire de l'île. Il se demanda ce qui l'avait poussée à s'installer à Groix. Une déception sentimentale ? Un goût de l'aventure ?

– Tu es arrivée ici par hasard ?

– Oui, en quelque sorte. Moi aussi, j'ai répondu à une annonce… Ils recherchaient une kiné à Groix. Je voulais quitter Paris. J'ai posé ma plaque, sur un coup de tête.

– Il y a combien de temps ?

– Presque cinq ans… Ça passe vite !

Après un rapide calcul, Alexis en déduisit que Rose était née ici. Et le père dans tout ça ? Était-il caché quelque part sur ce caillou ? Olivia le dévisagea d'un air suspicieux, comme s'il avait parlé tout haut. Jo ayant embarqué la petite à l'autre bout de la plage, elle venait de se rendre compte qu'ils étaient seuls, tous les deux. Leurs serviettes étalées côte à côte. À se faire des confidences. Elle s'empressa donc de déplacer ses affaires un peu plus loin sur les rochers et de sortir son tricot pour le dissuader de s'approcher.

– Jolie écharpe, l'apostropha Alexis, un peu décontenancé par sa réaction de repli.

– C'est un pull.

– Un pull, bien sûr. Jolie manche, alors…

Le nez pointé vers son ouvrage, elle sourit. Pour la deuxième fois.

– Merci.

Lorsqu'il se mit à se contorsionner sous sa serviette, Olivia tenta de rester concentrée sur ses mailles. Une, deux, trois. Surtout ne pas lui donner la satisfaction de regarder dans sa direction ! N'aurait-il pas pu enfiler son maillot de bain avant de venir ? Et pourquoi se déshabiller en face d'elle ? Alors qu'il y avait des herbes hautes un peu plus loin où se cacher ? Étrangement, ses dernières mailles n'étaient plus aussi serrées et régulières qu'avant.

– Mince alors ! Je fais n'importe quoi ! grommela-t-elle.

– Viens te baigner plutôt que de faire des trous dans ton pull.

Dans son short rouge, il ressemblait à un sauveteur en

mer. À la différence près qu'il lui manquait un peu de bronzage. Un peu de carrure aussi. Sans parler de la cicatrice encore rouge qui lui courait le long de la jambe, avec tout un réseau de zébrures autour. Olivia secoua la tête d'une mine boudeuse et Alexis se tourna vers Jo pour le héler, au loin.

– Tu viens te baigner ?

– Je ne sais pas nager.

– C'est vrai ? Tu veux que je t'apprenne ?

– Trop tard, je suis irrécupérable.

« Irrécupérable » fut effectivement le mot qui lui vint à l'esprit quand il vit son ami, à quatre pattes les poings dans le sable, qui mimait la démarche d'un gorille, la fillette hilare à califourchon sur lui. Voilà donc à quoi ressemblaient les apéros de Jo sur la plage ? Alexis n'était pas au bout de ses surprises avec lui. Le 10 mai serait le jour de sa première baignade de l'année, il en était désormais convaincu. Et il s'arma de courage en plongeant le premier orteil dans l'eau.

– Elle est vraiment bonne ! Vous ne savez pas ce que vous ratez, cria-t-il en la trouvant gelée.

Si froide qu'une crampe venait de lui broyer le mollet, non loin de sa cicatrice. Aurait-il dépassé la cheville, s'il n'avait pas eu des spectateurs dans son dos ? Pour une raison qui le dépassait, Alexis se mit au défi d'aller jusqu'au bout. De courir même, oubliant la douleur. Et une fois l'eau à la taille, il plongea la tête la première. Aaaah ! Il sortit de l'eau sous les applaudissements de Rose et Jo. Sous les aboiements du chien aussi, qui lui faisait la fête à sa façon. Mais pourquoi Olivia n'avait-elle pas réagi ? Absorbée par son ouvrage – un rectangle bleu azur, comme le miroir d'eau face à eux –, la jeune femme restait anormalement impassible. Fermée même. Pour en avoir le cœur net, le baigneur s'avança vers elle, deux bouteilles à la main.

– Tu veux une bière ?

Façon détournée de lui faire poser ses aiguilles et de croiser son regard. Un coup d'œil fuyant, qui se concentra sur l'objet.

– Je veux bien, merci...

Il grimaça en butant sur un rocher.

– Tu as mal à ta jambe ? demanda-t-elle, entre deux gorgées. Tu boites, par moments.

– J'essayais justement de le cacher.

– Je suis kiné, je te rappelle...

– C'est vrai. Je ne peux pas faire semblant alors.

– Pas avec moi, non.

Elle avait répondu avec véhémence et Alexis s'était demandé s'il avait quelque chose à se reprocher. Depuis son arrivée sur l'île, il était resté très discret sur son parcours professionnel et ses missions passées. Même à Jo, il en avait très peu parlé.

– Fracture tibia-péroné, si tu veux tout savoir.

– Par torsion ?

– Explosion plutôt.

Elle arqua un sourcil et examina sa cicatrice avec attention.

– C'est récent ?

– J'ai enlevé mon plâtre peu de temps avant de venir.
– Et tu n'as pas prévu de rééducation ?
– Non… Tu veux me donner ta carte ?
– Débrouille-toi tout seul, si tu le prends comme ça, lâcha-t-elle en le fusillant du regard.

Alexis sourit, amusé par sa susceptibilité. Pourquoi répondait-elle toujours sur la défensive ? Il ne connaissait rien du passé de cette femme. De sa relation avec les hommes. Mais si elle avait l'habitude de leur aboyer dessus, pas étonnant qu'elle se retrouve toute seule à élever sa fille. Un nuage noir passa. La mer prit une couleur métallique et les rochers, celle du cuivre. Comme si le paysage réagissait à leur conversation.

À l'instant où le médecin avait fait irruption de son bureau tout à l'heure, Olivia avait regretté d'être venue. En sortant de l'école, Rose avait tellement insisté pour voir Jo qu'elle avait fini par céder. Mais il fallait que sa fille comprenne qu'en l'absence de Yann, elle ne pouvait pas aller et venir au cabinet, comme dans un moulin. Surtout qu'à chaque fois, Alexis avait semblé surpris et mal à l'aise de tomber sur elles. D'ailleurs, Olivia n'avait-elle pas réussi l'exploit de disparaître entre les mailles de son tricot ? Il avait beau être un ami de longue date de Matthieu et de Jo, elle s'en méfiait comme de la peste. Il y avait quelque chose de pas net chez lui. Un passé trouble qu'il était venu enterrer ici, sur cette île. Des erreurs médicales, peut-être ? Sans pouvoir se l'expliquer, cet homme avait le don de la mettre en colère. Une réaction viscérale qui lui faisait perdre ses moyens et tenir des propos ridicules en sa présence. Et cette nouvelle coupe de cheveux aggravait les choses. Maintenant que son vrai visage venait de lui apparaître au grand jour, elle comprenait mieux. Des boucles aguicheuses et menaçantes, des yeux vert-de-gris un peu tristes pour la piéger, un large sourire charmeur. Un visage « guet-apens » comme celui du père de Rose, qu'elle devait tenir à distance. Absolument.

En continuant son tricot, elle s'autorisa à penser à l'autre – l'autre danger –, médecin lui aussi. Assistant-chef de clinique dans le service de chirurgie orthopédique d'un hôpital parisien où elle exerçait comme stagiaire kiné. Marié, deux enfants. Pas disponible et pas moins séducteur. Olivia était tombée dans le panneau dès leur première rencontre. Jeune, naïve. Passionnée. Facilement impressionnable. Un conte de fées dont la fin ne pouvait être qu'heureuse. Mais la dure réalité l'avait rattrapée. Quand il avait appris sa grossesse, l'homme s'était montré sous un autre jour. Suffisant, humiliant, menaçant. Et toutes ses certitudes s'étaient fissurées. Sauf une : garder ce bébé. Même si tout le monde – ses parents, ses amis – lui avait conseillé le contraire. C'est ainsi qu'une fois son diplôme en poche, Olivia avait fui du jour au lendemain. Sans rien à dire à personne. Vers une vie qu'elle serait seule à diriger.

Elle se demanda si elle n'avait pas réagi un peu fort. Après tout, il lui avait juste demandé sa carte. Qu'y avait-il de blessant ? Lui était châtain. Pas brun. Il était plutôt grand. Pas petit et trapu. Pas fier, pas arrogant. Pas si charmeur non plus. Ils ne se ressemblaient pas tant que ça. Pas du tout, même.

– Excuse-moi, bredouilla-t-elle enfin, les doigts crispés sur sa bière.

Alexis parut soulagé et plissa les yeux d'une étrange manière.

– C'est moi qui suis désolé… Où se trouve ton cabinet ?

– Près de l'Intermarché, à la sortie du Bourg… Passe quand tu veux, je t'examinerai.

– D'accord, je viendrai.

23

Yann avait fait sa valise aux aurores. Cela ne lui avait demandé que quelques secondes, vu qu'il n'avait pas pris le temps de déplier ses affaires. Le soleil tardait à se lever et le noir de la nuit lui renvoyait son triste reflet dans la vitre. Celui d'un vieillard cardiaque avec une hanche en titane et une potence suspendue au-dessus de lui. Pourquoi ne parvenait-il pas à fermer l'œil ? Habitué au silence dans son village reculé de l'île, chaque bruit de couloir lui paraissait amplifié et suffisait à perturber son sommeil. Le roulement de brancards succédait à celui des chariots, aux bips des scopes, sans parler du chuchotement des infirmières. N'y tenant plus, il avait arraché d'un coup sec les boutons-pression qui fermaient sa tunique à l'arrière et il avait eu l'impression de mieux respirer. Une fois habillé de sa traditionnelle chemise en lin chiffonnée et de son pantalon en toile de marin, son reflet lui avait paru plus acceptable. Il était temps ! avait-il pensé. Dix jours d'hospitalisation pour un séjour qui ne devait durer que trois, c'était déjà plus qu'il ne pouvait endurer ! Que Gérard, lors de sa grande visite, ne s'avise pas de lui dire le contraire !

– Comment te sens-tu ? l'avait questionné le professeur, quelques heures plus tard, surpris par sa mine maussade.

– Que faut-il répondre pour avoir le droit de me tirer de là ?

L'interne et l'infirmière qui l'accompagnaient avaient pouffé de rire, devant tant d'impertinence.

– Fais-moi voir ta cicatrice, plutôt que de faire le malin… Je ne sais pas qui t'a opéré, mais ce type est un artiste !

Une remarque qui n'avait pas étonné Yann. Déjà à la fac, Gérard était le roi de l'autosatisfaction et adorait se faire des compliments. Il avait veillé à ne pas le contredire et avait mis tellement d'entrain pour lui montrer comment il se débrouillait avec ses béquilles qu'arrivé au bout du couloir, l'équipe avait bien cru qu'il était en train de fuguer du service.

– Hep, hep, hep ! Reviens… J'ai vu ! C'est très bien, l'avait félicité Gérard, avant de se tourner vers l'infirmière. Dites-moi : le cardiologue est-il passé le voir ?

– Oui, à l'instant. Et il a donné son feu vert pour la sortie.

– Reste à donner le mien alors.

Elle s'était donc empressée d'ajouter :

– Il ne présente pas de fièvre, d'hématome, ni aucun autre signe de complications post-chirurgicales.

– Yann, tu peux aller chercher ta valise, avait déclaré

Gérard, en le regardant opérer un demi-tour, un peu à contrecœur. Je te libère !

Son visage s'était alors éclairé.

– Viens là, que je te roule une pelle !

Lorsque l'éclopé avait levé ses deux cannes, formant le V de la victoire, le chirurgien avait reculé d'un pas, mettant en garde toute son équipe :

– Si vous voyez cet individu s'approcher trop près de moi, je vous autorise à le contentionner !

Les deux hommes s'étaient quittés, le sourire aux lèvres, comme à chaque fois. En se faisant plein de promesses qu'ils ne tiendraient sans doute pas : une partie de golf, un tour de Groix en bateau, un week-end aux Glénan. Le principal, n'était-ce pas de se fixer des objectifs ? Enfin libre, Yann avait contacté Marie-Lou pour qu'elle vienne le chercher. Son fils étant au bloc opératoire, sa belle-fille lui avait promis qu'elle se rendrait disponible. Mais lorsque la neurologue était arrivée en blouse blanche, avec son stéthoscope rouge dans la poche, Yann avait pris peur. Pourvu qu'on ne le transfère pas, encore une fois, dans un autre service.

– Ça ne va pas, Yann ? l'avait-elle questionné, lisant l'inquiétude sur son visage.

– Si, si… Je te suis.

– J'ai pris mon après-midi. Malo va avoir une sacrée surprise en nous voyant à la sortie de l'école.

Imaginant qu'elle le conduirait directement à l'embarcadère de Lorient, Yann avait caché sa déception. Comment lui avouer qu'il préférait retrouver son île plutôt que son petit-fils ?

– J'ai préparé le lit dans la chambre d'amis, avait-elle précisé dans la voiture. Je demanderai à ma copine kiné de passer à la maison tous les jours pour poursuivre ta rééducation.

Le cauchemar continuait, avait-il pensé, en se gardant bien de faire tout commentaire, de peur de la contrarier. Depuis que ce petit bout de femme avait su mater son bourru de fils, il lui vouait une reconnaissance éternelle et se montrait toujours très docile et accommodant en sa présence. Comment avait-elle réussi à amadouer Matthieu ? Le transformer d'année en année ? L'adoucir en quelque sorte. C'était un vrai mystère ! Surtout que son fils n'était pas la seule personne qu'elle avait dû affronter au début de leur relation. Il y avait eu son ex-femme Brigitte, atteinte de la maladie de Parkinson. Non seulement Marie-Lou s'en était beaucoup occupée, mais elle avait aussi aidé Matthieu à accepter son handicap. À communiquer avec son drôle de père également – lui, en l'occurrence –, alors qu'il était exilé sur l'île de la Réunion et qu'il ne donnait plus signe de vie. La petite s'était montrée bien courageuse et patiente pour défaire les nœuds et apprivoiser tout le monde, avec bienveillance. Si bien que Yann la considérait comme sa fille désormais. Sa très belle fille ! Et quand il avait accouru à Brest le jour de son accouchement, c'était elle qu'il avait embrassé en premier. La faiseuse de bonheur. Comment oublier l'expression de béatitude qu'il avait lue dans les yeux de Matthieu ce jour-là, alors qu'il était installé dans le fauteuil, avec son bébé au creux de ses bras ? À le voir, jamais il n'aurait imaginé que son fils venait de faire un scandale en salle de travail. De chasser Marie, son amie gynécologue, puis la sage-femme qui l'accompagnait, pour tout orchestrer lui-même. C'est Marie-Lou qui avait dû le raisonner, entre deux poussées. C'est elle aussi qui avait rappelé les deux femmes in extremis au moment d'attraper le bébé. Un phénomène, son fils. Pire que lui ! Pourtant, il semblait si calme dans cette chambre de maternité, quelques heures après la bataille. Si serein. Et Marie-Lou, si forte.

– Tu as l'air pensif, le coupa-t-elle dans ses pensées.

Yann raccrocha brutalement à la réalité. Marie-Lou venait de lui dire qu'elle avait préparé son lit. Combien de temps voulait-elle le garder ? Il trouva une habile manière de le lui demander :

– Au fait, vous comptez aller à Groix ce week-end ?

– Oui, on pensait te raccompagner. Sauf si tu souhaites rester chez nous plus longtemps, bien sûr. Ça nous ferait plaisir !

– Non, non, c'est bien comme ça.

Malo courut vers son grand-père dès l'ouverture du portail et lui sauta dans les bras, avec l'excitation joyeuse d'un petit garçon de quatre ans. Une dose d'amour qui faillit le renverser en arrière.

– Peupé Yann, t'es venu en bateau ?

– Non, en béquilles.

– J'en voudrais, moi aussi, des béquilles !

– Je te les prêterai, si tu veux… pour botter les fesses de ton père.

Marie-Lou fit les gros yeux. À son beau-père, pas à son fils. Et Yann se sentit rajeunir. Il réalisa que c'était la première fois qu'il voyait l'école de Malo. Sa jolie maîtresse et ses camarades de classe. Son univers en quelque sorte. Il avait l'habitude de profiter de son petit-fils quand il venait en vacances à Groix, mais son quotidien lui était totalement étranger. Prendre sa retraite ne serait-il pas un moyen d'y remédier ? De passer plus de temps avec sa famille ? Malo grandissant si vite, il fallait qu'il y pense sérieusement.

– C'est ici le terrain de foot, Peupé Yann… Tu viens jouer avec moi ?

– Oui… la prochaine fois, promis.

Une phrase qu'il avait l'habitude de répéter, pour éviter de lui dire non. Et il aurait pu rajouter : « Quand je serai en retraite… »

Le soir même, Matthieu le surprit dans le jardin, alors qu'il était en train de fumer un joint. Dommage, tout s'était bien passé jusque-là. Une soirée barbecue en famille des plus sympathiques, dans leur carré de pelouse qui dominait le port du Moulin-Blanc. Des sardines grillées – plus diététiques que les saucisses – pour prendre soin du grand-père cardiaque. Une partie de cartes Oudordodo avec Malo, moins périlleuse qu'une partie de football. Une discussion avec son fils, raisonnablement arrosée à la bière, sur l'inventaire des travaux à faire sur le bateau avant l'été.

Yann avait toujours un joint dans la poche de sa veste, pour se détendre le soir après le travail ou bien avant de s'endormir. Un par jour, c'était sa moyenne. Et le sevrage imposé par l'hospitalisation le rendait quelque peu nerveux. Lui qui pensait être tranquille cinq minutes pendant qu'ils allaient coucher le petit, il se trompait. Ces cinq minutes firent tout déraper.

– Ça ne t'a pas suffi de faire un infarctus ?

– Juste un… ce n'est pas la mort.

– Bordel, Papa !

Yann jeta sa cigarette dans le barbecue, comme s'il voulait effacer sa bêtise. Mais au lieu d'être discret, l'odeur de chanvre se répandit dans tout le jardin, plus intensément encore.

– Ça sent bizarre… Vous grillez quoi ? demanda Marie-Lou, en débarquant à son tour.

Matthieu s'empressa de fermer le couvercle du Weber en fusillant son père des yeux.

– J'ai assez d'un gamin à la maison, pas besoin d'un deuxième !

Yann haussa les épaules, un peu vexé. À bien y réfléchir, la retraite, ce n'était peut-être pas pour tout de suite. Combien de jours avant sa remise en liberté ? Un, deux et trois. Vivement le week-end !

24

Alexis repensait souvent à la proposition d'Olivia d'examiner sa jambe. Pourtant il avait senti que la kiné n'avait pas spécialement envie de s'occuper de lui. Elle avait dû lui suggérer de passer à son cabinet par politesse. Par fierté aussi, ne doutant pas une seule seconde qu'elle pourrait résoudre son problème. Et maintenant, il se trouvait dans une situation délicate. Comment devait-il réagir ? S'allonger sur une table d'examen face à elle risquait de le mettre extrêmement mal à l'aise. Ne pas s'y rendre la vexerait à coup sûr, susceptible comme elle l'était ! Depuis leur première rencontre, Olivia ne cessait de l'intriguer et il éprouvait pour elle des sentiments contraires. Un mélange d'attirance, de curiosité et d'appréhension. Ce vendredi, Alexis s'était réveillé en grimaçant, avec l'impression qu'un étau enserrait sa jambe. Le simple contact des draps lui était insupportable, comme le tissu de son pantalon ; et s'il avait le malheur d'effleurer sa cicatrice, cela déclenchait une onde de décharges électriques qu'il mettait plusieurs heures à oublier. Olivia était sa dernière chance.

Elle ne pourrait sûrement rien pour lui, mais cela valait le coup d'essayer. Il fallait juste qu'il arrive à se libérer, avant la sortie de l'école.

– Tu peux décaler mes premières consultations en début d'après-midi ? demanda-t-il à son assistant. J'aurais besoin d'une demi-heure de pause.

– Encore une urgence capillaire ?

– J'ai toujours eu envie d'une coloration.

Jo eut un rictus moqueur puis raya quelques noms dans le cahier.

– Je te préviens, Mme Briand risque de ne pas apprécier le contretemps.

– Les patients, ça s'éduque comme les enfants ! lui murmura-t-il à l'oreille, sur le ton de la confidence.

Jo hocha la tête, tout en pensant que Yann n'aurait jamais dit une chose pareille. Il n'était pas opposé à ce qu'Alexis prenne du bon temps, mais pourquoi faire autant de mystères ? Le Doc', lui, n'avait aucun secret pour lui. Où partait-il à pied, en traînant sa patte folle ? Était-ce son imagination ou s'était-il recoiffé ? S'il avait déjà un rencard, à peine arrivé sur l'île, il fallait qu'il lui donne des cours. Alexis avait repéré la plaque sur la devanture. Il s'était même demandé pourquoi Yann ne s'était pas installé avec elle. Avec le grand parking, la structure plus moderne du bâtiment, cela lui semblait plus pratique. En trouvant sa salle d'attente aussi bondée que la sienne, il regretta de ne pas avoir pris rendez-vous. Un homme assis dans un coin le reconnut et l'invita à s'asseoir à côté de lui.

– Alors, docteur ? Vous aussi, vous avez besoin des mains magiques d'Olivia ?

Alexis haussa les épaules, un peu gêné. Il se rappelait bien ce patient : un ancien pêcheur souffrant de sciatique chronique, dont la dose d'antalgiques l'avait surpris. Morphine, Doliprane, codéine… La magie d'Olivia avait-elle ses limites ?

– C'est la première fois que vous venez ? demanda l'homme, qui avait envie de bavarder.

– Oui…

– Alors, vous n'allez pas être déçu.

Alexis était en train de se demander ce qu'il entendait par cette phrase quand Olivia fit son apparition. Vêtue d'un pyjama blanc et d'improbables sabots en bois, la grande brune parut surprise de le voir.

– Véronique, je te laisse monter sur le vélo, dicta-t-elle poliment à sa voisine, sans le quitter des yeux. Gaston, tu peux faire quelques étirements sur l'espalier… Je reviens, j'en ai pour quelques minutes.

À son signe de tête, Alexis comprit qu'il devait la suivre dans son bureau. Un petit local séparé de la salle de gym par une porte coulissante qu'elle prit soin de fermer derrière eux.

– Tu en as mis du temps ? l'aborda-t-elle avec un petit sourire en coin.

Il y avait de la provocation dans sa voix et une assurance malicieuse qui avait le don de le déstabiliser.

– Il m'a fallu quelques jours pour m'organiser… Dis-moi : que veux-tu que je fasse ?

Elle sourit.

– Te déshabiller, c'est un bon début.

À cet instant, il regretta d'être venu. Sa manière de se jouer de lui ne le mettait pas en confiance. Comment lui montrer sa blessure si elle ne le prenait pas au sérieux ? Comment évoquer sa douleur ? Son passé ? Il se frotta la tempe, réalisant qu'il était trop tard pour faire marche arrière, puis déboutonna son jean à contrecœur.

– Je n'ai jamais vu une cicatrice pareille. C'est arrivé comment ?

Une fois allongé sur la table d'examen, le ton de la kiné avait changé. Plus grave, plus professionnel. Et Alexis accepta de lui répondre :

– Une bombe tombée sur mon hôpital, en Syrie.

– Une bombe, répéta-t-elle en s'approchant de plus près. Rien que ça...

Il vit sa natte se balancer au-dessus de lui dans un silence gêné et croisa son regard soucieux.

– Je ne m'en sors pas si mal finalement, tu ne trouves pas ?

– Multiples fractures, j'imagine ?

– Oui... Deux plaques pour fixer le tout : une sur le tibia, l'autre sur le péroné. Et un nombre incalculable de vis.

– As-tu une radio à me montrer ?

– Non, tu m'excuseras... Je ne l'ai pas apportée dans mes valises.

Olivia posa ses mains sur ses hanches.

– J'ai l'impression que ton départ à Groix n'était pas vraiment calculé. Tu es parti sur un coup de tête ?

– Oui. Un peu comme toi.

Comment pouvait-il comparer sa propre histoire avec la sienne ? Il connaissait si peu de choses sur elle.

– Je ne comprends pas. Pourquoi as-tu accepté ce remplacement si tu ne t'étais pas encore remis de ta blessure ? C'est Matthieu qui t'a mis le couteau sous la gorge ?

Sa dernière phrase le fit sourire.

– Il fallait que je tourne la page… Ça devenait urgent, et Matthieu m'a donné l'occasion de le faire. Tout simplement.

– Ça ne doit pas être si simple, pourtant, ce changement de vie.

– Non, pas vraiment. Mais au moins, je n'ai pas le temps de penser au passé… Et j'ai l'impression de rendre service, alors je ne regrette rien.

Jusque-là, Olivia ne l'avait pas touché. Elle avait besoin de l'entendre afin de mieux cerner son problème. En posant sa main sur sa jambe, elle en savait déjà un peu plus sur lui. Mais pas assez à son goût. Il lui avait dit avoir ôté son plâtre peu avant d'arriver sur l'île. Mais quand avait eu lieu l'accident exactement ? Avait-il pris appui sur sa jambe trop prématurément ? Cette douleur, était-elle récente ou existait-elle depuis le début ? Le temps lui manquait, elle n'avait que quelques minutes à lui consacrer. D'habitude, elle prévenait le patient quand elle commençait l'examen. Mais pas là. Elle appliqua sa main sur sa jambe – sa paume tout entière – , sans précautions. Et ce fut comme un électrochoc. Alexis fit un bond sur la table.

– Désolée, je ne voulais pas te faire mal !

– Tout ce que tu veux mais pas cette zone, gémit-il, les dents serrées.

Olivia s'excusa un bon nombre de fois et s'empressa de déplacer ses doigts, sans perdre le contact. Le cas s'avérait plus complexe que prévu. Il allait lui falloir plus de temps pour l'appréhender. Du temps, de la patience. Et surtout, plus de délicatesse. Elle lui agrippa la cheville et commença à la mobiliser lentement en petits cercles, dans un sens puis dans l'autre.

– Ça manque de souplesse, tout ça… Je vais te donner des exercices à faire chez toi.

Alexis fixa un point au plafond et tenta de se détendre. Ses mains chaudes, parfumées à l'arnica, glissaient sur sa peau avec la douceur du velours. Une sensation plutôt agréable, qui lui donnait des frissons quand ses doigts venaient chatouiller sa plante de pied. Comment pouvait-il se relâcher ? Cette femme venait de prendre le contrôle de la situation. Lui se sentait nu et à sa merci. Comme un pantin. Quand il tira sur son caleçon – un boxer, déjà sous tension –, celui-ci remonta aussitôt.

– Il faudrait aussi renforcer la cuisse, continua-t-elle, imperturbable.

Alexis tressaillit. Sa main venait de faire un saut, bien plus haut. Tout près du tissu qu'il tenta d'étirer à nouveau. Il retint sa respiration. Jusqu'où comptait-elle aller ?

– Je peux te laisser les clefs du cabinet, si tu veux

utiliser les appareils, le soir après le travail : vélo, cyclorameur...

– Tu crois que ça me serait utile ? répondit-il d'une voix enrouée.

– Essentiel, même ! Il faudrait y aller progressivement. Je te ferai un programme...

La voilà qui lui soulevait le genou maintenant, en saisissant fermement sa cuisse. Alexis avait beau fixer toujours le même point au plafond, il avait de plus en plus de mal à se contrôler. Quelle honte ! Ressentir du désir alors qu'il était allongé sur une table d'examen ! En tant que médecin, il était bien placé pour savoir que c'était complètement déplacé. Il ferma les yeux en imaginant que c'était un homme qui le mobilisait ainsi. Un rustre, avec de grosses paluches rugueuses et poilues. Tentative complètement vaine puisqu'elle continuait à lui parler.

– Il faudrait aussi essayer l'électrothérapie au niveau de ta cicatrice, c'est parfois très efficace sur les douleurs.

Il n'écoutait plus rien. Depuis combien de temps une femme ne l'avait-elle pas touché ? Lui qui, depuis l'accident, se croyait mort de ce côté-là. La bosse en train d'émerger sous son caleçon, tel un volcan en éruption, lui prouvait le contraire. Il était bien vivant. Honteux. Mais vivant !

– Arrête ! gémit-il en se rasseyant brusquement, jambes croisées.

– Excuse-moi... je t'ai fait mal ?

– Euh... non, tout va bien. Je ne voudrais pas te mettre en retard, c'est tout.

Il se sentit rougir.

– Non, t'inquiète… On a encore un peu de temps.

Une moue amusée se lut sur le visage d'Olivia.

– Je dois y aller, s'excusa-t-il en se rhabillant à la hâte, lui tournant le dos pour lui cacher l'ampleur du désastre.

– Attends, je vais te mettre les exercices par écrit… Trente séries, tous les jours.

– J'ai tout retenu, je te jure !

– Alexis…

– Merci… Merci pour tout.

Il était parti comme un voleur et Olivia resta un moment, seule dans la pièce, à se repasser la scène. Dans son métier, combien de fois avait-elle été confrontée à cette situation ? Au désir des hommes, cruellement voyant, qui les surprenait en pleine consultation. Des deux, c'étaient toujours eux les plus gênés. De son côté, elle continuait son examen comme si de rien n'était, le plus consciencieusement possible, en estimant qu'elle n'avait rien à se reprocher. Mais dans le cas d'Alexis, c'était différent. Elle se sentait un peu coupable. Aurait-elle, pour la première fois, manqué de professionnalisme ? Cet homme lui plaisait, cela ne faisait aucun doute. Sa façon de la regarder, de douter, de rire, de souffrir. Sa sincérité. Son corps aussi, blessé mais à la fois magnifique. Et si désirable. Lui effleurer la peau lui avait donné le tournis à elle aussi. Elle avait terriblement honte de se l'avouer. Et terriblement envie de recommencer.

25

Jo n'avait jamais aimé les changements dans sa vie, même minimes. Déménagements, éloignements de personnes, changements de saisons... Tout était source d'angoisse chez lui, que seules ses nuits d'ivresse pouvaient atténuer. Dernièrement, c'était le départ de Yann et l'arrivée d'Alexis qui le tourmentaient. Pourquoi n'arrivait-il pas à s'habituer à cette nouvelle collaboration ? Cela faisait deux semaines que le remplacement avait débuté – la durée du contrat, au départ – et Jo n'en voyait pas la fin. Depuis son infarctus, Yann n'arrêtait pas de reculer son retour sur l'île et son assistant perdait espoir qu'il reprenne un jour. Il n'avait pourtant rien contre Alexis, qui mettait beaucoup de bonne volonté à faire tourner le cabinet. Peut-être trop d'ailleurs, en voulant parfois tout révolutionner, comme s'il se projetait à long terme dans cette nouvelle fonction. Chaque jour, sa nouvelle idée : archiver les vieux dossiers, acheter une nouvelle balance, s'abonner à *La Revue du Praticien*... Comme la fois où il était sorti de son bureau au beau milieu d'une consultation pour lui faire cette curieuse demande :

– Jo, tu sais s'il y a un appareil d'échographie sur l'île ?

– Euh… non. Pourquoi ?

– Je pense que mon patient fait de l'insuffisance cardiaque, j'aurais voulu vérifier.

– Il y a des cardiologues pour ça sur le continent, non ?

Il avait paru contrarié puis était retourné auprès de son malade. Jo sentait qu'Alexis était parfois mal à l'aise dans sa pratique de médecin généraliste. Entre son expérience d'urgentiste à la pointe de la technologie et celle de médecin humanitaire avec peu de moyens, il semblait un peu perdu. Quand il faisait du zèle en voulant poser une perfusion par exemple, percer un abcès à l'aiguille ou remettre une épaule déboitée, Jo préférait prendre ses distances et se boucher les oreilles plutôt que de l'assister dans ses actes barbares. Et parfois, au contraire, c'était le médecin qui, décontenancé, demandait conseil à son assistant. Jo s'étonnait de voir l'homme d'action, habitué aux montées d'adrénaline, déstabilisé face à des cas tout simples. Des pieds qui gonflent par exemple ou des ballonnements intestinaux.

– T'as déjà eu des coliques, toi ?

– Non… Si tu veux tout savoir, j'ai aucun problème de transit.

– Tant mieux… Mais tu ne m'aides pas vraiment. S'il y a bien un domaine où je ne connais rien, c'est celui-là. Pesanteur, gonflement, tiraillement, gaz coincé… Tant de mots pour parler de la même chose, avait-il soupiré en se grattant la tête.

– Tu leur as conseillé de faire un régime sans gluten ? D'après le Doc', c'est la mode en ce moment et ça règle pas mal de problèmes.

Alexis avait eu l'air de trouver son idée lumineuse.

– T'as raison… Je vais rappeler la patiente pour qu'elle essaie.

– N'hésite pas si tu as d'autres questions, avait proposé Jo, le sourire aux lèvres. Je lis pas mal de magazines féminins… Et je passe tous les week-ends à la maison de retraite.

Jo reconnaissait qu'il n'avait pas grand-chose à lui reprocher. Toujours d'humeur égale, organisé, consciencieux, Alexis faisait l'unanimité chez sa patientèle – aussi variée soit-elle. Des mères de famille qui amenaient leurs enfants à la bande de groupies qui l'attendait tous les matins, Jo récoltait un concert de louanges. Même Hubert, son copain de PMU, s'y mettait, c'est dire.

– Il est drôle, le nouveau toubib ! lui avait-il déclaré un soir, entre deux gorgées de bière. Tu sais ce qu'il m'a dit aujourd'hui ?

– Non.

– Qu'il fallait que je fasse un régime !

Tout le monde avait éclaté de rire autour d'eux – le barman et la rangée d'habitués accoudés au comptoir. Hubert avait alors soulevé son tee-shirt, dévoilant son ventre rebondi, puis avait pris tout le monde à partie :

– Voilà ce que je lui ai répondu : docteur, vous avez

peut-être des tablettes… mais moi, j'ai mieux ! J'ai de la mousse au chocolat !

– Ha ha ha ! Et quelle a été sa réaction ?

– Il m'a dit qu'en plus du chocolat, il devait y avoir un peu de mousse de Kronenbourg ! Il a de l'humour ce type, je l'aime bien !

Jo avait ri jaune. Lui aussi avait-il déjà oublié les bons et loyaux services de son ancien médecin généraliste ? Les gens avaient une capacité à tourner la page qui l'effrayait. Combien lui demandaient à la fin de la consultation si Alexis comptait s'installer définitivement ? À ceux-là, Jo ne se faisait pas prier pour répondre :

– Yann a mis un pied à l'hôpital et vous voulez déjà l'enterrer ?

La plupart s'indignaient qu'il ait pu penser une chose pareille et suggéraient, au retour de Yann, de créer une maison médicale. Encore des idées de changement, pensait Jo. Des idées de grandeur. Pourquoi les gens n'étaient-ils jamais satisfaits ? Il se demanda ce qu'Alexis pouvait bien leur raconter derrière cette porte pour qu'ils succombent tous à son charme. Distribuait-il des bonbons aux enfants ? Promettait-il des traitements miraculeux ? Peut-être aurait-il dû éviter de lui parler du régime sans gluten… Sans compter que son succès était grandissant depuis sa nouvelle coupe de cheveux. Surtout auprès des femmes, Olivia en particulier. L'autre soir, Jo l'avait trouvée différente en sa présence. Troublée, en retrait, moins pétillante. Et son impression s'était confirmée à la plage, quand il avait surpris son regard captivé – hypnotisé même – par l'homme qui s'apprêtait à se baigner. Sa silhouette avait beau être quelconque, sans l'ombre d'une tablette sur son abdomen, ni pectoraux bien gonflés, Olivia semblait tout de même la trouver à son goût pour le manger ainsi des yeux, dès qu'il avait eu le dos tourné. Et cela, sans même s'arrêter de tricoter ! Face à cette marque d'affection soudaine, Jo avait eu un choc. Non pas qu'il fût spécialement jaloux. Comment aurait-il pu caresser l'espoir de plaire, un jour, à Olivia ? Plaire à une femme tout court, d'ailleurs ? Ce regard représentait autre chose. Un complexe plus grand encore. Le reflet de sa différence. De son manque d'attrait. Était-ce possible d'être aussi transparent ? Même à quatre pattes dans le sable, en pleine imitation du gorille ? Ce constat cruel, Jo n'avait eu de cesse de le faire tout au long de sa vie. Et ce n'était pas la faute d'Olivia, ni d'Alexis, il savait qu'il ne pouvait en vouloir qu'à lui-même.

Le samedi suivant, Jo n'était pas dans son assiette. Au réveil, il resta un bon quart d'heure plié en deux, à tousser et cracher une substance amère qui lui ramona la gorge. Ce n'était pas le premier malaise de ce genre et il n'avait pas besoin d'un médecin pour trouver lui-même le remède : un fond de verre de whisky dilué dans l'eau. Puis un deuxième, si besoin. Quand son chien, inquiet de son état, se mit à lui tourner autour en geignant, Jo s'empressa d'ingérer le mélange pour les calmer, tous les deux : l'animal et son feu intérieur. Une fois rétabli, Prozac se fit une joie de lui humecter le visage d'une série de léchouilles râpeuses puis manifesta son impatience de se rendre à la maison de retraite. Pas question de rater leur rendez-vous du week-end ! Dans la salle commune, ils trouvèrent l'ambiance encore plus morne que d'habitude. Rideaux fermés, pensionnaires figés à leurs tables. Ce moment de flottement, Jo en avait déjà fait l'expérience. Quand un des résidents partait, c'était tout l'établissement qui s'éteignait lui aussi, l'espace de quelques heures. Couvrant d'un voile de tristesse ceux qui pouvaient encore se rendre compte de son absence. Célestine par exemple, qui restait prostrée sur sa chaise, sans daigner lever la tête à l'arrivée du Jack Russel. Doté d'un sixième sens, l'animal prit place sur ses genoux et enfouit son museau sous le bras de la vieille femme, avec toute la douceur nécessaire. D'humeur morose lui aussi, Jo assista à la scène, en retrait. Il pensa à la mort qui occupait les lieux. Serait-il capable de l'attendre comme cette résidente ? De se laisser surprendre ? Ou déciderait-il lui-même du moment de la bascule ? Dans les changements, c'étaient les effets de surprise qu'il n'aimait pas. L'absence de maîtrise. Si la mort était un choix, serait-elle moins effrayante ? Face au monde qui change, il vaut mieux penser le changement que changer le pansement*, avait-il lu quelque part. Il était bien placé pour le savoir, car sa vie n'avait été qu'une succession de pansements. Jo se demanda quels seraient les prochains bouleversements dans sa vie. Le retour de Yann,

* Francis Blanche.

d'abord. Et ensuite ? Le reste n'était que brouillard et incertitude. Son regard vagabond retrouva sa cible. Entre-temps Célestine s'était redressée sur sa chaise, comme une fleur qu'on venait d'arroser. Et, miracle, elle avait retrouvé le sourire.

26

Parmi les groupies du matin, il y avait Mme Sarfati. Elle trouvait toujours quelque chose à demander au médecin généraliste. Douleur fugace, angoisse inédite, question au sujet d'une chronique lue dans le journal. Comme la découverte d'un nouveau médicament contre la maladie d'Alzheimer, par exemple.

– Pourquoi voulez-vous savoir ça ? Vous n'avez pas de problème de mémoire, à ce que je sache.

– Non… mais ça m'intéresse. Mon voisin a une forme débutante, je me renseigne pour lui.

La vieille femme ne restait jamais très longtemps. Quelques minutes d'entretien suffisaient à la rassurer, sans compter la prise de tension qu'elle réclamait à chaque fois. Tout ça pour s'entendre répondre : 13/8, comme hier. Olivia avait raison sur ce point, la vieille femme se rendait au cabinet comme elle l'aurait fait chez le boucher. Un passage obligé pour faire le plein de conseils et de réconfort. Alexis, qui estimait pourtant avoir des progrès à faire dans ce domaine, s'étonnait de la voir revenir régulièrement. Même le samedi matin, où les consultations se faisaient habituellement sans rendez-vous et sans secrétaire.

– C'est gratuit aujourd'hui, lui avait annoncé le médecin quand elle lui avait tendu sa carte vitale, après un court entretien.

– Ah, non… j'insiste ! Si je paye des impôts, il faut bien que ça serve à quelque chose.

Une remarque qui avait fait sourire Alexis.

– Et le trou de la Sécu ? Qu'en pensez-vous, madame Sarfati ?

– Vous exagérez, docteur ! Je ne coûte pas si cher… Je ne prends aucun médicament.

– Je vous l'accorde. Vous avez une santé de fer !

– Vous allez me faire rougir.

En l'absence de Jo, de permanence à la maison de retraite, Alexis répondait aussi au téléphone. Des sonneries intempestives qui survenaient, à chaque fois, au mauvais moment : en pleine auscultation d'un souffle au cœur par exemple, au beau milieu d'une piqûre ou d'une discussion délicate. Cette fois-là, c'était la voix grave de Matthieu qui avait retenti dans le combiné :

– Alex… mon pote, il paraît que t'assures comme un chef !

– Salut Matthieu, c'est Jo qui t'a dit ça ?

– J'ai quelques espions sur l'île, ouais… En tout cas, j'espère que tu n'es pas contre prolonger un peu ton contrat.

– Pourquoi ? Yann ne rentre pas aujourd'hui ?

– Non, demain. On s'est un peu embrouillés tous les deux, je t'expliquerai... En tout cas, je ne suis pas mécontent de le débarquer au port. On devrait arriver par le bateau de midi...

Toute une famille avait assisté à cette conversation. Un couple avec trois enfants qui avait considéré que le samedi matin était le moment idéal pour faire le rappel des vaccinations. Le bilan de croissance. Taille, poids, indice de masse corporelle. Vérification du bon alignement de la colonne vertébrale. Alexis avait eu l'impression qu'ils tendaient tous l'oreille pour ne pas en perdre une miette. Il avait soupiré, tout en gardant le sourire – un exercice nouveau pour lui.

– Je me doutais un peu que Yann ne pourrait pas reprendre lundi... J'aurais juste aimé être averti un peu plus tôt pour m'organiser.

– Il m'énerve, je te jure ! Une bonne paire de claques ! *Alexis avait couvert l'écouteur de sa main pour atténuer le son.* Mon père est incapable de se raisonner. Si ça ne tenait qu'à lui, il aurait déjà repris.

Petit rictus pour rassurer tout le monde.

– Et qu'est-ce que tu as fait ? Tu l'as ligoté sur une chaise ?

– Pas loin... Prépare une bonne dose de tranquillisants, il va en avoir besoin.

– Ha ha ha ! Tu me fais peur. Il est si énervé que cela ?

– Fatigant, c'est le mot, soupira Matthieu. Sinon, tu peux continuer le rempla' combien de temps encore ?

– Je ne sais pas… Je n'ai pris aucun engagement par la suite.

– Tant mieux !

Quand il eut raccroché, le plus petit de ses patients – celui avec une brosse luisante dressée sur le haut du crâne – s'était indigné :

– Le Doc' a été ligoté sur une chaise ?

– Euh… non, c'était une blague.

Au sourire des parents, Alexis s'était déjà imaginé la rumeur se répandre dans toute l'île.

– Yann devrait revenir très bientôt. C'est l'histoire de quelques jours, avait-il ajouté pour mettre fin aux sous-entendus.

Une fois sa matinée de travail terminée et sa pancarte « fermé » placée sur la porte, Alexis repensa aux propos de Matthieu. Il n'était pas mécontent finalement de poursuivre l'expérience. D'ailleurs, il n'avait annoncé son départ à personne. Pas même à ses groupies du matin ! Ses amis avaient eu raison sur un point : il était fait pour soigner. La pratique de la médecine générale, inédite pour lui, n'avait rien à voir avec la médecine de guerre ou les urgences. Il n'avait plus l'impression de porter la misère du monde. Les décisions s'avéraient plus simples à prendre. Pas besoin de se presser, ni de faire de tri, il pouvait prendre son temps. Et même se battre pour les causes perdues, comme ce patient qu'il visitait régulièrement à Kermario, qui s'accrochait à la vie avec courage. Alexis ne l'avouerait jamais à sa sœur, mais ces derniers quinze jours lui avaient été beaucoup plus profitables que son séjour à Brest. À part sa jambe qui le faisait encore souffrir, il se sentait mieux mentalement. Plus solide, plus optimiste. Avec des cauchemars moins fréquents. D'ailleurs, n'était-ce pas ce que lui avait prouvé la séance de kiné d'hier ? Qu'il était en train de revenir doucement – mais sûrement – à la vie.

Trois petits coups sur la porte le firent se retourner. Une silhouette se tenait derrière la vitre. Avec l'humidité, ses contours apparaissaient flous. De longs cheveux en cascade, une veste en jean cintrant une longue robe de gitane. Lorsqu'elle avait collé sa tête, sa main en visière, tout était devenu plus net. Olivia. À sa manière de le dévisager, on aurait dit qu'il était exposé en vitrine. Un objet plutôt plaisant, vu son sourire. Ou quelque chose d'humoristique, il ne savait pas comment il devait le prendre.

– Je suis trempée, fais-moi entrer, idiot !

– C'est fermé, mademoiselle.

– Si tu crois que j'ai besoin de tes services… Je suis venue t'amener ta liste d'exercices.

Quand il lui ouvrit la porte, la jeune femme s'ébroua comme un chien mouillé. En secouant sa natte et en faisant danser les volants de sa robe.

– Quelle averse ! J'espère que Rose a pu s'abriter.

– Où est-elle ?

– À une fête d'anniversaire au centre équestre.

Une petite flaque s'était formée dans le hall d'entrée et Olivia ôta ses sandales pour les faire sécher. Alexis déglutit. Une vague de désir venait de déferler subitement en lui. Quelque chose de primitif, d'incontrôlable. Sans attendre, il eut envie de s'allonger face à elle et d'être touché comme la veille. Depuis la séance de kiné, serait-il condamné à avoir une érection à chaque fois qu'il la verrait ? Il ne put s'empêcher de rougir et elle le dévisageait maintenant d'une drôle de façon. Plus sérieuse, plus intense aussi.

– Tu as combien de minutes devant toi ? lui demanda-t-il en avançant sa main vers la sienne.

Lorsqu'elle agrippa ses doigts, son contact l'électrisa comme la dernière fois.

– Une petite heure.

– Tu montes ?

Olivia hocha la tête et se laissa conduire vers l'escalier. Il ne lâcha pas sa prise, de peur qu'elle s'enfuie en courant. Trop pressé de savoir ce qu'elle éprouvait de son côté, il s'arrêta sur une marche.

– Olivia, je…

– Chut !

Elle monta d'un niveau pour l'embrasser la première. Un baiser timide qui l'étonna. Ses lèvres l'effleurèrent comme si elles lui demandaient la permission. Il appuya plus fort, l'enserra de ses bras et la plaqua contre le mur. Incapable de délicatesse. Elle gémit en levant le menton pour lui offrir son cou. Lui offrir plus. Et Alexis décida de tout prendre. Ils se retrouvèrent quelques secondes après allongés sur le lit, chemise déboutonnée, robe soulevée, jean baissé. Des gestes pleins d'urgence, de désir, de maladresse. Pleins de respect aussi, car à aucun moment Olivia n'approcha sa cicatrice. C'était comme si leurs corps s'étaient connus depuis toujours. Il la touchait exactement à l'endroit voulu, la courbe de ses doigts était celle qu'elle avait imaginée, la pression parfaite. Alexis aperçut un éclair depuis la fenêtre. Suivi du tonnerre juste après. L'orage se rapprochait, la jouissance aussi. Olivia était si belle quand elle s'abandonnait à lui. D'aussi près, elle ne l'effrayait plus. Pas de défi, ni de jeu de domination. Ils étaient maintenant à égalité. Imbriqués l'un dans l'autre. Et Alexis arrivait même à soutenir son regard. Ses billes noires et intenses. Elles étaient en train de partir, de flotter vers un ailleurs encore plus délicieux. Et lui, à deux doigts de la rejoindre.

– Olivia.

– Alexis.

Son cri s'étouffa sur sa peau, juste avant le sien. Juste avant le bruit du tonnerre au loin, sur la mer.

27

Il ne faisait jamais totalement noir dans cette partie de l'île et c'était sans doute ce qui l'attirait. Halo vert au-dessus de sa tête, faisceaux jaunes à ses pieds, Jo suivait le chemin de lumière comme s'il avait été tracé pour lui. C'était son repère. Sa balise. Son phare, comme il l'appelait. Un endroit où il se rendait à toute heure du jour ou de la nuit. Une histoire de résonance, de magie peut-être. Au bout de la jetée, Jo se sentait libre et tous ses soucis lui paraissaient futiles face à cette immensité : l'océan qui s'ouvrait tout autour, à perte de vue. De cet endroit, Jo avait particulièrement besoin ce samedi-là. À la fermeture du bar, il s'était retrouvé seul chez lui, en tête-à-tête avec elle. Cette douleur sourde qui ne cessait d'envahir son esprit. Il avait tenté toute la journée de la cacher derrière un rictus stupide et un rire encore plus bruyant qu'à l'accoutumée, mais le masque – trop lourd à porter – venait de tomber. Il n'avait plus la force de faire semblant. Pourquoi l'alcool ne suffisait-il pas à l'anesthésier ? Fallait-il entamer une autre bouteille ? Au beau milieu de la nuit, il prit la direction du port, suivi par son fidèle compagnon. Le Jack Russel adopta son trajet sinueux. Son pas lent et incertain, puis rapide, emporté par la pente. Arrivé sur le quai désert, Jo repéra les points lumineux qui lui faisaient face. Ceux qui ne le décevaient jamais. Jo but une gorgée au goulot pour ne pas perdre le rythme puis contourna le bâtiment des sauveteurs en mer pour accéder à la jetée. Celle-ci lui parut plus étroite que d'habitude, plus longue que la Muraille de Chine et il hésita un instant. Aucun pêcheur insomniaque à l'horizon, la voie était libre. Ce chemin de lumière serait-il capable de l'emmener ailleurs ? Loin de sa brume. Vers un état de béatitude, d'extase. Vers une autre vie, qui sait ? Une nouvelle gorgée suffit à le décider et il s'élança tel un funambule en équilibre sur un fil tendu au-dessus de l'eau. Pointe de pied contre talon, en balançant son bassin exagérément. Prozac, de son côté, se montrait plus aventurier et courait devant lui. En le voyant, Jo se dit qu'il aurait aimé être un chien pour se repérer aussi bien dans la nuit. Étaient-ce les effets de l'alcool ? Ou la piste qui était réellement brouillée ? À mesure qu'il avançait, l'éclairage faiblissait. Jo cligna plusieurs fois des paupières pour faire la mise au point. La torche verte. Où était-elle ? Était-elle tombée à l'eau ? Une autre gorgée pour le vérifier. Jo se racla la gorge et fit quelques pas de plus. La mer se montrait anormalement silencieuse, comme si elle retenait son souffle. Jo tendit l'oreille. Aucun clapotis contre la pierre, aucun bruit. Aucun feu de bateau approchant. Jo se retrouvait cerné par cette obscurité morne et désespérante. Yann ne reviendrait pas. C'était une certitude maintenant. Il l'avait attendu toute la journée puis avait fini par l'appeler. Le Doc' lui avait annoncé qu'il repoussait son retour au lendemain. Bougon, fuyant, distant. Et Jo ne l'avait pas cru. Il avait appris par Alexis que le contrat de remplacement venait d'être prolongé. Appris par Matthieu que Yann n'était pas en état de reprendre. Appris par Olivia que la convalescence serait peut-être plus facile sur le continent. Pourquoi était-il toujours le dernier au courant ? Une longue gorgée pour se convaincre qu'il était seul au monde. Une autre pour l'oublier. Plusieurs fois, il buta contre des pavés irréguliers et réussit à se redresser, en écartant les bras pour s'équilibrer. Quand sa bouteille lui glissa des doigts et s'écrasa sur le sol, il aima ce bruit. Cet éclat venu briser le silence. Briser, c'était le mot. Son corps ferait-il le même bruit s'il venait à tomber ? Il pensa à la gorgée suivante qui lui manquait déjà. La douleur encore si cruelle qu'elle se mêlait maintenant à la soif. Prozac aboya, comme une plainte. On aurait dit qu'il l'appelait. Jo ferma les yeux et se dit que les jappements de l'animal suffiraient à le diriger. Oui, il aurait tant aimé être un chien. Accompagner son maître, réconforter les grands-mères, attendre les récompenses. N'endurer qu'une courte existence. Jo fut pris d'un vertige. Juste le temps d'une seconde. Comme si la douleur se mettait à clignoter dans sa tête. Sa façon de disparaître, peut-être. Il ne devait pas être si loin du but. D'ailleurs, son chien se montrait plus insistant. Montée. Descente. La Muraille de Chine n'était pas si droite finalement. Virage.

TROISIÈME PARTIE

« Aller doucement n'empêche pas d'arriver. »

Proverbe africain

28

Olivia était recroquevillée sur un des bancs face au port. Les genoux remontés au niveau de la poitrine pour lui permettre d'y appuyer son front et d'échapper à l'agitation tout autour. Dès qu'elle avait appris la nouvelle dans la file de la boulangerie, elle avait laissé Rose chez une copine d'école et était accourue au port. Elle n'était pourtant d'aucune utilité ici. Un badaud parmi d'autres, qui ressentait le besoin de se trouver là, sans pour autant vouloir assister à ce triste spectacle. Ses pensées se bousculaient, tantôt coupables, tantôt pleines de colère. Si confuses que la jeune femme ne parvenait pas à pleurer. Pourquoi n'avait-elle pas perçu la détresse de Jo ? Et lui, pourquoi ne s'était-il pas confié à elle ? À moins que ce soit un accident ? Qu'ivre mort, comme tous les samedis soir, incapable de marcher droit, il avait fait un pas de trop ? Triste sort. Absurde sort ! À tous ces sauveteurs, Olivia avait envie de crier que ce n'était pas la peine de continuer les recherches. Jo ne savait pas nager de toute manière. Même pas quelques mouvements de brasse pour s'accrocher au bord. Rien. Des gestes de panique, mains en l'air, des cris de courte durée perdus dans la nuit. Olivia se mordit les lèvres. Son ami était mort à l'heure qu'il était. Loin sans doute, balayé par le courant. Elle en était certaine et elle avait si mal. Une douleur sourde qui la paralysait.

– Olivia…

En même temps que son prénom murmuré juste au-dessus de sa tête, une main s'était posée sur son épaule. Avec la moue désolée d'Alexis qui la dévisageait.

– J'ai besoin d'être seule, gémit-elle en se recroquevillant à nouveau pour disparaître de sa vue.

Sa compagnie lui était intolérable, sa compassion aussi. L'homme appuya ses doigts puis les referma en un pincement qui lui donna des frissons, avant de s'éloigner en direction du roulier qui venait d'accoster.

Au pied de la balise verte, le Jack Russel avait aboyé une bonne partie de la nuit, le vent d'ouest emportant ses appels au loin, vers l'océan. Et quand un pêcheur l'avait retrouvé aux premières lueurs du jour, sa plainte continuait encore. Des jappements mous, à bout de souffle, entrecoupés de longs silences où l'animal se couchait sur la pierre, le museau sur ses pattes. Qui ne connaissait pas Prozac sur l'île ? Le chien le plus fidèle qui soit, toujours collé aux talons de son maître. Fanch d'abord, puis Jo. Qui n'aurait pas trouvé étrange qu'il passe la nuit, seul sur la jetée, à hurler à la lune ? L'homme s'était avancé, son panier en bandoulière et sa canne à pêche à la main, pour le discerner plus distinctement et avait tout de suite compris. Il connaissait bien Jo. Ses habitudes, son penchant pour l'alcool, ses prises de risques parfois. Un jour de tempête, il se rappelait bien l'énergumène admirant le spectacle des vagues un peu trop près du bord. Titubant et riant aux éclats à chaque fois qu'une gerbe d'eau venait à lui lécher les pieds. L'homme s'était d'abord approché du chien. Il avait fait un bref tour d'horizon, inspecté le fond de l'eau. Une eau trouble, un peu agitée. Puis s'était résolu à alerter la police. Les sirènes avaient retenti dans toute l'île au petit matin. Alexis avait ouvert un œil, pestant de se faire réveiller aussi tôt un dimanche.

Quand le traversier ralentit et prit son virage pour franchir les deux balises, Yann et Matthieu repérèrent tout de suite l'agitation inhabituelle qui régnait au port. Plusieurs canots tournaient autour de la jetée, où s'amassaient une foule de personnes en uniforme. Sans compter les plongeurs en contrebas, qui attendaient l'accostage du *Breizh Nevez*, la tête hors de l'eau, pour reprendre les recherches.

– Le plan de sauvetage a été déclenché, lâcha Yann, la mine sombre.

Matthieu s'approcha du hublot.

– Avec la houle qui s'est formée pendant la nuit, ça ne va pas être facile.

Yann soupira, en se levant péniblement de son siège. Et quand il aperçut son remplaçant qui les attendait sur le quai, le visage crispé, il souffla une deuxième fois. À son air désolé, et à la présence du chien au bout de sa laisse, il eut un mauvais pressentiment. Il chercha des yeux le tricycle rouge. Un grand blond, un peu malingre, à la démarche nonchalante. Sans succès.

– Jo ? questionna Matthieu, d'une voix étouffée.

Alexis hocha la tête pour toute réponse et Yann se cramponna à ses béquilles pour ne pas vaciller.

– J'ai été prévenu tôt ce matin. L'homme qui a retrouvé Prozac au bout de la jetée est tout de suite venu me le ramener.

– Putain, Jo ! cria Matthieu, faisant courir son regard dans tous les sens, lui aussi. Comment ça s'est passé ?

– J'en sais rien… La dernière fois que je l'ai vu, c'était vendredi soir à la fermeture du cabinet. Il allait parfaitement bien… Enfin, je veux dire, il était comme d'habitude, rectifia-t-il, mal à l'aise.

– Putain, Jo ! répéta le fils en soutenant son père, celui qui peinait à avancer au milieu des voyageurs.

L'écran de la gare maritime affichait la date du 16 mai. Une météo mitigée. Un nuage gris surmonté d'une moitié de soleil. Des températures un peu fraîches pour la saison, quinze degrés, dix-sept l'après-midi. Olivia n'avait pas pris le temps d'enfiler sa veste et grelottait sur son banc. Du coin de l'œil, elle suivait Alexis et devinait sans mal qui il était venu chercher. La vie était absurde quand même. Une histoire de bon ou de mauvais timing. En apercevant Yann près de l'embarcadère, elle ne put s'empêcher de penser qu'à quelques heures près, Jo n'aurait peut-être pas eu l'idée de sauter. Ni de se saouler seul dans son coin. Entre ses deux béquilles, le Doc' venait lentement vers elle. Son corps voûté par le poids de la tristesse, ses cheveux mal peignés, sa barbe de quelques jours, on aurait dit un vieillard.

– Viens là, mon p'tit, dit-il en lui ouvrant les bras et ses cannes par la même occasion.

Son front collé à sa poitrine, la jeune femme se fissura.

– Tu arrives trop tard.

– Je sais.

– J'aurais dû le surveiller...

– Ce n'était pas un enfant.

– Il allait mal ces derniers temps et j'ai fait semblant de ne rien voir.

– Ce n'est pas de ta faute, mon p'tit. Je ne sais pas ce qui s'est réellement passé, mais je sais que personne n'aurait pu le sauver.

Ces paroles, le Doc' les avait prononcées mécaniquement pour la réconforter. Or, il ne pouvait s'empêcher de penser la même chose. Il en avait fait l'expérience plusieurs fois : Jo avait la sensibilité d'un enfant. Une dépendance affective vis-à-vis de lui qu'il trouvait pesante parfois. Ne l'avait-il pas abandonné ces derniers jours ? Comment ne pas culpabiliser lui aussi ? Quand Jo était venu le voir à Brest, quand il l'avait appelé la veille, il aurait dû le rassurer.

– Personne n'aurait pu le sauver, répéta-t-il pour s'en convaincre.

Alexis était resté en retrait, touché par leurs retrouvailles et l'émotion qui se dégageait de leur échange. Un peu contrarié aussi d'avoir été repoussé par Olivia juste avant. Ils se connaissaient à peine, tous les deux. Elle ne lui faisait pas assez confiance pour se livrer à lui de cette manière. À croire que leur rapprochement de la veille ne suffisait pas. Une attirance charnelle, rien de plus, qu'elle regrettait peut-être aujourd'hui. Il se demanda quel type de relation la jeune femme entretenait avec Jo. Était-ce purement amical ? Il se souvint de l'émoi de son assistant en sa présence, ainsi qu'à chaque fois qu'il prononçait son prénom. Olivia desserra son étreinte. Leurs regards se croisèrent un instant et il baissa les yeux, coupable de la regarder.

– Tu peux me déposer à la maison ? Je vais aller chercher mon matos de plongée, le coupa Matthieu dans ses pensées.

– OK, je veux bien t'accompagner si tu as une combinaison et des palmes à me prêter.

– On va longer la côte en partant de la plage de la Glacière… Il a pu dériver de ce côté.

Yann parut contrarié.

– Ne prenez pas de risques. Vu l'état de la mer, je ne suis pas sûr que vous verrez grand-chose.

– Si tu crois que je vais rester là sans rien faire, c'est mal me connaître ! aboya Matthieu en s'installant déjà au volant de la Méhari.

Son père haussa les épaules d'une moue résignée. S'il avait eu son âge, sa santé, n'aurait-il pas réagi comme lui ?

29

La peur du lundi matin, Alexis ne l'avait jamais vraiment ressentie. Il n'était pas d'un naturel anxieux et n'avait jamais éprouvé de lassitude dans l'exercice de son métier. Sans compter qu'aux urgences et en médecine humanitaire, les horaires n'étaient pas réguliers et que le lundi n'avait pas de valeur particulière. Mais ce dimanche soir-là, allongé sur le lit face au rectangle de ciel étoilé, Alexis appréhendait le lendemain pour la première fois. Ou plutôt les questions de ses patients, le fauteuil vide qu'il croiserait à chaque fois qu'il franchirait le hall d'entrée, le regard triste du chien. Comment ne pas se sentir coupable ? N'avait-il pas été la personne la plus proche de Jo ces derniers jours ? Son voisin ? Pourquoi n'avait-il rien vu venir ? Ce fameux samedi, il ne l'avait pas croisé, ne l'avait pas appelé, n'avait pas frappé à sa porte. Enivré par le corps d'Olivia, il avait préféré rester seul dans sa bulle. Une tornade d'émotions venait de s'abattre sur lui avec une telle intensité, un désir si brûlant, qu'il avait mis la journée à s'en remettre. Baigné d'une douce mélancolie, il était allé marcher pour se défouler. Et les routes l'avaient mené, comme par magie, sur ses traces, à l'ouest de l'île. En traversant le village de Quelhuit – le sien –, il lui avait attribué une maison au hasard, la plus jolie, avait admiré le lavoir en contrebas puis avait grimpé la colline jusqu'à la chapelle. À l'intérieur, il s'était senti intimidé. Le silence, la fraîcheur, la gravité qui émanait de l'endroit. Avec ses ex-voto et ses maquettes de thonier, on aurait dit que les murs pleuraient les disparus. Il avait allumé une bougie et s'était assis un moment pour reposer sa jambe endolorie. Des effluves du parfum d'Olivia l'entêtaient encore, comme s'il était resté incrusté sur sa peau et dans les fibres de ses vêtements. Ou était-ce juste le fruit de son imagination ? Dans les rues du village, à part un groupe de randonneurs et quelques cyclistes, il n'avait croisé aucun habitant. La plupart des maisons avaient leurs volets fermés et il s'était demandé pourquoi Olivia habitait un endroit aussi reculé. Était-ce une volonté de sa part ? Une opportunité qu'elle avait saisie ? Il connaissait tellement peu de choses de sa vie. Mais plus il en savait, plus sa curiosité grandissait. En rentrant de sa balade, Alexis était si pressé de retrouver l'endroit où il l'avait vue pour la dernière fois qu'il n'avait pas pris le temps de s'arrêter à l'étage de Jo, n'avait pas fait attention au bruit signalant une quelconque présence et était monté directement chez lui. Il avait trouvé une feuille sur la table avec les séries d'exercices et un élastique pour les réaliser. Orteils vers le haut, le buste penché en avant, il s'était appliqué. Plusieurs répétitions, tout en tirant sur l'accessoire coincé sous son pied pour accentuer le mouvement. Jo se serait sans doute moqué de lui en le voyant dans cette position, il lui aurait dit quelque chose du genre : « T'as du boulot, mon ami ! T'es aussi souple qu'un manche à balai... » Il serait reparti, le sourire aux lèvres, en emportant une ou deux bières de son frigo. Mais Jo n'était pas venu ce soir-là. Plus jamais, pensa Alexis. Et l'immeuble, sans lui, lui semblait morne. Le Jack Russel, qui le dévisageait avec son air de chien battu, ressentait apparemment la même chose. Quand il avait sauté sur son lit et s'était couché à ses pieds – sa place attitrée –, Alexis n'avait pas eu le cœur de le chasser. Depuis qu'on l'avait ramené de la jetée, l'animal demeurait anormalement silencieux. Muet d'avoir trop aboyé. La tristesse qu'il lisait dans ses yeux, l'intensité au fond de ses pupilles, le mettaient mal à l'aise. La phrase de Romain Gary lui revint en mémoire : « Le seul endroit au monde où l'on peut rencontrer un homme digne de ce nom, c'est le regard d'un chien. » Il n'aurait pas été jusque-là, mais l'expressivité était troublante.

– Prozac fait partie des murs du cabinet, lui avait déclaré Yann un peu plus tôt, d'un ton catégorique, craignant qu'Alexis veuille s'en débarrasser.

– Et à mon départ, où ira-t-il ?

– Chaque chose en son temps, mon garçon.

Ce substantif l'avait ramené quelques décennies en arrière et Alexis n'avait pas eu l'énergie de le contester. Il venait de nager pendant des heures le long des rochers, avec la crainte permanente de tomber sur un cadavre.

Yann pouvait l'appeler « mon garçon » – « mon pigeon » même – si ça lui chantait, peu lui importait. Les recherches avaient été infructueuses et n'était-ce pas ce qui le tracassait le plus ? Personne n'avait repêché Jo. L'océan avait décidé de le garder pour lui et c'était peut-être ce qu'il aurait voulu. Que les murs de la petite chapelle de Quelhuit le pleurent comme les autres.

Alexis tournait son stylo entre le pouce et l'index en écoutant sa première patiente de la semaine. Une femme d'une trentaine d'années, au goût prononcé pour le noir. Vêtements, maquillage, vernis à ongles, bijoux, un obscur assortiment.

– Ça a commencé il y a quelques mois, quand j'habitais encore à Paris. J'avais cette boule dans la poitrine dès que j'allais faire mes courses ou prenais les transports en commun. Une sorte de pression, comme si mon soutien-gorge était trop serré. Je ne m'en suis pas inquiétée, j'ai juste changé mes habitudes : préféré le vélo au métro et les petits commerces de quartier aux grands rayons de supermarché. Mais cette boule ne m'a pas lâchée. À chaque fois que je sortais de chez moi, elle m'oppressait, de plus en plus fort. J'ai pensé que c'était l'air de Paris qui me faisait cet effet-là. Ma cousine tenait un commerce à Groix et j'ai quitté mon poste de secrétaire pour la rejoindre.

En voyant ses mains trembler, la sueur qui perlait sur son front quand elle s'exprimait, Alexis n'eut aucun mal à imaginer cette boule.

– Et le grand air de la mer n'a malheureusement pas réglé votre problème, c'est ça ?

Elle secoua la tête.

– Il faut chercher ailleurs, docteur. Un aliment que je ne tolère pas, un problème cardiaque… Un cancer.

Alexis continuait à faire tournoyer son stylo. C'était bien sa veine ! Lui qui appréhendait cette journée, voilà qu'il commençait par un cas peu ordinaire. Une jeune femme rongée par l'angoisse, à tendance hypocondriaque. Comment lui dire qu'il n'était pas expert en la matière ? Plutôt nul même, si on considérait ce qui s'était passé ces derniers jours. Il aurait bien donné son joker en adressant cette jeune femme à un autre de ses collègues, mais il n'y avait que lui. Et c'était bien le problème. Alors le médecin décida de faire ce qu'il maîtrisait le plus : ausculter au stéthoscope un peu partout – le cœur, les poumons, le ventre –, prendre une tension, taper les réflexes, éclairer les pupilles… Au bout d'une dizaine de minutes, il lui déclara :

– Je ne vois rien d'anormal, désolé.

– On ne m'avait jamais examinée comme ça.

– Vous étiez inquiète, c'est normal.

– Vous pensez que c'est l'angoisse ?

Alexis se sentit soulagé qu'elle lui pose cette question, ça lui évitait de prononcer le mot en premier. Et ça sous-entendait qu'elle était prête à l'accepter.

– Oui, ça y ressemble.

Un flot de paroles suivit, comme si les vannes avaient cédé. Il hocha la tête plusieurs fois en l'écoutant, finit par lui prescrire de faibles doses d'anxiolytiques et rédigea une lettre pour l'adresser à un spécialiste.

– Merci, dit-elle en s'emparant de l'ordonnance. J'ai cru que fuir résoudrait mes problèmes… On croit toujours qu'on sera plus heureux ailleurs, mais c'est faux.

Ses mots résonnèrent en lui étrangement. Comme s'ils faisaient écho à sa propre vie. N'était-il pas en train de fuir ses problèmes, lui aussi ? À quoi ressemblerait sa vie à son retour sur le continent ? Retournerait-il vivre chez sa sœur ? Il préférait ne pas y penser. Quand il raccompagna la femme en noir, il craignit soudain de la laisser partir. Et s'il ne l'avait pas suffisamment rassurée ? Si elle attentait à ses jours, juste en sortant ? En se jetant de la jetée, par exemple. La peur de lâcher ses malades rejoignait celle des lundis matin. C'était nouveau pour lui. En voyant le retard accumulé, la salle d'attente pleine à craquer, la rangée de petites grands-mères habituelles, il se dit qu'il n'avait pas le choix. Il ne pourrait de toute façon pas tous les garder !

– Au suivant !

30

Olivia avait toujours mis un point d'honneur à ne pas pleurer en présence de sa fille. Enfant, elle avait trop souvent consolé sa mère. Elle se souvenait de son impuissance face à son chagrin, de sa culpabilité aussi, considérant qu'elle n'était pas à la hauteur de ses espérances. Pas assez bien pour elle. Un sentiment qui l'avait fragilisée et qui continuait sans doute à saboter sa vie de femme. Bien consciente d'être un pilier pour Rose, Olivia voulait lui donner l'image d'une femme invincible. Une personne sur laquelle elle pourrait se reposer dans n'importe quelle situation. Tout le contraire de sa mère. Après un moment d'effondrement sur le quai, elle s'était tout de suite reprise. Ses plaintes ne ramèneraient pas Jo, et le Doc' n'avait pas besoin d'une pleureuse à ses côtés. Elle avait suivi la Méhari jaune jusqu'à la maison de Kerlard puis avait aidé le convalescent à défaire sa valise.

– J'ai l'impression d'être parti depuis une éternité, avait-il déclaré d'un air las en faisant le tour du propriétaire, alors que Matthieu et Alexis faisaient déjà le chemin inverse avec leur matériel de plongée.

Olivia avait toujours aimé cette maison de pêcheur – ce penty, comme on disait en Bretagne. L'intérieur avait été intégralement rénové par Jo lorsqu'il cohabitait avec Yann. Et chaque recoin portait son empreinte, trace de sa créativité : la lampe réalisée en bois flotté sur le buffet, le portrait de Marie-Lou en collages au-dessus du canapé.

– Je n'ai pas faim, l'avait avertie le Doc' en la voyant ouvrir les placards de la cuisine.

– Moi non plus... Mais il ne faudrait pas que tu perdes des forces.

L'homme avait haussé les épaules en sortant une cigarette de sa poche – celle qu'il avait roulée en douce ce matin, avant de quitter Brest.

– Pourquoi tout le monde veut s'occuper de moi et penser à ma place ? avait-il grommelé en prenant la direction du jardin. C'est fatigant, à la fin !

Olivia ne l'avait jamais vu fumer – encore moins du cannabis. Elle s'était demandé si c'était une habitude cachée : un moyen de décompresser le soir quand il se retrouvait seul. Ou si c'était l'effet de son infarctus : vouloir tout essayer, même les choses peu recommandables. La provoquer, par la même occasion.

– Je te laisse... Je vais chercher Rose.

Au milieu des volutes de fumée, le Doc' avait levé le bras pour la saluer, un rictus coupable pinçant son mégot. Et Olivia lui avait tout de suite pardonné. Au volant de sa deux-chevaux décapotable, elle s'était laissé décoiffer et fouetter le visage. Laissant au vent le soin de gommer tout signe de tristesse qui aurait pu heurter sa fille. Pas question de l'inquiéter pour l'instant. La jeune mère n'avait qu'une envie : la serrer dans ses bras. Ce qu'il y avait de réconfortant chez Rose, c'était sa gaîté et son enthousiasme constants. Quand elle venait la chercher le matin au réveil ou à la sortie de l'école, elle l'accueillait toujours avec ce petit sourire confiant qui la faisait fondre. Même aujourd'hui.

– M'man ! C'est vrai que Jo a disparu ? avait demandé la fillette en se serrant contre elle, au cas où elle aurait décidé de partir à nouveau. *Olivia avait inspiré un bon coup et avait hoché la tête en silence.* Il nous fait une blague ?

Si le clown Jo avait plusieurs tours dans son sac quand il venait garder Rose, Olivia se demanda s'il lui avait déjà fait le coup de disparaître sans prévenir.

– Une mauvaise blague, alors.

– Tu viens, on va le chercher !

– Matthieu et Alexis s'en occupent, ma chérie.

– Je veux y aller, moi aussi ! avait-elle crié en fronçant le menton pour se donner un air féroce.

Olivia avait senti qu'elle n'aurait pas la force de se battre. Faire bonne figure, oui ; mais sans conflit.

– Je peux la garder l'après-midi, avait proposé la mère de Coralie pour lui venir en aide.

Rose s'était cramponnée à elle en secouant ses nattes, pendant que sa mère déclinait poliment la proposition. Il fallait juste lui changer les idées. Trouver une activité dans un endroit qui ne lui ferait pas penser à Jo. À l'écart de la mer, du Bourg, de ses habitudes. Un parc d'attraction par exemple, avec un grand filet suspendu entre les arbres, où Rose pourrait courir, sauter comme bon lui semble.

– Que dirais-tu d'aller au Parcabout plutôt ? Je pourrais vous emmener, Coralie et toi.

– Ouaiiiis !

L'avantage d'un cerveau de quatre ans, n'était-ce pas cette capacité à passer à autre chose et oublier la contrariété de façon quasi instantanée ? Cet après-midi-là, Olivia s'était allongée sur le hamac à l'ombre des pins. Avec comme fond sonore, les éclats de rire des enfants. Sous ses lunettes noires, elle avait pleuré et souri en même temps, en pensant à Jo. Elle avait essayé d'imaginer l'avenir sans lui et l'île lui avait paru plus petite encore. Qui la ferait rire désormais, la battrait aux échecs, garderait Rose le soir, changerait les ampoules, raboterait les portes ? Qui viendrait se promener le dimanche, regarderait avec elle des documentaires animaliers ? Qui ? Elle qui avait déjà tendance à s'isoler avec sa fille, à se barricader. La disparition de son ami allait-elle aggraver les choses ? À ce moment-là, Olivia s'en était voulu de penser à Alexis. De penser une seule seconde qu'il pourrait remplacer Jo. Ces deux-là étaient si… différents. Tout comme ses sentiments à leur égard.

Au bout d'une semaine, les îliens avaient commencé à se faire une raison : on ne retrouverait pas Jo. D'ailleurs, cela faisait l'objet de nombreuses discussions. Il y avait les sceptiques. « Impossible qu'on ne l'ait pas repêché s'il est tombé de la jetée. Impossible ! » Les scientifiques, capables de calculer l'effet de la marée et la dérive d'un corps en fonction du courant. Les imaginatifs. « Il a dû se faire manger par les poissons. » Les fatalistes. « Un de plus. » Et ceux, comme Olivia, qui espéraient secrètement qu'on lui fiche la paix et qu'on ne le remonte pas à la surface. Cancans et ragots allaient bon train dans son cabinet de kiné, un peu comme dans un salon de coiffure. Et plus d'une fois, elle aurait aimé qu'on change de sujet. Parler de la pluie et du beau temps, régime minceur ou derniers potins par exemple. Au retour de sa pause-déjeuner ce jour-là, Olivia fut surprise de trouver Alexis assis dans sa salle d'attente.

– Vous en pensez quoi, docteur ? Vous devez bien avoir un avis sur la question ?

Manifestement, lui aussi avait le droit à son lot de commérages. Alors que Mme Sarfati, sa voisine de siège, prenait un malin plaisir à le prendre à partie, Olivia lui lança un regard compatissant en lui faisant signe de la suivre.

– Désolé, je dois vous laisser, s'excusa-t-il poliment en refermant la porte derrière lui.

– Je te sauve sur ce coup-là.

– Figure-toi qu'elle est déjà venue me voir en consultation ce matin, mais apparemment ça ne lui a pas suffi.

– Elle te parlait de Jo ?

– Non, d'un remède contre les hémorroïdes.

Elle sourit.

– Pfff… Je suis contente d'avoir choisi kiné et pas médecine.

– Comment vas-tu ?

Son visage se rembrunit.

– C'est pour me poser cette question que tu es venu ?

Il eut un mouvement de recul. Voilà qu'il retrouvait la froideur du premier jour, l'arrogance aussi, comme s'il ne s'était jamais rien passé entre eux. Retour à la case départ, pensa-t-il en accusant le coup.

– Tu m'avais parlé d'électrothérapie pour ma jambe, dit-il posément. J'aimerais bien essayer.

Elle eut une moue contrariée puis le regarda droit dans les yeux, brisant son armure pendant quelques secondes. Une faille où il put lire de la tristesse, des regrets mais une part de séduction aussi.

– C'est compliqué de faire son deuil… Il n'y a pas eu d'enterrement. On ne lui a pas dit au revoir, tu comprends ?

– Je ressens la même chose. Tous les jours, j'ai l'impression que Jo va pousser la porte du cabinet et s'installer sur son fauteuil comme avant, répondit-il en faisant un pas vers elle.

Mais la kiné fit volte-face.

– Tu peux t'asseoir sur la table d'examen. Je vais te chercher la machine. Tu connais le principe ?

– J'ai lu quelques articles sur le sujet… sur l'électrostimulation et l'inhibition des fibres de la douleur. J'avoue qu'en médecine humanitaire, on n'avait pas accès à ce genre de pratique.

– Ces pratiques de pays riches, tu veux dire ?

Il hocha la tête et releva son pantalon pour qu'elle puisse poser les deux patchs sur sa cicatrice. Le contact le fit grimacer.

– J'allume… Préviens-moi quand tu commences à sentir des picotements.

– Aïe…

– Tu vas t'habituer.

Sa respiration ralentit, plus ample, plus profonde. Et il riva son regard au sien, avec une gravité nouvelle.

– Je m'y fais déjà… à la douleur. À ta distance, ta froideur, ta méfiance. Je me fais à tout, tu sais.

Olivia baissa les yeux et s'empressa d'ajouter :

– Nous deux, c'était une erreur.

– Si tu le dis… Mais laisse-moi penser le contraire.

Un silence se fit. Olivia disparut quelques minutes pour aller s'occuper de Mme Sarfati dans la pièce voisine. Il l'entendit lui dicter ses exercices. La kiné adoptait une tout autre voix avec sa patiente : douce, aimable, à la limite du mielleux. Un contraste qui l'attrista encore plus.

– C'est fini ! annonça-t-elle enfin en passant sa tête à travers la porte coulissante. Tu peux garder l'appareil, si tu veux.

Il retira les autocollants et descendit de la table.

– Combien de séances par jour ?

– Quatre à cinq, si tu peux… d'une quinzaine de minutes.

– Je vais partir, Olivia, déclara-t-il d'un air grave.

Et sa mine s'assombrit, à elle aussi.

– Quand ?

– D'ici quelques jours. Le temps de faire la transition… Yann m'a dit qu'il reprenait lundi.

– C'est de la folie.

– Ça le regarde…

– Tu pars où ? À Brest ?

– Ça me regarde…

Quand elle le raccompagna à la porte, elle semblait hésitante tout à coup. Comme si elle oubliait quelque chose.

– Tu pourras laisser l'appareil à Yann, je viendrai le chercher.

– Au revoir, Olivia.

Elle détourna les yeux.

– Au revoir.

31

Il appelait cela la torture d'Olivia. À chaque fois qu'Alexis branchait l'appareil, que les vibrations électrisaient sa cicatrice, il imaginait la kiné prenant plaisir à le martyriser. Il aurait dû s'en méfier, de son arrogance, de son mépris depuis leur première rencontre. Cette femme, pour une raison qu'il ignorait, avait décidé de faire une croix sur les hommes. Il se demandait si elle les redoutait ou si elle les haïssait, tout simplement. Usait-elle toujours de cette même mécanique ? Aveuglée par son désir, elle lâchait les brides et se donnait sans retenue, avec une fougue inégalable, avant de faire marche arrière juste après, sans pitié. D'habitude, Alexis les voyait venir ces mantes religieuses. Il les évitait, les ignorait même. À croire que ces derniers mois d'abstinence l'avaient affaibli et perturbé dans son jugement. Jamais il n'avait souhaité de relation durable avant cela, considérant que cela serait une entrave à sa liberté. Sa vie nomade n'étant pas faite pour être partagée. Mais aujourd'hui, ses attentes lui semblaient différentes. Pour la première fois, il avait envie de poser ses valises. Le traumatisme qu'il avait subi en Syrie devait y être pour quelque chose. Cette désillusion sentimentale aussi. C'était comme si elle lui avait ouvert les yeux. N'était-ce pas un mal pour un bien ? Comme ces châtaignes désagréables qui grignotaient sa jambe pour finir par l'endormir à petit feu. Il ne cessait de répéter les séances – au réveil, entre deux consultations, au milieu d'une balade, le soir avant de se coucher – et commençait à ressentir leurs bienfaits sur sa jambe. Parfois, il lui arrivait d'oublier complètement la douleur ; et le souvenir d'Olivia suivrait le même chemin, il en était persuadé.

Yann avait prévenu toute l'île qu'il serait au cabinet dès lundi matin. Toute l'île, sauf Alexis. Ce dernier l'avait appris par ses patients et par Matthieu, qui l'avait appelé pour lui dire qu'il n'y croyait pas une seule seconde. D'ailleurs, personne n'accordait de crédit à ces déclarations. « Toutes les semaines, il répète la même chose. Mais faut voir la vérité en face, il ne lâche pas encore ses béquilles. Comment voulez-vous qu'il reprenne du service ? » Mme Vaillant, qui n'avait pas pour habitude de mâcher ses mots, s'en était donné à cœur joie. Pourtant, elle l'adorait son Doc' ! Alexis, de son côté, était moins catégorique. Il s'attendait à tout, venant de son prédécesseur. Et ce matin-là, il ne fut pas surpris d'entendre du bruit au rez-de-chaussée, en descendant les escaliers. Même si la scène qu'il découvrit lui sembla quelque peu singulière : ses groupies matinales, installées en rang d'oignons dans la salle d'attente, et Yann – à la place de

Jo – qui leur faisait la causette depuis son bureau. L'homme captivait son public en projetant sa voix rocailleuse, comme s'il était sur une scène de théâtre :

– Non, désolé, mesdames, je ne m'occuperai pas de vous, aujourd'hui.

– Pourquoi ?

– J'ai bien parlé d'une reprise... mais en douceur, je resterai à l'accueil.

– Tiens donc... intéressant, marmonna Alexis dans sa barbe, alors que Prozac sautait déjà sur son fauteuil, en lui léchouillant le visage.

– Ah, voilà mon remplaçant ! Un homme qui aime se faire attendre.

– Bonjour, répondit l'intéressé, piqué au vif, avant de se pencher pour lui murmurer à l'oreille : si ça ne vous dérange pas, j'aimerais qu'on prenne le temps de discuter tous les deux à midi. J'avoue être un peu dérouté de vous trouver à cette place.

– Vous aviez besoin d'un nouvel assistant, je me trompe ? *Alexis haussa les épaules.* Eh bien, je suis là ! Je connais assez le fonctionnement du cabinet pour savoir ce que j'ai à faire ! *Puis il cria en direction de l'assemblée :* Mme Gaudin, c'est à vous !

Alexis, d'un naturel plutôt calme, sentit l'irritation monter tout au long de la matinée. Yann ne pouvait s'empêcher de faire un commentaire à chaque fois qu'il raccompagnait un patient. Un peu comme Jo, mais en plus grinçant. « C'est la nouvelle génération, vous savez, ils aiment les examens. Il vous a prescrit une prise de sang ? Je m'en doutais. » Le pire, c'est qu'il se permettait de donner son avis médical, c'est-à-dire de refaire la consultation derrière lui. « C'est viral, je suis d'accord. Dans deux ou trois jours, ce sera fini. » « Ce traitement peut faire tousser, oui. » « Ce sont des douleurs de croissance, il a tout à fait l'âge. » Le contraire l'aurait étonné, le Doc' ne pouvait se contenter de rester à sa place. Alexis feignait de ne rien entendre et essayait de rester le moins longtemps possible en sa présence. Un clash en public aurait été malvenu, comme la rumeur d'une mésentente entre eux. Il prenait donc sur lui et attendait avec impatience la pause de midi. Une pause que son assistant prenait un malin plaisir à retarder en lui rajoutant des patients. Passé treize heures, Alexis constata avec soulagement qu'il n'y avait plus personne dans la salle d'attente et salua son dernier patient.

– Yann, vous êtes prêt pour aller manger ?

Ce dernier ne sembla pas l'entendre, concentré sur le logiciel de carte vitale. Il avait déjà dû faire la manipulation un millier de fois, mais on aurait dit qu'il la découvrait pour la première fois.

– Alors, comment te sens-tu, Yann ? s'inquiéta le dernier patient sur le point de partir, visiblement proche du Doc'.

– J'ai décidé de ne plus me poser la question. Il paraît que je suis à l'âge où l'on commence à voir la vie en rose.

– En rose ?

– Oui, comme arthrose, ostéoporose…

– Je vois ce que tu veux dire, j'ai les mêmes problèmes : fibrose, athérosclérose…

Et Alexis s'immisça dans la conversation en ajoutant à la liste :

– Névrose, cirrhose…

Une moquerie que le Doc' prit pour un compliment.

– Ha ha ha ! Je n'y avais pas pensé, à ces deux-là… Mon garçon, vous n'êtes peut-être pas loin de la vérité.

– Alexis Délépine, je préfère, rectifia-t-il aussitôt, un peu sèchement. On va manger ?

– Je ne fais pas forcément de pause à midi.

– Moi… si.

Leurs regards s'affrontèrent, puis Yann finit par céder.

– D'accord… un sandwich rapido, mais c'est moi qui choisis l'endroit.

Lorsqu'il opta pour la jetée de Port-Tudy, Alexis trouva l'idée étrange. S'y rendait-il souvent depuis la disparition de Jo ? Le fait de demeurer à sa place toute la matinée l'avait peut-être affecté. Il ne le connaissait pas suffisamment pour lui poser cette question. Comme son fils, le Doc' ne semblait pas d'un naturel bavard, encore moins quand il s'agissait de ses sentiments.

– Au fait, vous êtes venu comment ce matin ? lui demanda Alexis, en démarrant la Méhari que le Doc' lui avait laissée pour le moment. En taxi ?

– Non, c'est Olivia qui m'a déposé.

Alexis digéra la réponse sans rien dire et se demanda si elle l'avait encouragé à reprendre. Il imaginait la jeune femme prendre plaisir à lui mettre des bâtons dans les roues. Plaisir à le chasser de l'île. Il partirait à la fin de la semaine, c'était décidé ; et il comptait bien profiter de cette pause-déjeuner pour l'annoncer à Yann. Ce dernier marchait de mieux en mieux et ne s'aidait plus vraiment de ses béquilles. Il les pointait devant lui comme des cannes d'aveugle, au cas où il rencontrerait des obstacles. Quand ils approchèrent de la balise verte, le chien montra des signes de nervosité et ils s'arrêtèrent à mi-chemin en s'asseyant contre le muret de pierres.

– On se tutoie, non ? proposa le Doc' entre deux bouchées de son jambon-beurre. C'est plus simple.

Alexis hocha la tête en se disant qu'au rythme où Yann mangeait, il devrait bientôt retourner travailler, et il profita de cette note amicale pour engager la conversation :

– Yann, je peux te poser une question ?

– T'as pas besoin de me demander la permission, dit-il en sortant de sa poche une cigarette roulée qu'il alluma aussitôt. Qu'est-ce qui te tracasse, mon garçon ?

Alexis bougonna en entendant une nouvelle fois ce substantif, en reconnaissant l'odeur de cannabis aussi.

– Je ne vais pas pouvoir continuer à te remplacer dans ces conditions ! lâcha-t-il, plus excédé qu'il ne l'aurait voulu.

– Pourquoi ?

– C'est gênant pour moi… J'ai l'impression que tu me juges et que tu vérifies mon travail.

– Arrête de te prendre la tête ! Tu crois que c'est facile pour moi de te laisser mes malades ?

– Justement… Garde-les, tes malades, plutôt que de jouer les secrétaires.

– Tu penses vraiment que ça m'amuse de prendre la place de Jo ?

– Je n'ai pas dit ça.

Yann aspira longuement sur son filtre puis souffla délibérément en direction d'Alexis.

– Je n'arrête pas de penser à lui… Je le revois, affalé sur son siège, les pieds sur le bureau…

– Tu me rassures, il se tenait aussi mal avec toi ?

Yann hocha la tête, d'un air grave.

– Je l'entends répondre au téléphone, rire avec les patients. Je sais très bien que ce n'est pas ma place, mais la sienne. J'en crève de ne pas rentrer dans le bureau ! Si je suis là, c'est pour te faciliter la vie.

Alexis eut une moue dubitative.

– Si t'es là, c'est pour ne pas tourner en rond chez toi.

– Aussi ! reconnut Yann, avec un demi-sourire. Tu veux une taffe ?

– Non, merci… Je ne pourrai pas continuer longtemps comme ça, je te préviens. Je veux bien aller jusqu'à la fin de la semaine pour que tu t'organises, puis je m'en vais.

– Je ne te retiens pas.

– Tant mieux.

– T'es sûr que tu ne veux pas une taffe ?

– Sûr, je ne fume pas !

– Tu devrais.

– Pourquoi ?

– Ça te détendrait.

– Et dire que c'est un docteur qui me donne ce conseil, soupira-t-il.

– Un docteur qui a bien plus d'expérience que toi, je te rappelle.

Alexis leva les yeux au ciel.

32

Son téléphone sonna au milieu de la nuit. Une mélodie qu'il intégra d'abord à son rêve et qui – à force d'insistance – finit par l'en sortir.

– Alexis…

Il reconnut son grain de voix sans avoir besoin de lire son nom sur l'écran.

– Olivia ?

– Je suis inquiète… Rose a quarante de fièvre, je n'arrive pas à la faire baisser.

Un silence se fit entendre. Le temps d'émerger, de se reconnecter à la réalité, d'imprimer les mots dans sa tête.

– De la fièvre ? Depuis quand ?

– En rentrant de l'école, je la trouvais un peu éteinte. J'ai d'abord mis ça sur le compte de la fatigue… Je m'en veux, j'ai tardé à lui prendre sa température.

– Pas la peine de culpabiliser, bredouilla-t-il, la bouche pâteuse.

– Si, c'est la peine ! gémit-elle au bout du fil. Elle est mal, je ne l'ai jamais vue comme ça. Et quand je la réveille, elle se met à délirer. Je te jure, elle me raconte n'importe quoi ! Je ne sais plus quoi faire… Alexis, tu m'entends ?

– Oui, je t'entends.

– Qu'est-ce que je peux faire ?

Après réflexion, une seule réponse s'imposa à lui :

– J'arrive.

Quels conseils pouvait-il prodiguer à distance sans avoir vu la fillette ? La détresse d'Olivia était telle qu'il n'avait d'autre choix que de la rejoindre. Elle avait besoin de lui à ses côtés – physiquement. Et se lever, s'habiller, sauter dans sa voiture au milieu de la nuit, ne lui posa aucun problème. Comme de trouver sa maison avec le peu d'indications qu'elle lui avait donné. « Tout en haut du village, derrière la chapelle. Chemin de terre. Maison aux volets bleus. Boîte aux lettres américaine. » N'était-ce pas justement là où il l'avait imaginée ? Tout en haut de la butte ? Près des murs qui pleurent les disparus ? Le paysage illuminé par la pleine lune lui apparut presque aussi nettement qu'en plein jour. Olivia aussi, qui l'attendait au début de l'allée, dans le faisceau de ses phares, flottant dans sa robe de nuit blanche aux reflets bleutés. En la regardant de près, il se rendit compte qu'elle avait pleuré.

– Enfin, tu es là, dit-elle en l'agrippant de ses doigts frissonnants, impatients de l'entraîner à l'intérieur.

La chambre de Rose se trouvait à l'étage, faiblement éclairée par une veilleuse qui projetait des petites étoiles tournoyant au-dessus de son lit. Le visage endormi de la fillette, dont le front était recouvert d'un gant mouillé, dépassait à peine de sa couette et Alexis s'agenouilla à côté d'elle.

– La lumière lui fait peur, le prévint Olivia quand il alluma la lampe de chevet et fit disparaître les images scintillantes au plafond.

– Je ne peux pas l'examiner dans le noir.

– Elle voit des bonshommes se précipiter sur elle pour l'attaquer… Ça a l'air effrayant.

– C'est la fièvre qui lui donne des hallucinations.

Sa voix se voulait calme et rassurante mais quand il souleva la couette et découvrit son petit corps en nage, le médecin fut parcouru d'un frisson. L'image de la petite Syrienne se mit à clignoter dans son esprit comme un gyrophare pour lui rappeler qu'il n'avait pu la sauver. La scène lui revint en mémoire avec une netteté déconcertante. Cette veillée funèbre au milieu du chaos. Le silence, l'odeur du sang, la souffrance coupable. Alexis plissa les yeux et se reprit aussitôt.

– Première règle pour faire descendre la température chez les enfants, déclara-t-il le plus posément possible en se tournant vers Olivia. Enlever toutes les couches : couette, pyjama…

Pour une fois, la femme obtempéra sans broncher et déshabilla si délicatement sa fille qu'elle ne se réveilla pas. Le médecin, pendant ce temps-là, eut le temps de sortir son matériel de sa mallette et de commencer son examen. Pas de râles dans ses poumons, pas d'éruption sur sa peau, une nuque souple et un ventre bien dépressible. Il procédait par élimination, sentant le regard inquiet d'Olivia peser au-dessus de son épaule.

– Alors ?

– Tu peux lui tourner légèrement la tête, que je regarde ses oreilles ?

Au contact de l'otoscope, Rose réagit. Un soupir, un clignement de paupières, rien de plus. Les tympans lui parurent normaux, sans trace d'inflammation.

– Elle ne s'est pas plainte en tout cas, précisa sa mère en suivant ses faits et gestes. Aucune douleur, nulle part.

– Je vais devoir la réveiller pour en avoir le cœur net.

Olivia serra la main de sa fille et laissa faire le médecin. Sa délicatesse la surprit, la douceur avec laquelle il lui parla. Rose, dans un demi-sommeil, secoua la tête plusieurs fois sans l'ombre d'une grimace, et accepta même d'ouvrir la bouche et de faire « Aaahhh » au bonhomme face à elle qui l'éclairait d'une drôle de manière.

– Je ne suis pas inquiet, annonça-t-il à sa mère en rangeant son matériel.

– C'est vrai ?

– Pour moi, c'est un virus. Je ne trouve rien de particulier à l'examen… Laissons-la dormir maintenant, il faut qu'elle se repose.

La jeune femme, plus intriguée que rassurée, lui emboîta le pas. L'horloge au-dessus de l'escalier indiquait trois heures du matin et Alexis se demanda ce que cette nuit lui réservait encore comme lot de surprises. Cela avait commencé vers vingt-deux heures quand on l'avait averti du dernier souffle de son patient de Kermario. Il s'était rendu au domicile faire le constat de décès. La femme paraissait sereine, triste et soulagée à la fois. Elle l'avait remercié pour ses bons soins et le médecin s'était senti obligé de rester discuter un moment. Voir la mort en face le remuait toujours. L'angoisse de subir le même sort, un jour. Ce sentiment d'impuissance face à cette fatalité. Alexis avait tardé à se coucher. Vers minuit, une nouvelle sonnerie avait interrompu ses pensées. Une infirmière de la maison de retraite qui le priait de se déplacer pour sonder un résident en rétention urinaire. L'aller-retour ne lui avait pris qu'une trentaine de minutes mais il avait eu le sentiment que les appels d'urgence ne s'arrêteraient pas là. Il s'était tourné et retourné dans son lit avant de trouver le sommeil. Combien de temps avait-il réellement dormi avant le coup de fil d'Olivia ? Si peu. Et combien d'heures de sommeil lui restait-il avant ses premières consultations ? Le médecin aurait pu s'en aller directement, juste après avoir rédigé l'ordonnance, mais il sentit qu'Olivia avait besoin d'explications. Besoin de sa présence à ses côtés. Il fit alors un détour par le salon et s'affala dans le canapé.

– Tu penses à une grippe ? s'empressa-t-elle de lui demander en approchant une chaise face à lui.

Il haussa les épaules.

– Une grippe peut-être… Ou une roséole. On appelle ça aussi la sixième maladie. La température peut être très élevée.

– Ça ne donne pas de boutons, la roséole ?

– Si… L'éruption survient au quatrième jour, quand la fièvre baisse. Si c'est le cas, on aura notre diagnostic.

La jeune femme soupira puis se frotta le visage. Elle semblait épuisée, elle aussi.

– Comment elle a attrapé ça ?

– Dans ce bouillon de culture appelé la maternelle, répondit-il du tac au tac en faisant tomber sa tête en arrière.

– Il ne me reste plus qu'à arrêter de travailler et faire l'école à domicile.

– Voilà une sage décision prise à trois heures du mat' !

Elle sourit l'espace d'une seconde puis son visage se rembrunit. Leurs regards s'entrechoquèrent comme s'ils avaient de nombreuses questions à se poser. En silence. Des yeux noirs noyés dans le vert émeraude, qui cherchaient de la réassurance et bien d'autres choses encore. C'était troublant.

– Tu veux que je reste ? finit-il par lui proposer, un peu déstabilisé.

– Ne te sens pas obligé.

– Ce n'est pas une réponse…

Olivia était sans doute trop fière pour réclamer quoi que ce soit, pensa-t-il. Avait-elle déjà demandé de l'aide à quelqu'un dans sa vie ? Cette nuit devait être une première pour elle. Une entorse à sa ligne de conduite, qu'elle semblait regretter.

– C'est difficile de se raisonner et de prendre du recul quand il s'agit de son propre enfant, tenta-t-elle de se justifier avec des trémolos dans la voix. Rose est tout ce que j'ai, tu comprends ?

– Olivia, ça va aller.

– J'espère, soupira-t-elle en tendant la main vers son sac à la recherche de son porte-monnaie. Combien je te dois ? Tu as amené ton lecteur de carte vitale ?

Il leva les yeux au ciel.

– Justement, je me demandais qui tu avais appelé au milieu de la nuit…

– Comment ça ?

– Le médecin ou l'ami ? Je viens d'avoir ma réponse, lâcha-t-il d'un ton sec en se levant pour prendre la direction de la sortie.

– Alexis, je…

– Qu'est-ce que je t'ai fait, à la fin ? la coupa-t-il, alors qu'elle le retenait par le bras. Qui t'a changée en pierre, Olivia ? *Elle le questionna du regard, surprise par sa réaction.* J'ai bien compris qu'il n'y aurait rien entre nous… mais remercier un ami, c'est trop te demander ?

Elle libéra sa prise pour le laisser partir, troublée par ses mots, honteuse aussi. Quand elle lui bredouilla un « merci » du bout des lèvres, celui-ci se mêla au vrombissement du moteur. Le médecin était déjà loin. Son ami aussi.

33

Yann avait plusieurs raisons d'être contrarié ce matin. Un peu de reconnaissance, était-ce trop demander ? De la part d'Olivia, pour commencer. Pourquoi ne l'avait-elle pas appelé au milieu de la nuit quand Rose était tombée malade ? Considérait-elle que son remplaçant serait plus réactif ? Plus performant que lui ? Et pour couronner le tout, voilà qu'elle lui annonçait qu'elle ne pourrait pas le conduire au cabinet comme prévu, pour rester au chevet de sa fille.

– Je fais comment alors ?

– Appelle Alexis.

Dans le genre ingrat, ils faisaient la paire tous les deux !

– Tu me réveilles, avait-il eu le toupet de lui répondre.

– À huit heures ? Mais moi, mon garçon, j'aurais déjà commencé mes consult' depuis longtemps !

Il l'avait entendu grogner des mots inaudibles, puis la bouillie était devenue plus claire tout à coup :

– J'ai eu une nuit difficile… Et puis, je n'ai pas besoin

de me justifier ! Je n'ai pas du tout envie de travailler comme toi !

– Comment ça ?

– Rien, avait-il soupiré, en baissant d'un ton. Je viens te chercher.

Dès qu'il entendit la Méhari approcher, le Doc' abandonna ses béquilles derrière lui et s'efforça de marcher sans aides – ou plutôt de dandiner comme un canard.

– Ça va, ça va... Je sais ce que tu penses, grogna-t-il en guise de bonjour, ce qui dissuada Alexis de faire tout commentaire.

Vivement qu'il récupère son autonomie ! Se retrouver à la place du passager dans sa propre voiture relevait du supplice. Surtout quand le conducteur avait eu son permis dans une pochette surprise ! Qui lui avait appris à passer les vitesses aussi rapidement ? Il ne reconnaissait pas la musique habituelle : la première poussive et la deuxième qui faisait vrombir le moteur.

– Un problème ? le questionna Alexis, voyant qu'il fixait le levier de vitesse.

Yann secoua la tête et trouva plus prudent d'orienter la conversation sur un autre sujet :

– Parle-moi de cette nuit... Elle avait quoi, la petite ?

– Rose ? À part quelques ganglions dans le cou, je n'ai rien trouvé. Pas d'angine, pas d'otite. Rien.

– Une grippe ?

– Une forte fièvre aussi brutale, ça peut être une roséole.

Yann se frotta la barbe, l'air dubitatif.

– Ça survient chez les plus petits, habituellement… Mais à quatre ans, c'est possible.

– Fais une contre-expertise, si tu veux !

Sa réponse le surprit. Son coup de volant aussi, trop sec pour la courbe du virage.

– Non, je te fais confiance ! Mais je ne serais pas contre un petit crochet à Quelhuit ce soir pour aller saluer les p'tites.

Un sourire narquois se dessina sur le visage du conducteur.

– Tu me rassures, je pensais que tu voulais vérifier mon examen.

– Ça me ferait juste plaisir de les voir.

– J'espère qu'Olivia te réservera un meilleur accueil, dit-il en crispant ses doigts sur le volant.

– Pourquoi tu dis ça ?

– Pour rien… *Nouveau coup de volant.* J'amènerai mon lecteur de carte vitale pour facturer une visite, je n'y avais pas pensé la nuit dernière.

– T'es malade ! Olivia, c'est comme ma famille !

– Ah oui ? Raconte-moi, ça m'intéresse… Comment est-elle devenue ta fille d'adoption ?

Amusé par la question, Yann se dérida.

– Il va falloir que je m'en roule une, si tu me lances sur le sujet, le prévint-il en sortant sa pochette de cannabinomane.

– Tu fumes en voiture, maintenant ?

– C'est une décapotable !

– Et alors ?

– Qu'ils sont réacs, ces jeunes !

Alexis haussa les épaules et toléra sa cigarette, trop désireux d'entendre son histoire. Au bout de la troisième bouffée, Yann se lança :

– Quand la petite s'est installée sur l'île, personne n'avait remarqué qu'elle était enceinte. Je ne sais pas comment elle a fait pour le cacher, d'ailleurs.

– Le père, on sait qui c'est ?

– Un type qui mérite d'être oublié… Un médecin, à ce qu'il paraît. Marié. Mais elle n'aime pas en parler.

– Je comprends mieux pourquoi elle se méfie des…

– Arrête de me couper ! Comment veux-tu que je finisse mon histoire ?

– Désolé.

– Je disais… Un matin, la petite nous a appelés au cabinet. C'est Jo qui a décroché. À sa voix, on a tout de suite compris qu'il était trop tard pour la transférer à l'hôpital. Heureusement, on est arrivés juste à temps ! À quelques minutes près, elle accouchait toute seule sur le canapé du salon.

– Sur le canapé ? répéta le conducteur, comme s'il était en train d'imaginer la scène. Avec Jo comme sage-femme ?

– Jo ? pouffa le Doc'. Il tremblait tellement qu'il était incapable de m'aider, même pas de couper le cordon. Un vrai boulet ! Une fois la petite Rose installée au sein de sa mère, on est allés prendre l'air sur le perron tous les deux. Je me souviens, Jo était si troublé qu'il tenait à peine debout. Il répétait en boucle : « Plus jamais… Plus jamais je ne t'accompagnerai en visite. Je veux bien répondre au téléphone, faire le ménage, mais ça s'arrête là ! »

– Il m'a sorti la même chose le premier jour, de peur que ça recommence.

Les deux hommes éclatèrent de rire, ravis d'avoir cette anecdote en commun. La Méhari venait de rejoindre sa place attitrée sur le parking du cabinet devant une file de petites grands-mères bien impatientes, mais Yann avait à cœur de finir son récit :

– Une naissance est un instant magique… J'ai dit à Jo qu'on était chanceux d'avoir assisté à cet accouchement. J'étais ému aux larmes.

– Toi ?

– Oui, reconnut-il en tirant sur sa clope. J'étais sur un petit nuage… Mon fils venait de m'annoncer que j'allais devenir grand-père et je devais filer à Brest pour les rejoindre à la maternité.

– Rose et Malo sont nés le même jour ?

Yann hocha la tête.

– Au début, Jo a pris un air dégoûté quand je lui ai mis Rose dans les bras. Le temps de m'occuper de la mère, vérifier le placenta – bref, m'inventer gynécologue –, je ne pouvais pas faire autrement.

– Je connais ça… Au cours de mes missions humanitaires, ça m'est arrivé plusieurs fois.

Yann plissa les yeux en direction des patientes qui commençaient à les regarder d'un drôle d'œil. Sa cigarette n'était pas encore totalement consumée.

– Ce jour-là, j'ai pris le premier bateau et j'ai laissé Jo

s'occuper des p'tites. D'après Olivia, il s'est très bien débrouillé. Quand les pompiers sont venus les chercher, il a tenu à les accompagner à l'hôpital. Tout le monde le prenait pour le père, à la maternité.

– Ils avaient l'air très proches, Rose et lui.

– Quand tu vois naître un enfant, le regard que tu portes sur lui quand il grandit reste particulier, comme si tu devenais – malgré toi – un peu responsable de son avenir. Je pense que Jo a ressenti la même chose que moi ce jour-là, même s'il ne m'en a jamais parlé. Tu comprends maintenant pourquoi je les considère comme ma famille ?

Alexis hocha la tête d'un air pensif.

– Tu es le grand-père, je veux dire Peupé de combien de personnes sur l'île ?

– Juste Rose, je te rassure, dit-il en souriant avant d'écraser son mégot sur la semelle de sa chaussure et de se tourner vers la bande de groupies : mesdames, on arrive ! Deux médecins pour le prix d'un, ça valait bien la peine d'attendre… Non ?

Évoquer le passé lui avait fait du bien. Parler de Jo aussi. Et le partage de ces souvenirs avait créé une complicité nouvelle entre Alexis et lui. Yann s'était fait la réflexion plusieurs fois durant la journée : son remplaçant commençait à se détendre. Moins pressé, moins sérieux, moins rigide. À aucun moment, il ne lui avait reproché de parler aux gens après chaque consultation, de donner des conseils au téléphone, ni d'ouvrir le courrier. S'habituait-il à sa présence ? Ou était-ce la fatigue de la nuit dernière qui le rendait amorphe ? Yann devait se rendre à l'évidence : sa patientèle avait adopté le petit nouveau, bien qu'ils soient diamétralement opposés tous les deux. Au fond de lui, ça le chagrinait un peu et il ne se gênait pas pour lui planter des épines sous le pied discrètement, sans en avoir l'air.

– N'oubliez pas de lui parler de vos problèmes de constipation, il a fait une thèse là-dessus, il en connaît un rayon ! Vous n'avez pas besoin d'un lavement d'oreilles, aujourd'hui ? Ça fait longtemps ! Le docteur Délépine va prendre le temps de vous faire ça…

Loin de lui l'envie de se moquer de ses patients. Il les appréciait trop pour cela. Tous sans exception, avec leurs qualités, leurs défauts, leurs différences. Ce qui l'amusait le plus dans l'histoire, c'était déstabiliser Alexis. Trouver le détail qui pourrait le mettre en difficulté :

– Des papiers à remplir pour votre assurance ? Un furoncle mal placé ? Des problèmes de libido ? J'ai lu son CV, mon remplaçant a un diplôme de sexologue.

Et la nature était bien faite. Des épines pour Délépine, ce n'était pas ça qui manquait !

34

Olivia fut surprise de trouver Yann à sa porte, ce soir-là. N'étant pas sortie de la journée, la garde-malade avait perdu la notion du temps. Elle plissa les yeux et posa sa main en visière, éblouie par la lumière rasante du soleil couchant.

– Où sont tes béquilles ? lui demanda-t-elle d'un air inquiet comme si le Doc' pouvait tomber à tout moment.

– Au placard ! Tu pourrais me dire bonjour au lieu de parler des choses qui fâchent.

La jeune femme le fit entrer en le soutenant par le bras.

– Tu n'as pas encore récupéré un assez bon contrôle musculaire pour t'en passer. Sois sérieux, pour une fois !

– Je suis médecin, je te rappelle.

– Justement… Je ne devrais pas avoir de conseils à te donner.

– Non, tu ne devrais pas ! bougonna-t-il en se détachant d'elle pour lui montrer qu'il se débrouillait bien tout seul. Où est la petite ?

– À l'étage.

– Je te suis.

En l'entendant soupirer dans son dos, Olivia se demanda s'il avait essayé de monter des escaliers depuis son intervention. Vu son humeur, elle se garda bien de lui poser la question.

– J'ai réussi à faire descendre la fièvre avec le Doliprane, lui annonça-t-elle. Mais Rose reste encore très affaiblie… J'aimerais bien que tu me dises ce que tu en penses.

– Ce n'est pas trop tôt !

– Trop tôt pour quoi ?

– Pour me demander mon avis.

Sa susceptibilité l'amusa. Le Doc' aurait-il préféré être réveillé en pleine nuit ? Olivia n'y avait même pas pensé. C'est vrai que c'était injuste. Dans son esprit, Yann avait déjà pris sa retraite et passé le relais à Alexis. Pas étonnant que cela lui déplaise ! Accoudée à la rambarde du palier, elle l'observait grimper péniblement et réalisait à quel point elle l'aimait, ce vieux grincheux. À quel point il comptait pour elle, plus que son propre père.

– Au fait, qui t'a déposé ?

– Mon remplaçant.

– Tu ne l'appelles pas par son prénom ?

Yann haussa les épaules en arrivant à sa hauteur.

– Je ne vois pas ce que ça change… On me surnomme bien le Doc'.

– Et où se cache-t-il, ton chauffeur ?

– J'sais pas… Il a dû aller se promener en m'attendant.

Mieux qu'une dose de Doliprane, la présence de Peupé Yann eut un effet instantané sur la fillette, qui daigna enfin sortir de son lit et lui réclamer une histoire. Le Doc' prit une expression victorieuse.

– Tu vois, Olivia… Rose avait juste besoin des bons soins de son Peupé !

Soulagée, cette dernière s'autorisa – pour la première fois de la journée – à sortir prendre l'air. Comme si la maladie l'avait touchée personnellement, elle se sentit revivre et prit plaisir à chatouiller les herbes hautes de son jardin avec les pans de sa robe blanche en dentelle. Elle s'étonna de ne trouver aucun promeneur aux alentours. La lumière était belle pourtant et le spectacle de l'océan par-dessus les buissons, à couper le souffle. Elle appelait cela l'heure dorée – juste après le lever de soleil ou aux dernières lueurs du jour –, quand l'eau se couvrait de paillettes et de reflets orangés. N'était-ce pas le meilleur moment pour l'admirer ? Même si la vue manquait de magie dès lors qu'on ne pouvait la partager, regretta-t-elle. Son sentiment de solitude s'en trouva décuplé. Olivia aurait aimé prévenir le promeneur de passage qu'il ne pouvait repartir de l'île avant d'avoir observé l'heure dorée sur la mer. Qu'il ne pouvait repartir de l'île, tout simplement. Au fond d'elle, n'était-elle pas venue le trouver ? Elle partit à sa recherche, contourna la maison, piétina le tapis rouge formé par les fleurs fanées du camélia et remonta l'allée de graviers. La Méhari garée tout au bout, le long de la route goudronnée, avait encore les clefs sur le contact. Le promeneur n'avait pas dû aller très loin, pensa-t-elle. Le remplaçant, le médecin de nuit, Alexis. Connaissait-il le village au moins ? Le sentier qui menait au fort du Grognon ? Celui qui descendait vers la mer ? Et elle ? La connaissait-il vraiment ? Le doute l'assaillit, un flot de regrets aussi. Où se cachait-il ? La façade de la chapelle scintillait elle aussi sous les rayons du soleil. Devant l'entrée, un chien attira son attention. Prozac montait sagement la garde et lui indiquait, à sa façon, la direction à prendre. Elle le caressa entre les oreilles pour le remercier, puis franchit la porte. Une sensation de fraîcheur l'envahit soudain et elle croisa les mains pour recouvrir ses épaules. L'homme se tenait debout près du chœur et lui tournait le dos. En entendant ses pas, il se retourna lentement, un cierge à la main. Seul point lumineux au milieu de l'obscurité.

– Bonsoir, l'aborda-t-elle, un peu hésitante.

– Bonsoir.

Sa voix grave résonna et l'attira vers lui. Il semblait surpris de la voir, troublé même. Elle eut le sentiment de le déranger.

– Tu fais quoi ?

– Rien… Je réfléchis, répondit-il en plantant sa bougie dans le sable à côté d'une autre, éclairée elle aussi.

Absorbé par sa tâche, il fixait les flammes qui dansaient devant lui. Une odeur de cire mêlée d'encens emplissait les lieux. Le silence aussi, déconcertant et apaisant à la fois. Olivia réalisa qu'elle ignorait tout de lui. De ses pensées, ses croyances. Elle réalisa qu'il ne ressemblait à aucun autre. Avec ses mystères, son extrême douceur sous ses airs de pirate.

– J'aime venir ici, moi aussi, lui confia-t-elle pour le mettre à l'aise. Cet endroit appartient à tout le monde, même à ceux qui ne croient pas en Dieu.

– Une ambiance hors du temps, ajouta-t-il en refermant la boîte d'allumettes. Dans tous les lieux de culte que j'ai pu visiter à travers le monde, il y avait des bougies. Peu importe les religions, les cultures, elles ont un côté universel que je trouve fascinant.

– Il paraît que les femmes des marins en allumaient lorsque leurs maris partaient en mer pour qu'ils puissent retrouver le chemin du foyer.

Alexis tourna son regard vers un ex-voto accroché au mur avec le mot « merci » gravé en lettres dorées.

– À chacun ses raisons, dit-il d'un ton évasif avant de changer de sujet : notre patient de Kermario est mort la nuit dernière. D'après sa femme, il n'a pas souffert.

– J'irai lui rendre visite quand Rose sera remise.

– Je ne pensais pas qu'il vivrait aussi longtemps… Quand je pense que Jo est parti avant lui, la vie me semble absurde.

À cet instant, elle songeait à la même chose et fut surprise qu'il mette des mots sur ses pensées silencieuses. Une idée la traversa.

– C'est pour eux, ces cierges ?

– Non… Oui, peut-être. Je n'y avais pas pensé.

Il baissa les yeux et elle eut envie de le serrer dans ses bras. Un désir soudain qu'elle réprima.

– Au fait… Yann a pensé la même chose que toi au sujet de Rose.

– Tu doutais de moi ?

– Non. Jamais… je n'ai jamais douté.

– Tant mieux.

Alexis riva son regard au sien avec une telle intensité qu'elle eut la sensation d'être mise à nu. Elle se mit à frissonner, encore et encore. Des secousses incontrôlables qu'il tenta de calmer en la recouvrant de sa veste.

– Excuse-moi pour la nuit dernière, lâcha-t-elle dans un murmure. J'avais peur.

– Peur de quoi ?

– Peur de la perdre… Peur de toi, de moi. Peur de tout.

Olivia n'eut qu'à faire quelques pas pour se retrouver dans ses bras. Elle sentit la chaleur de son corps contre le sien et reposa sa tête contre sa poitrine. Les larmes coulèrent toutes seules, sans qu'elle ait la sensation de pleurer. Comme un trop-plein d'émotions qui avait besoin de se déverser. Il lui caressa les cheveux en laissant courir ses doigts dans son dos.

– Tu peux me faire confiance, pourtant.

– Oui, je sais…

Olivia voulait qu'il continue. Rester dans cette position pour toujours. Hors du temps. Ne penser à rien. Et quand sa main finit sa course, elle paniqua :

– Alexis, s'il te plaît.

– Quoi ?

– Reste…

Elle avait prononcé ce mot sans réfléchir. Et cela voulait tout dire, et rien à la fois. Rester où ? Dans cette chapelle, quelques minutes encore ? Sur l'île, pour toujours ? Lui non plus ne semblait pas comprendre. Et les bougies continuèrent de se consumer, comme si la cire chaude avait effacé sa demande.

– Yann doit nous attendre, finit-elle par rompre le silence. Rentrons.

Au moment de desserrer son étreinte, elle prit l'air le plus détaché possible, le plus impassible, mais ce fut peine perdue. Alexis la plaqua contre lui, sa bouche sur la sienne, et l'entraîna dans le plus long baiser de son existence. Une exquise morsure qu'elle s'appliqua à prolonger jusqu'à ce que l'obscurité se fasse. Le noir total. Et que le chien, inquiet, se mette à aboyer. Au bout de quelques minutes, elle sentit Alexis sourire, ses lèvres toujours collées aux siennes, puis l'entendit murmurer :

– Maintenant, je suis d'accord pour rentrer…

35

– Bonjour, je viens consulter aujourd'hui sur les conseils du Doc' que je connais bien. C'est mon voisin à Kerlard. Il dit qu'il ne peut plus rien pour moi…

– Mais il compte sur son remplaçant pour régler votre problème, la coupa Alexis, avec un demi-sourire, en faisant tourner son stylo-bille entre le pouce et l'index.

– Exactement ! Il vous a parlé de moi ?

– Non, pas précisément… Mais Yann se plaît à vanter mes mérites ! répondit le médecin en se demandant quel défi l'attendait cette fois.

Depuis qu'il l'avait pour secrétaire, son prédécesseur s'escrimait à lui mettre des bâtons dans les roues, sans en avoir l'air. Et l'expression enjouée du couple qui se présentait face à lui en ce moment même l'inquiéta un peu. Pourvu que Yann ne leur ait pas donné de faux espoirs !

– Il paraît que vous avez fait une thèse sur la constipation et que vous avez même établi une échelle des différents types… Enfin, vous savez…

– Non.

– Une échelle des différents types de crottes.

Alexis recula sur son siège et lâcha son stylo.

– Yann exagère toujours un peu.

– L'échelle de Bristol, ce n'est pas vous qui l'avez inventée ?

– Non, désolé de vous décevoir.

– De toute façon, j'ai imprimé le schéma avec les dessins, déclara la femme sans se démonter, en dépliant un papier sorti de son sac. Je peux vous expliquer où je me situe… Voilà, regardez. J'hésite entre le type 1, les crottes dures en forme de noisettes, et le type 2, en saucisses, un peu grumeleuses… À vrai dire, ça dépend des jours.

Et son mari trouva important d'ajouter, le doigt pointé sur le dessin :

– Hum, plutôt le type 2 selon moi… En tout cas, une chose est sûre, ce n'est jamais liquide.

Cette information laissa Alexis sans voix et il se mit à dodeliner de la tête en cherchant la réponse la plus adaptée.

– C'est intéressant… Vous êtes constipée, donc !

– Jusqu'aux doigts de pieds, oui ! lâchèrent-ils en chœur.

– Et j'imagine que vous avez tout essayé… Sachets, suppos, lavements…

– Tout ! répondit le mari.

– Même le régime sans gluten ?

Ce matin-là, Alexis n'avait pas été surpris de trouver le Doc' à son poste dans le hall d'entrée. Depuis qu'il se passait de béquilles, le convalescent avait considéré qu'il pouvait reprendre le volant. Une décision qu'Alexis avait accueillie avec soulagement, désormais dispensé de jouer les chauffeurs.

– Oh, vous savez, je vois la vie en rose maintenant, l'avait-il entendu prononcer pour la centième fois aux patients installés en salle d'attente.

– En rose ?

– Comme arthrose, cirrhose, névrose… Ha ha ha !

Si au réveil, Alexis se sentait d'humeur à supporter ses blagues, en sortant de cette dernière consultation, c'était différent : il était plutôt à deux doigts de l'étrangler. Après avoir salué le couple, étonnamment satisfait de leur dernier échange, il se pencha vers lui.

– Dis-moi, Yann, tu comptes me bizuter encore longtemps ?

– Comment ça ?

– Arrête de me prendre pour un guignol !

Le Doc' esquissa un sourire triomphant.

– Alors ? Type 1 ou type 2, aujourd'hui ?

– Je te préviens, si tu veux jouer à ce petit jeu-là… moi aussi je vais m'y mettre et tu ne vas pas être déçu, je te le dis !

– Ha ha ha ! Tout de suite les menaces ! Je suis sûr que tu t'es débrouillé comme un chef !

– La ferme, grogna-t-il à son oreille comme s'il voulait la mordre, puis il appela le prochain patient avec une voix beaucoup plus chaleureuse.

Le reste de la matinée, Yann se montra plus tempéré

dans ses propos – un peu froid même et distant à son égard – et Alexis crut qu'il avait gagné la bataille. Pas d'entourloupes. Des motifs de consultation habituels : rhume des foins, panaris, otite, renouvellements de traitements. Bref, une routine sympathique en compagnie de patients satisfaits pour la plupart, qui lui demandaient s'il comptait s'installer définitivement sur l'île. « Avec ce malade ? Non, merci », avait-il envie de leur répondre. Mais au lieu de ça, Alexis les remerciait poliment et s'excusait de les voir pour la dernière fois. Fidéliser sa patientèle était un concept qu'il n'avait jamais connu en médecine d'urgence ou humanitaire et il réalisait aujourd'hui qu'il appréciait ce type de rapports de confiance, basés sur le long terme. Un engagement qu'il imaginait se rapprocher d'une relation amoureuse, même si dans son cas les liaisons n'avaient jamais duré très longtemps. Depuis la veille, Olivia occupait toutes ses pensées. Comment oublier cette rencontre impromptue dans la chapelle ? Ces minutes suspendues ? La puissance des sentiments qu'il avait ressentis. Aucune femme ne l'avait troublé de cette manière. Aucune. Il repensa à sa demande. Souhaitait-elle vraiment qu'il reste ? Alors qu'ils n'avaient encore rien envisagé ensemble ? À vrai dire, ils avaient passé plus de temps à se disputer qu'à nouer des liens. Même si Olivia semblait sincère, un seul mot de sa part ne suffisait pas à changer ses plans. Tout reconsidérer. Rester à Groix impliquait tellement de choses. Comme de continuer à travailler avec Yann. Et ça, c'était trop lui demander !

– T'as prévu un pique-nique ? lui demanda le secrétaire

de fortune, en le voyant sortir du bureau un panier à la main.

– Non, c'est une patiente qui m'a gentiment préparé le déjeuner.

– Mme Dagorn ?

– Oui, j'ai tout ce qu'il faut : du pain, du pâté et un drôle de gâteau...

– Et moi ? le coupa Yann, furibond. Apparemment, tout le monde s'en fout ! Le vieux, il peut crever !

La salle d'attente s'était vidée et les deux hommes pouvaient prendre la liberté d'élever la voix autant qu'ils le souhaitaient.

– Non, ce n'est pas tout à fait ce qu'elle a dit. Elle m'a suggéré de tout partager avec toi, mais vu ta réaction, je n'en ai pas très envie.

– Ça tombe bien, moi non plus !

Alexis sentit la moutarde lui monter au nez.

– C'est quoi, ton problème ? Si tu n'es pas content, pourquoi tu ne récupères pas ton bureau aujourd'hui ? Maintenant que tu as recommencé à conduire, je ne vois pas ce qui t'empêche de reprendre !

– C'est simple, ce qui m'en empêche, c'est toi ! bougonna-t-il en fixant les enveloppes éparpillées sur le bureau.

Alexis attendit en vain qu'il daigne lever les yeux vers lui.

– Très bien. Alors, débrouille-toi tout seul !

– Comment ça ?

– Le remplacement est fini, je me casse !

– Et les consultations de cet après-midi ?

– C'est toi qui gères ! Il est temps que le vieux reprenne du service !

En claquant la porte, Alexis fut pris d'un vertige. Sous l'effet de la colère, les mots avaient jailli de sa bouche et il réalisait maintenant leurs conséquences. Le point de non-retour qu'il venait d'atteindre. Debout sur le trottoir face au presbytère, il resta immobile un moment, le temps de calmer ses esprits. Prozac l'avait suivi silencieusement et il venait de découvrir l'animal à ses pieds, qui le regardait amoureusement comme s'il avait choisi son camp et attendait des ordres de sa part. Qu'allait-il faire de lui ? Pour l'instant, il préférait ne pas y penser. Ce n'était pas dans ses habitudes de s'emporter comme cela. Partir fâché lui donnait la désagréable impression d'avoir échoué dans sa mission. La dernière fois qu'il avait filé en catastrophe, une bombe venait de tomber sur son hôpital ; et les récentes difficultés lui semblaient bien futiles à côté. N'était-il pas venu à Groix pour rendre service à Matthieu initialement ? Qu'allait penser son ami de son départ précipité ? Sans doute qu'il était trop faible pour affronter son père et le raisonner, qu'il préférait le laisser avoir le dessus plutôt que de lui rentrer dans le lard. Et Olivia, comment allait-elle le prendre ? Il ne pouvait pas partir sans lui dire au revoir. Sans partager avec elle et Rose un dernier déjeuner. Maintenant qu'il connaissait leur adresse, il ne lui restait plus qu'à trouver un moyen de locomotion pour les rejoindre au plus vite. En enfourchant le tricycle rouge, le panier à l'avant, le chien dans la carriole à l'arrière, l'image de Jo s'imposa à lui. Une image que tous les îliens devaient d'ailleurs avoir à l'esprit en le voyant passer ce midi-là. À la différence près que le cycliste, tête penchée au-dessus du guidon, était plus rapide. Plus athlétique. Fermement décidé. Déterminé comme jamais.

36

La petite Rose n'avait plus de fièvre au réveil et retrouvait petit à petit son énergie et sa vivacité habituelles. Son appétit aussi.

– J'ai faim ! Quand est-ce qu'on mange ? répétait-elle à sa mère toutes les dix minutes.

Cette dernière n'attendit pas midi pour lui préparer son repas préféré – celui de Jo aussi. Des spaghettis jambon-beurre qu'elle aspira comme à son habitude, sans les couper, la tête penchée sur son assiette. Après tout, on n'était pas à un jour près pour lui apprendre les bonnes manières, se dit Olivia en l'observant d'un air attendri lécher son plat tel un chaton. La sonnette de l'entrée retentit juste après. L'horaire du facteur, pensa-t-elle en ouvrant la porte, mais l'homme qui se dressait face à elle ne portait pas de casquette. Et son vélo n'était autre que le tricycle de Jo.

– J'espère que je ne dérange pas, déclara Alexis avec un sourire radieux.

Olivia réalisa qu'il avait dû pédaler à toute vitesse car il était légèrement essoufflé. Un homme aux joues colorées, elle trouvait ça sexy. Son rictus timide aussi. Et sa chemise en jean dont les boutons du haut avaient sauté. Elle fit un pas vers lui. L'effet de surprise, la joie de le revoir, lui donnèrent l'audace de l'embrasser directement sur la bouche. Un smack bref qui le déstabilisa. Elle aima le voir rougir, baisser les yeux sur son panier en osier.

– C'est gentil de venir déjeuner avec nous.

– J'ai apporté deux ou trois bricoles… Offertes par une patiente.

– Tu reçois des cadeaux maintenant ?

Il se frotta la tempe.

– Oui, c'est un peu étonnant. Je n'ai pas fait grand-chose, pourtant… J'avoue, j'étais un peu gêné.

– Gêné comme maintenant ?

Sa remarque sembla le surprendre et l'amuser en même temps. Après avoir jeté un coup d'œil à l'intérieur pour s'assurer que personne ne les observait, il l'enlaça à son tour – fermement pour lui montrer qu'il n'y avait aucune confusion à avoir – puis se mit à lui picorer le cou en remontant lentement jusqu'à son oreille. Des chatouilles délicieuses.

– M'man, c'est qui ?

– C'est le facteur, gloussa cette dernière.

Rose, perchée et ceinturée sur sa chaise de cuisine, attendait une réponse différente. Depuis que le Jack Russel s'était mis à lui tourner autour en remuant la queue, elle avait sa petite idée sur l'identité du visiteur.

– Tu mens ! C'est le docteur pirate !

L'appellation plut à Alexis qui ne tarda pas à se montrer :

– Bonjour, Rose… Oh, mais je vois que tu as meilleure mine !

– Non ! Je ne veux pas de docteur, se braqua-t-elle en croisant les bras.

– Rassure-toi, je suis juste venu manger avec vous.

– Trop tard, j'ai déjà pris mon dessert. *Elle eut l'air de changer d'avis en regardant à l'intérieur de son panier.* Fais voir !

– Ne me dis pas que tu as encore faim ! s'étonna Olivia en la voyant déballer les paquets et mettre le désordre sur la table qu'elle venait tout juste de débarrasser.

– Chouette, du pâté gangster ! s'extasia sa fille. Et dans cette boîte ? Des parts de tchumpôt ! Trop bon !

– Tchump… quoi ?

Devant l'air intrigué d'Alexis, Olivia se sentit obligée de préciser :

– Des spécialités de l'île… Apparemment, ta patiente veut te faire prendre quelques kilos.

Il haussa les épaules.

– Ce n'est pas un problème… Vu la réaction de Rose, ça a l'air excellent. *La fillette acquiesça en croquant dans une tartine de pâté.* Attends voir, mademoiselle, interrompit-il son geste en posant la main sur son épaule – là où une éruption commençait à apparaître.

Olivia se pencha à son tour et remarqua les petites taches rosées qui disparaissaient au contact de ses doigts.

– C'est quoi ?

– Une roséole, on en a la certitude maintenant.

– Une Rose et Ole ? répéta la fillette en faisant la moue. Je ne connais pas de Ole !

Les deux adultes se regardèrent puis éclatèrent de rire.

– Il faudrait la noter, cette perle-là, commenta Alexis, attendri, et Olivia le félicita.

– Le bon diagnostic, du premier coup. Vous êtes trop fort, docteur ! Ça ne m'étonne pas qu'on vous offre des cadeaux.

Lorsqu'elle réalisa à quel point les compliments le mettaient mal à l'aise, cette dernière ne se priva pas d'en rajouter, tellement elle trouvait ça craquant. Encore un trait de caractère qu'il ne partageait pas avec l'homme précédent. Une humilité qui lui inspirait confiance.

– Alors ? Tu aimes le pâté gangster ? lui demanda la fillette après lui avoir fait goûter une tranche.

Il hocha la tête en souriant.

– Oui… C'est méchamment bon !

Tout y passa. Le salé, le sucré – tout en même temps –, sans s'encombrer d'assiettes, ni de couverts. Ils durent freiner un peu l'appétit vorace de la boutonneuse et la détachèrent de sa chaise pour qu'elle aille jouer avec le chien. Depuis que la fillette avait goûté au délicieux tchumpôt – sorte de crêpe roulée au centre dégoulinant de sucre roux –, une belle moustache s'était dessinée sur sa jolie frimousse.

– Allez, viens Rose ! Il est l'heure d'aller faire la sieste, lui annonça Olivia en la prenant dans ses bras, tout en faisant signe à Alexis de l'attendre.

Le médecin salua la fillette :

– Dormez bien, monsieur !

– Je ne suis pas un monsieur ! s'offusqua-t-elle.

– Ah bon ? Désolé, j'ai dû confondre.

Une moue mi-contrariée mi-amusée dépassa de l'épaule de sa mère puis disparut de son champ de vision.

Pressée de redescendre, Olivia écourta le rituel de la sieste. Débarbouillage rapide, pas d'histoire, elle se rattraperait plus tard. Combien de temps avait-il à lui accorder ? Elle imagina ses consultations reprendre dans quelques minutes. Surtout qu'Alexis avait déjà reboutonné sa chemise, rangé son panier et l'attendait en bas de l'escalier avec une expression qu'elle n'arrivait pas à définir. Il semblait soucieux tout à coup. Et toujours extrêmement désirable, pensa-t-elle avec une impatience nouvelle, une autre forme de gourmandise.

– Tu dois déjà repartir ?

– Non, je ne suis pas pressé…

– Alors, viens, lui susurra-t-elle en l'entraînant vers sa chambre.

Alexis lui résista.

– Il faut que je te parle avant… C'est important.

Sa réticence la surprit. N'avait-elle pas senti son désir tout à l'heure ? Taper la causette était la dernière de ses envies. En temps normal, elle aurait sans doute apprécié sa retenue, son extrême délicatesse ; mais là, c'était différent. Un feu brûlait en elle, et son corps ne souhaitait qu'une chose : qu'il la déshabille et la renverse sur-le-champ.

– Chuuut ! lui intima-t-elle en posant son index sur sa bouche.

– Sérieusement, Olivia… J'ai quelque chose à te dire.

– Je ne te plais pas ?

L'homme sourit en se laissant guider vers son lit.

– Si tu savais… à quel point j'ai envie de t'enlever cette robe.

– Alors, tais-toi !

Elle veilla à fermer la porte à double tour. À faire glisser elle-même ses bretelles pour aller plus vite, à lui arracher ses vêtements un à un en les lançant à travers la pièce. À prendre le dessus, en grimpant à califourchon sur lui, à imposer sa cadence, à contrôler son propre plaisir. À gémir la bouche collée à son torse quand c'était trop fort, à ne jamais crier. Elle veilla à plaquer sa main contre ses lèvres quand il grognait à son tour et à l'embrasser juste après pour s'excuser de sa brutalité. À rire aussi, des tressautements silencieux.

– Tu vas me rendre fou, lui murmura-t-il alors, en lui rendant son baiser.

Et elle eut la sensation que la partie n'était pas terminée. Qu'une autre vague déferlerait de nouveau, plus grande encore. Un tsunami.

37

Poulziorec. Le nom de cette plage était bien écrit sur le sol un peu plus loin. Une inscription discrète sur une bouche d'égout à laquelle Alexis n'avait jamais prêté attention jusque-là. Au début il hésita à suivre la flèche, comme Olivia le lui avait recommandé. Il n'avait pas encore fait ses bagages, ni rangé l'appartement, et ce détour risquait de lui faire rater le bateau de dix-sept heures. Le cycliste marqua un temps d'arrêt pour regarder sa montre et s'autorisa cinq minutes – pas une de plus. Le chien, qui venait de sauter de la carriole en frétillant de la queue, connaissait manifestement la route à suivre et le guida vers le sentier côtier qui dominait les falaises.

– Excusez-moi, je cherche Poulziorec, demanda-t-il à un groupe de randonneurs.

– Tahiti Beach ? C'est comme ça qu'on la surnomme. Vous trouverez un chemin qui descend sur la droite. Attention, la pente est raide !

Il n'avait pas l'intention d'escalader les rochers et, de toute façon, la vue qui s'offrit à lui au détour du virage lui suffit amplement. Une étrange sensation l'envahit soudain, un mélange d'émerveillement et de mélancolie. Des émotions contradictoires qui lui rappelèrent celles qu'il avait éprouvées ces dernières heures en compagnie d'Olivia.

Bouche légèrement entrouverte, paupières closes, son visage détendu reposait sur l'oreiller à quelques centimètres du sien ; et Alexis n'osait bouger, de peur de la réveiller. Il sentait son souffle chaud lui caresser le cou, son parfum imprégner les draps, et il s'était dit que rien au monde ne pourrait le faire bouger. Rien, à part la décision de quitter l'île prise un peu plus tôt, avant de claquer la porte du cabinet. Un départ qu'il trouvait précipité, absurde même, à mesure qu'il la regardait. Ne venait-il pas de passer un cap avec Olivia ? En venant déjeuner ce midi, il ne s'attendait pas à un tel accueil. La jeune femme s'était enfin ouverte à lui, sans méfiance, et il n'avait pas boudé son plaisir. Ça lui semblait irréaliste, quand il y repensait. La simplicité avec laquelle il avait été admis dans leur foyer. Les fous rires lors du déjeuner, les coups d'œil malicieux d'Olivia. L'attirance qu'il ressentait pour cette femme dépassait la raison. Comme cette envie, à l'instant même, de recouvrir son corps de baisers et de l'entendre gémir de nouveau. Encore et encore.

– Olivia ?

Elle avait cligné des yeux puis plongé son regard dans le sien.

– Je te garderais bien dans mon lit tout l'après-midi,

mais les patients t'attendent, avait-elle déclaré, tout sourire.

Il avait replié les mains sous sa nuque.

– Personne ne m'attend, Olivia.

– Comment ça ?

– Mon remplacement est terminé… Je n'ai pas réussi à te le dire tout à l'heure, mais je rentre à Brest dans l'après-midi.

Elle avait relevé la tête en prenant appui sur son coude.

– J'ai l'impression que tu m'as déjà dit au revoir plusieurs fois, non ?

– Oui, je me souviens… Mais c'était pour te faire réagir. Alors que là, je rentre vraiment… Ça devient urgent que je laisse Yann voler de ses propres ailes.

Alexis s'était promis de rester évasif sur les raisons de son départ subit. Il savait à quel point Olivia estimait le Doc' et ne souhaitait pas détruire son image en rentrant dans les détails. Mais la mine triste qui s'était dressée face à lui avait besoin de plus d'explications. Besoin de savoir qu'elle n'avait rien à se reprocher de son côté. Besoin de savoir qu'il tenait à elle et que c'était un crève-cœur pour lui de la quitter. Alexis avait fini par lui parler de la cohabitation difficile avec son prédécesseur, des remarques incessantes, des coups bas, de la dispute qui avait suivi.

– Je préfère partir maintenant, avant de le détester pour de bon, tu comprends ?

Alexis redoutait sa réaction. N'était-il pas logique qu'elle lui en veuille de partir si précipitamment ? Alors qu'elle s'était abandonnée à lui ? Qu'elle commençait tout juste à lui faire confiance ? Mais non, Olivia ne semblait pas lui en tenir rigueur. Elle avait même souri en découvrant les ruses dont le Doc' avait été capable pour le pousser à bout.

– Je ne suis pas étonnée. Yann n'a jamais supporté l'idée d'être remplacé.

– Je m'en suis rendu compte.

– C'est un phénomène ! Je ne sais pas ce qui lui a pris de vouloir jouer les secrétaires. Forcément, ça ne pouvait pas bien se passer.

– Je me sens mal de partir comme ça.

– Il va s'en remettre. C'est bien fait pour lui !

– Je ne m'inquiète pas pour lui… Je me sens mal par rapport à Matthieu. Par rapport à toi, avait-il ajouté en la prenant dans ses bras.

Elle avait enfoui son visage au creux de son cou.

– Reste, alors !

– Non, désolé.

– Je suis sûre qu'il va s'excuser. Yann est bourru parfois, mais c'est un homme bien. Vraiment !

– C'était prévu comme ça, Olivia… Ma place n'est pas ici.

– Elle est où ta place, je peux savoir ?

– Pas dans un cabinet à jouer le souffre-douleur d'un vieux grincheux.

– Alexis… Si tu fuis, tu lui donnes raison.

– Oui, je sais. Mais je n'ai pas l'impression de fuir… Juste de mettre fin à mon contrat, avait-il précisé en desserrant leur étreinte pour sonder son regard. C'est la suite logique des choses, c'est tout.

– La suite logique des choses, avait-elle répété d'un air pensif et triste à la fois. Si tu le dis.

Alexis s'était rhabillé en silence, en parcourant la pièce à la recherche de ses vêtements.

– Il y a eu une de ces tempêtes par ici ! avait-il essayé de détendre l'atmosphère, mais Olivia avait perdu son sourire – définitivement.

Enroulée dans son drap, elle l'avait suivi dehors – sans aucune gêne de sortir dans cette tenue, sans crainte des commérages – quand une voix aiguë s'était fait entendre à l'étage.

– M'maaannn ?

– Tout va bien, ma chérie, j'arrive, avait-elle rassuré sa fille.

Le cœur d'Alexis s'était serré.

– Tu feras un bisou à Rose de ma part… Et à Ole aussi.

Elle avait acquiescé en s'efforçant de sourire puis s'était rembrunie en l'observant charger sa cargaison : le panier vide à l'avant, le chien à l'arrière. Avant d'enfourcher son vélo, il avait eu un moment d'hésitation. Il était revenu vers elle et avait tiré le drap d'un coup sec. Avec ses cheveux détachés, sa toge blanche, on aurait dit une déesse grecque. Une déesse qui lui montrait sa vraie nature : sensible, tendre, plus vulnérable qu'elle ne le laissait paraître. Et Alexis n'avait pas résisté à l'enlacer une dernière fois.

– Je ne veux pas que tu partes avec des regrets, Alexis, lui avait-elle murmuré, la gorge nouée.

– Comment ça ?

– Que tu regrettes d'être venu à Groix…

Il avait pris sa tête entre ses mains et l'avait embrassée une dernière fois. Juste un effleurement, tellement il était ému.

– C'est tout le contraire, Olivia… Je t'assure. Si tu savais dans quel état j'étais en arrivant.

– M'maaaaannnnn !

Rose la réclamait d'une voix de plus en plus insistante et Olivia avait reculé pour aller à sa rencontre, en formulant cette dernière requête :

– Avant de regagner le Bourg, j'aimerais que tu fasses un petit détour. Il y a un dernier endroit que je n'ai pas eu le temps de te montrer.

– J'ai peur de rater mon bateau.

Elle avait insisté :

– Il faut que tu voies la plage de Poulziorec avant de partir, c'est important !

– Pourquoi est-ce important ?

– Pour te donner envie de revenir.

Alexis resta posté un moment derrière les buissons pour admirer le paysage : les ajoncs en fleur surplombant les falaises, l'ombre des rochers dans la mer, les vagues qui léchaient le sable. Avec son eau turquoise et son sable blanc, Tahiti Beach portait bien son nom. Il donnait raison à Olivia : cette crique méritait un détour. Vraiment ! En revanche, le cafard qu'il ressentit en rebroussant chemin lui sembla disproportionné et lui fit dire qu'elle se trompait sur un point. Ce bel endroit n'exercerait aucune influence sur son envie ou non de retourner à Groix. Non. S'il revenait un jour sur l'île, ce serait pour elle. Définitivement pour elle.

QUATRIÈME PARTIE

« J'appelle bonheur tout espace de temps
où la joie paraît immédiatement possible. »

André Comte-Sponville

38

Depuis la terrasse du café de la Jetée, Yann observait le flot de voyageurs envahir le quai de Port-Tudy avec une certaine appréhension. Depuis l'annonce des grandes vacances au début du week-end, se pouvait-il que les juillettistes se soient tous donné le mot pour aller à Groix ? Le Doc' n'eut aucun mal à discerner les familles de touristes au milieu des locaux. Combien de nouveaux patients ? Combien de chutes de vélo, de gastro-entérites, d'insolations ? Il essayait de deviner à la tête du client. En temps normal, il aurait plutôt ressenti de l'excitation, mais depuis ses problèmes de santé, la charge de travail pesait plus lourd sur son corps rouillé. À croire qu'avec toute son arthrose et son athérosclérose, il ne voyait pas la vie en rose tous les jours, comme il le racontait à ses patients. D'ailleurs, leurs interrogations devenaient de plus en plus fréquentes : « Vous pensez un jour prendre un associé, docteur ? », « La retraite, c'est pour quand ? », « Il va revenir, votre remplaçant ? » Avant son hospitalisation, le Doc' ne se souvenait pas qu'on l'embêtait avec ce genre de questions. Un coup de vieux, voilà ce qu'il avait pris. Il n'aimait pas vraiment cette expression, mais c'était tout à fait ce qu'il ressentait. Pour preuve, l'autre jour, lorsqu'un de ses patients parkinsoniens était tombé dans sa salle d'attente, il n'avait même pas pu le relever ! Incapable de s'accroupir avec sa prothèse, il avait eu besoin de l'aide du boucher – son voisin – pour le remettre sur pied.

– Une autre bière, Doc' ? lui demanda la serveuse, voyant que – même le verre vide –Yann ne décampait pas de son poste d'observation.

– Ça ira, merci.

La déception se lisait sur son visage. Maintenant que le dernier passager venait de sortir du traversier, il pouvait s'en aller. Matthieu ne débarquerait pas avec sa petite famille aujourd'hui, à moins qu'il arrive en voilier dans la soirée. Il n'y avait pas plus imprévisible que son fils, surtout quand il était fâché. Depuis plusieurs semaines, c'était silence radio. Yann n'avait plus aucune nouvelle. Que lui reprochait-il le plus ? D'avoir repris le travail ou d'avoir congédié Alexis ? En tout cas, avec Olivia, ils s'étaient donné le mot pour le sermonner et lui faire la morale. Avec à peu près le même discours :

– Incroyable, ce manque de gratitude ! avait braillé la jeune femme en débarquant chez lui, le soir du départ d'Alexis. Il te remplace au pied levé pour que tu ailles te faire opérer. Il décide de rester plus longtemps que prévu pour que tu puisses te remettre… et toi, tu fais quoi ?

Elle avait pris soin d'installer la petite Rose devant un dessin animé avant de cracher son venin mais la fillette regardait dans leur direction, curieuse de voir sa mère si en colère contre son Peupé. Yann s'était efforcé de lui répondre tout bas :

– Je l'ai logé, je lui ai prêté ma voiture… J'ai géré l'accueil à la place de Jo pour lui faciliter la tâche. Je ne vois pas ce que tu me reproches !

– Tu ne vois pas ? Tu lui as rendu la vie impossible ! Alexis m'a tout expliqué ! Tu as tout fait pour qu'il parte en claquant la porte ! Tout !

Quand elle avait essuyé une larme, le Doc' l'avait observée, intrigué.

– Ce n'est pas la peine de prendre les choses trop à cœur. Je me débrouille très bien tout seul.

– Tant mieux…

D'autres larmes avaient coulé encore et il s'était carrément senti mal.

– M'maan, tu pleures ? avait demandé Rose.

– Non, j'ai une poussière dans l'œil.

Yann s'était éclairci la gorge et avait proposé, d'une moue résignée :

– Si tu y tiens vraiment, on peut rappeler le remplaçant pour le faire revenir.

– Alexis, il s'appelle Alexis ! Et il ne remettra jamais les pieds ici, après ce que tu lui as fait subir, tu peux en être sûr !

Il avait haussé les épaules.

– Les petits jeunes sont susceptibles, de nos jours…

– Comment comptes-tu caler tes séances de rééducation dans ton emploi du temps ? Tu y as réfléchi ?

– On fera comme avant, non ? Tu passeras au cabinet, entre deux consultations.

Olivia lui avait jeté un regard noir.

– Oui, chef !

Lors de sa balade dominicale avec son ami Lucien, Yann se sentit obligé de reprendre ses cannes. Tout déraillait chez lui. Son dos – qui ne l'avait jamais lâché jusque-là – se mettait à le faire atrocement souffrir. Ses jambes n'avaient pas encore retrouvé leur musculature d'avant l'opération. Et ses bras – n'en parlons pas ! – peinaient à s'appuyer sur ses béquilles. Bien sûr, il s'était bien gardé d'annoncer tous ces maux à sa kiné de peur de se faire gronder une nouvelle fois. Et elle n'avait pas besoin de savoir non plus qu'il n'avait pas réalisé les exercices qu'elle lui avait donnés. Adepte des « ça va passer ! », c'était bien la première fois que son corps le rappelait constamment à l'ordre. Ne pouvait-il pas se taire ? Il fallait qu'il se rende à l'évidence : ça ne passait pas du tout. Ça empirait même !

– Je crois que j'en ai marre, Lucien, soupira-t-il en marquant un temps d'arrêt au milieu du sentier. Je ne prends plus plaisir à soigner les gens… Et eux, j'ai l'impression qu'ils en ont marre de voir ma gueule.

– Eh bien, mon ami ! C'est la grande forme, à ce que je vois ! Viens, on va s'asseoir, je ne t'imagine pas faire un marathon aujourd'hui.

Il désigna un bloc de pierre sur le fronton d'une maison et les deux compères s'installèrent au milieu des vipérines qui bordaient la façade. Yann répondit par un signe de main au sourire d'une voisine.

– Elle n'a pas l'air de te détester, celle-ci.

Le Doc' haussa les épaules.

– Je n'ai plus le courage, avec la saison d'été qui commence... Lundi, j'ai déjà quarante consultations programmées. Que des habituels ! Alors si les touristes se mettent à m'appeler pour des urgences, je ne sais pas comment je vais pouvoir les caser.

– Ça me rappelle des souvenirs, commenta l'ancien médecin généraliste. Je t'ai déjà parlé de l'intoxication alimentaire à l'auberge de jeunesse ? Un carnage... J'ai dû faire appel à la SNSM pour transférer la moitié d'entre eux à l'hôpital. Ce jour-là, j'ai fermé le cabinet à vingt-deux heures pour rattraper mon retard.

– J'n'ai plus l'âge pour ces conneries !

Lucien se tourna vers lui, l'air surpris.

– Tu préfères faire des Sudoku comme moi, tous les matins ?

– Ah non, ça je ne suis pas encore prêt !

– Alors, tu vois. T'es juste un peu fatigué, c'est tout... Pourquoi tu ne rappellerais pas ton remplaçant ?

– Tu ne vas pas t'y mettre, toi aussi ?

– Comment ça ?

– Tout le monde m'en parle, de celui-là ! Sans parler d'Olivia qui m'a carrément engueulé !

– Elle l'aimait bien, la petite, répondit-il en souriant.

– Non, ce n'est pas ça... Mais elle m'accuse de l'avoir fichu dehors comme un malpropre. Elle abuse.

– Oui, elle abuse.

Le silence se fit, laissant aux deux amis le temps de réfléchir à cette conversation. Un homme passa avec son labrador, puis deux femmes avec une poussette. Mêmes sourires, mêmes signes de main. Des histoires de vies qui n'avaient plus de secret pour le Doc'. Il leva soudainement la tête, comme s'il avait eu une révélation.

– Ah bon ? T'avais remarqué, toi, qu'Olivia aimait bien mon remplaçant ?

– Bien sûr ! Toute l'île le savait. Et d'ailleurs, je crois que c'était réciproque... Plusieurs personnes m'ont dit qu'il venait régulièrement la voir au cabinet pour ses séances de kiné.

– En journée ? Je comprends maintenant pourquoi il prenait du retard dans ses consultations.

– Gaston m'a dit qu'il se pointait sans rendez-vous et qu'elle le faisait passer en priorité, avant tout le monde. Mme Sarfati m'a parlé d'un regard qui ne trompait pas. Et Mme Briand les a carrément vus s'embrasser.

– S'embrasser ? Pourquoi suis-je le dernier au courant ?

Lucien, le menton posé sur son bâton de marche, réfléchit mais n'eut aucune réponse à lui donner.

– La mer est calme... Ça te dit de sortir en bateau cet après-midi ? proposa-t-il enfin. Ça mord en ce moment. Tu sais combien mon copain Paul a ramené de maquereaux hier matin ?

– Non.

– Quarante !

Pile le nombre de consultations programmées pour

demain, pensa Yann en silence. Ce qui n'avait rien à voir, certes. Mais ce qui lui permit de se poser cette question existentielle : prendrait-il plus de plaisir à pêcher ou à travailler ?

– Quarante maquereaux quand même, répéta-t-il, d'un air pensif et ébahi à la fois.

39

Alexis, comme Matthieu, avait la fâcheuse manie de débarquer à l'improviste. Sa sœur Valentine serait sans doute moins étonnée que la dernière fois, pensa-t-il. Moins catastrophée aussi par son look. En revanche, elle aurait la surprise du chien cette fois-ci, car il n'avait pas eu le cœur de s'en débarrasser. Prozac l'avait apprivoisé sans difficulté et l'aimantait de la même manière qu'avec Jo. À la différence près que lui ne l'acceptait pas dans son lit. Une limite non négociable ! Avec un nom pareil, Alexis s'était dit que Prozac allait sûrement l'aider à traverser cette nouvelle étape de sa vie. Dans le bateau du retour, des sentiments contradictoires se mélangeaient dans sa tête. La tristesse de s'éloigner d'Olivia, le soulagement de ne plus travailler avec Yann, l'excitation d'un nouveau départ avec toutes les possibilités qui s'ouvraient à lui. En quittant Groix, le remplaçant – comme le Doc' l'appelait – avait le sentiment de laisser un monde à part derrière lui. Un monde qui l'avait guéri en quelque sorte. Là-bas, il ne s'était pas seulement contenté de remplacer quelqu'un, il avait eu l'impression de donner, de s'ouvrir aux autres, de panser ses blessures et, surtout, de trouver une direction à prendre. Une direction professionnelle qui pourrait lui plaire. Un cabinet de médecine générale – le sien –, dans un autre endroit. Après avoir connu les urgences, la misère aux quatre coins du monde, il désirait plus que tout cette stabilité, cette pratique plus routinière. Avec sa propre patientèle qu'il pourrait suivre, voir grandir, vieillir. Une sorte de communauté dont il prendrait soin.

L'invité surprise ne pouvait pas avoir de la chance à tous les coups. Lorsqu'il arriva au pied de l'immeuble, Alexis constata qu'il n'y avait pas de lumière à l'étage de Valentine et ne fut donc pas surpris que personne ne réponde à l'interphone. Sa sœur ne lui avait-elle pas vaguement parlé d'un week-end chez des amis en Normandie quand il l'avait eue au téléphone la semaine dernière ? Il s'en souvenait maintenant et préféra ne pas l'appeler pour ne pas l'inquiéter. Prendre la direction du *Gobe-mouches* s'imposa à lui. Un endroit où il y aurait forcément de la lumière et quelqu'un pour l'accueillir, surtout un vendredi soir, où ses amis avaient l'habitude de s'y réunir. En remontant la rue du Bois-d'Amour, il mesura vite l'animation qui régnait à l'intérieur du bar de quartier. Plusieurs groupes de personnes fumaient sur le trottoir, tout en consommant leur bière dans des verres en plastique. La porte grande ouverte sur la rue permettait aux passants de profiter de la musique : de l'électro-pop tant appréciée de Guillaume, le nouveau barman. De la bande de copains, seul Matthieu répondait à l'appel. Il le trouva accoudé au comptoir, perdu dans ses pensées, la mine sombre. Le labrador à ses pieds fut le premier à réagir en voyant le Jack Russel. S'ensuivit une course-poursuite entre les tables, ponctuée d'aboiements d'excitation.

– C'est du grand n'importe quoi, ce soir, râla Guillaume pour la forme. Déjà que j'ai du mal à tenir les clients, si les clébards s'y mettent…

Alexis tenta de retenir son chien, sans succès.

– Désolé.

– J'rigole… Ça fait plaisir de te voir !

Le visage de Matthieu s'éclaira.

– Alexis ! J'étais sûr que tu viendrais… J'ai eu Olivia au téléphone.

– Les nouvelles vont vite, à ce que je vois.

– Le téléphone arabo-groisillon, ça te rappelle quelque chose ?

– Vaguement, dit-il en prenant le verre de « Gobe-mouches » qu'on lui tendait sans qu'il ait rien demandé. Tu es tout seul ?

– Marie est de garde et Marie-Lou est partie avec Malo chez sa sœur pour le week-end. Tu arrives direct de la gare ?

Il lui raconta sa déconvenue devant l'immeuble de Valentine et Matthieu se fit une joie de l'inviter à dormir. Un couchage un peu spécial : une banquette à l'intérieur de son voilier, amarré au port du Moulin-Blanc. Ce bateau, c'était sa maison secondaire en quelque sorte. L'endroit où il aimait se réfugier les week-ends – seul ou en famille – sans pour autant quitter le ponton.

– Désolé, mec, de t'avoir foutu dans cette galère ! ajouta-t-il en lui tapant sur l'épaule. Il paraît que le paternel t'en a fait baver.

– Faut pas exagérer. Sur le moment, j'étais énervé ; mais après coup, je me dis que je n'aurais pas dû réagir comme ça… On a eu des bons moments tous les deux, on a bien discuté. Il a même essayé de me droguer ! *Matthieu soupira et finit son cocktail cul sec.* Par contre, je ne souhaite à personne de l'avoir comme secrétaire.

– Je suis super énervé contre lui ! Ton remplacement n'aurait jamais dû finir comme ça.

– Il avait juste envie de récupérer son cabinet.

– Avec Olivia, on trouve ça complètement con ! Il n'a même pas cherché à faire sa rééducation. Il n'avait qu'une idée en tête : te foutre dehors et reprendre sa place. Pff ! Qu'il prenne sa retraite, une bonne fois pour toutes, et qu'on n'en parle plus ! grogna-t-il en faisant signe à Guillaume de le resservir.

Alexis échangea un regard inquiet avec le barman. À combien de « Gobe-mouches » en était-il ? Son ami était si énervé qu'il buvait ça comme du petit-lait. Le barbu face à lui leva discrètement trois doigts pour lui signifier qu'il comptait. En général, il valait mieux s'arrêter à trois si on voulait rentrer dignement chez soi. Surtout que le port du Moulin-Blanc, ce n'était pas la porte à côté. Alexis tenta alors de le calmer avant qu'il demande un quatrième :

– Si je peux te donner un conseil, maintenant que je

connais un peu mieux ton père, c'est de le laisser décider lui-même. La médecine, c'est sa vie. Sa raison de vivre… Et j'avoue que moi aussi, ça m'a fait du bien de travailler. J'ai rencontré du monde, j'ai pensé à autre chose. Et moi non plus, je n'ai pas été très sérieux avec mes séances de kiné.

Alexis eut un petit sourire en coin en pensant au désir brûlant qu'il avait ressenti quand Olivia l'avait touché pour la première fois.

– T'as toujours mal à la jambe ?

– Ça va mieux, mais elle est encore raide !

Matthieu eut une moue résignée.

– Si je comprends bien, Yann ne s'arrêtera jamais.

– Non… et je crois que ça vaut mieux pour tout le monde ! Plutôt qu'il tourne en rond, se sente inutile et devienne complètement parano !

– Qu'il est chiant, soupira Matthieu.

– Je ne dirais pas ça… Il a un sacré caractère. Un têtu de Breton ! Avec une volonté incroyable !

Guillaume, qui écoutait la conversation, éclata de rire.

– Tel père, tel fils !

Ils avaient mis les deux chiens à l'arrière de la voiture et Matthieu avait laissé Alexis prendre le volant. Le voilier à coque rouge se trouvait tout au bout du ponton M, prêt à mettre les voiles. Direction l'île d'Ouessant dès l'aube, si le vent était de la partie. En préparant la couchette de son invité, Matthieu lui expliqua le plan de navigation qu'il avait prévu pour le lendemain.

– Je ne pensais pas avoir un coéquipier de dernière minute, c'est cool !

– Ça fait un bail que je n'ai pas navigué.

– C'est comme le vélo, ça ne s'oublie pas !

– J'espère que Prozac a le pied marin.

– Prozac… Pff ! Tu ne vas quand même pas garder ce nom ridicule !

Alexis sourit.

– J'avoue… à Groix, tout le monde le connaissait. Mais là, j'hésite un peu à l'appeler dans la rue… Ça se transforme en « O'Zac… ».

Le chien se mit tout de suite au garde-à-vous et redressa ses oreilles – sa noire en pointe et sa blanche, qui restait pliée.

– Eh bien ! Il réagit au quart de tour, s'esclaffa Matthieu. Ça va être dur de lui changer son nom effectivement.

– Je ne sais pas dans quelle galère je me suis fourré en le ramenant avec moi.

– Il ne reste plus qu'à lui trouver une maison de retraite dans le coin, si tu ne veux pas qu'il déprime.

Alexis leva les yeux au ciel, l'air dépité. Et dès qu'il s'allongea sur la banquette, le Jack Russel en profita pour sauter sur lui et se lover à ses pieds sur le duvet moelleux du sac de couchage.

– Va-t'en ! réagit son propriétaire en battant des jambes, sous les éclats de rire de Matthieu.

– T'es cuit, mon pote ! Là, c'est irrattrapable.

À ce moment, le portable d'Alexis vibra sur la table avec le nom d'Olivia affiché sur l'écran.

– Je dois répondre à l'appel, s'excusa-t-il, mal à l'aise en s'emparant du téléphone, puis il prit une voix plus douce : oui ça va, je suis bien arrivé… Je dors chez Matthieu ce soir. *Ce dernier fronça les sourcils et tendit l'oreille pour écouter la conversation.* D'ailleurs, il est devant moi, il t'entend. Et Rose ? Elle s'est bien endormie ? Les boutons disparaissent ? Tant mieux. Pas besoin d'appliquer de crème dessus, laisse sécher, c'est tout. Oui, je t'appelle demain. Bonne nuit.

Son ami écarquilla les yeux dans sa direction.

– J'ai loupé un épisode ?

– La petite Rose a eu la roséole.

– OK.

Ce n'était pas à cet épisode-là qu'il pensait mais Matthieu ne chercha pas à en savoir plus. Cette pudeur face aux sentiments, il la connaissait bien, et elle méritait d'être respectée. Alexis et Olivia, réfléchit-il, une fois allongé dans sa cabine, il aurait dû s'en douter. Et cela lui faisait une raison de plus d'en vouloir à son père. Quel idiot de l'avoir chassé !

40

Olivia avait à cœur de poursuivre le rituel de Jo. Chaque samedi, elle allait à la rencontre des résidents de la maison de retraite et leur apportait un panier de gâteaux faits maison. Pas n'importe lesquels, les cookies aux Smarties, les préférés de Jo. Une façon de lui rendre hommage et de penser à lui. Rose l'accompagnait à chaque fois et se montrait de plus en plus à l'aise avec les personnes âgées. Au début, elle était si impressionnée qu'elle restait cachée dans les jupes de sa mère, tandis que maintenant, la fillette espiègle redoublait d'idées pour les faire sourire : dessiner sur leurs genoux, danser, chanter, faire des concours de grimaces. Un succès garanti qu'Alexis avait comparé à celui de Prozac quand Olivia lui avait raconté la scène au téléphone.

– Merci de comparer Rose à un chien !

– Je rigole… Tu ne le lui répéteras pas.

– Je ne lui cache jamais rien.

– Ta fille me compare bien à un pirate… J'ai le droit de la taquiner un peu.

Si Alexis avait quitté l'île il y a plusieurs semaines déjà, ils continuaient à s'appeler tous les jours. À se chamailler aussi. Pourquoi avait-elle envie de tout lui raconter ? Même les choses les plus anodines de sa vie. Envie de tout partager. Jusqu'à se demander quelle aurait été sa réaction dans chaque situation. Son avis pour chaque question posée. D'ailleurs, que penserait-il de son projet d'organiser une cérémonie pour Jo ? Ferait-il le déplacement ? Depuis ce dimanche noir où elle était restée prostrée sur un banc de Port-Tudy, elle avait la désagréable impression de ne jamais lui avoir dit au revoir. Faute d'enterrement, il lui fallait un hommage. Des textes pour évoquer son souvenir, des poèmes, de la musique, des pétales de fleurs jetés à l'eau. Elle souhaitait quelque chose de simple et de décalé à la fois, à son image. Joyeux, pas larmoyant. Pourquoi n'en avait-elle pas encore parlé à Alexis ? Elle espérait sans doute qu'une autre raison le pousse à revenir sur l'île et repoussait l'événement, en imaginant l'organiser avec lui. Combien de temps continuerait-elle à l'attendre ? Il ne semblait pas pressé au téléphone. Son bonheur – ou plutôt sa bonne humeur – la rendait triste. Triste et jalouse de la terre entière ! Surtout quand la voix de sa sœur et celle de ses neveux venaient couvrir la sienne dans une joyeuse cacophonie. Parfois, Alexis demandait à parler à Rose. Elle les entendait chuchoter puis rire et sentait qu'un lien privilégié se tissait entre eux – même à distance. Si ses appels semblaient ravir sa fille, elle ressentait comme un manque dès qu'il raccrochait. Rose se mettait à lui poser de drôles de questions. Du genre : « Pourquoi je n'ai pas de papa ? Si j'en ai un, je pourrais le voir ? » Des interrogations nouvelles qui leur donnaient le bourdon à toutes les deux.

En cette matinée de juillet, la chaleur devenait étouffante dans la salle commune de l'EHPAD. On annonçait des températures record pour la saison et le personnel était en plein inventaire du stock de ventilateurs et de bouteilles d'eau, quand Rose monta sur une chaise pour pousser la chansonnette. Autour d'elle, une rangée d'hélices tournait déjà en gonflant les volants de sa robe, comme s'ils faisaient partie du spectacle.

– Chuut ! Tout le monde m'écoute ! ordonna-t-elle à l'assemblée, en bombant fièrement le torse, les deux mains sur les hanches.

Le téléphone d'Olivia, posé sur la table, fit office d'enceinte et la voix d'Anne Sylvestre retentit dans la pièce, couverte par une plus aiguë – plus hésitante aussi. Rose avait découvert cette chanson quelques jours plus tôt, quand Alexis l'avait appelée en visio. Un petit garçon était en train de lui grimper sur la tête et il s'était senti obligé de le lui présenter. Aurélien, son neveu – qui avait comme points communs avec la fillette son âge et une langue bien pendue –, avait tout de suite pointé Rose du doigt en lui demandant si elle connaissait la comptine « La petite Josette », car Tonton Alexis disait toujours que les paroles lui faisaient penser à elle. « À moi ? », avait-elle répondu, étonnée d'être si importante. Olivia s'était approchée de l'écran elle aussi pour écouter ce classique depuis des générations. Et elles avaient toutes les deux pu confirmer : la petite Josette ressemblait à Rose, effectivement.

« Comme on n'avait pas toujours le temps de lui courir après, Josette partait pour l'école avec ses grandes moustaches de chocolat. Elle était d'ailleurs assez rigolote avec son petit tablier à carreaux, ses nattes, son cartable sur le dos et ses grandes moustaches de gendarme. »

Rose s'emmêla dans les paroles, eut du mal à suivre le rythme, prononça un mot sur deux. Mais c'est justement ce qui fit son succès. L'application de la petite fille, la joie et le cœur qu'elle mettait à l'ouvrage, lui valurent un tonnerre d'applaudissements. Olivia mesurait à quel point le mélange des générations était bénéfique dans les deux sens. L'expérience et la sagesse des aînés d'un côté, la fraîcheur et l'innocence de la fillette de l'autre. Il ne manquait plus que Prozac pour apporter sa dose de câlins et de drôlerie, pensa-t-elle en gardant en tête la remarque d'Alexis.

Yann lui avait donné rendez-vous l'après-midi même à Port-Tudy. Olivia l'avait trouvé mystérieux et s'était demandé s'il ne voulait pas lui faire une surprise. L'arrivée de Matthieu et sa famille par exemple. Le Doc' n'avait pas été très assidu jusque-là dans sa rééducation et avait toujours un peu de mal à marcher, dandinant comme un canard boiteux et grimaçant quand la promenade s'éternisait. Aller jusqu'au bout de la jetée lui sembla dans ses cordes et il lui proposa de s'asseoir au pied de la balise verte. Un poste d'observation avec sa part de magie, où l'horizon – quand on le fixait trop longtemps – nous renvoyait l'image de Jo. Ils laissèrent courir leur regard – Olivia serrant sa fille sur ses genoux, de peur qu'elle tombe à l'eau –, puis Yann finit par rompre le silence :

– J'ai commencé à parler de la cérémonie à mes patients. Tout le monde apprécie l'idée.

– Tant mieux.

– Tu as défini une date ?

– J'ai pensé à la dernière semaine d'août. Il y a moins de monde sur l'île à cette période et cela nous laisse le temps de l'organiser.

Il hocha la tête.

– Il faut en parler à Matthieu. J'imagine qu'il voudra inviter ses amis de Brest.

– Oui, j'y ai pensé. Quand arrive-t-il ?

– J'espérais aujourd'hui, soupira Yann. On ne sait jamais avec lui.

La petite Rose commençait à gigoter et à vouloir s'extirper des bras d'Olivia.

– Tu m'avais promis d'aller à la plageuuh !

– Oui, on y va, ma chérie.

Elle allait se lever quand Yann la retint par le bras.

– Attends ! Je voulais te parler d'autre chose.

– Oui ?

– Tu as des nouvelles de… je veux dire… de mon remplaçant ?

– Alexis ?

– Oui, pourquoi ?

Rose prit la main de son Peupé et la tira pour qu'il se lève.

– Maman et Alexis s'appellent tous les jours !

La carcasse lourde du Doc' se déplia et prit lentement la direction du port, la fillette accrochée à lui.

– Ah bon ? Raconte à Peupé ! Il téléphone souvent, cet Alexis ?

– Il m'a même appris une chanson ! Celle de la petite Josette avec des moustaches en chocolat. Hein, Maman ?

Olivia haussa les épaules et prit un air volontairement détaché, tout en observant Rose qui faisait faire des embardées à son Peupé en se penchant pour inspecter les seaux des pêcheurs. La fillette était si joyeuse qu'elle se mit à pousser la chansonnette :

« Elle rencontrait madame la gardienne qui lui disait : "Bonjour, monsieur." "J'suis pas un m'sieur", répondait la petite Josette. "Ah tiens, j'aurais cru", disait madame la gardienne. »

Pendant ce temps-là, Yann interrogeait Olivia du regard et son insistance la mettait mal à l'aise. La curiosité n'était pas dans ses habitudes. Évoquer le souvenir d'Alexis non plus. Pourquoi lui avait-il donné rendez-vous pour lui parler de lui ? Avait-il une idée derrière la tête ? Même s'il ne l'avouerait jamais, elle savait qu'il redoutait un afflux de consultations avec la saison touristique. Aurait-il le toupet de lui proposer à nouveau un remplacement ?

– Alexis n'a pas prévu de revenir à Groix, l'avertit-elle, une fois la comptine terminée.

– Il te l'a dit ?

– Non, je ne le lui ai pas vraiment demandé… Je le sais, c'est tout.

– Pour la cérémonie de Jo, il viendra.

– Oui, sans doute.

Yann se doutait de quelque chose, c'était une certitude maintenant, et il lui annonça comme si de rien n'était :

– Je l'aimais bien, ce garçon.

Et Rose d'enchaîner :

– Nous aussi, on l'aime bien. Surtout Maman !

Olivia leva les yeux au ciel.

– J'aurais dû t'enregistrer, Yann… Quelle mauvaise foi !

– C'est vrai ! C'est un bon garçon, les patients m'en parlent encore. Dis-lui que s'il veut revenir, il sera le bienvenu.

– Bienvenu où ? Tu comptes lui laisser ton cabinet ?

– Euh, non… Bienvenu à Groix, pour les vacances.

Elle rit jaune. Ce vieil hypocrite, elle hésitait entre l'étriper ou l'embrasser.

– Appelle-le, alors ! Il sera ravi de l'invitation ! lui lâcha-t-elle en prenant sa fille par la main et en le laissant sur place.

41

Cette fois-ci, Alexis avait eu plus de facilité à trouver sa place au sein du trio. Il faut dire que l'accueil que lui avaient réservé Valentine et ses neveux n'avait rien à voir avec celui d'avril dernier. Quand il avait franchi la porte de l'appartement après sa croisière au large de Brest, Aurélien et Damien s'étaient accrochés à lui comme des koalas en criant « Tonton » pendant que Valentine lui ébouriffait les cheveux, charmée par sa nouvelle coupe.

– T'es beau, mon frère… et tu as l'air en pleine forme ! s'était-elle exclamée avant de baisser le regard vers l'animal qui lui grattait les jambes. Mais qu'est-ce que tu nous ramènes là ?

– Un chien ! Tonton Alexis a acheté un chien ! avaient réagi les enfants en chœur.

– Je vous présente O'Zac, il est très gentil.

– Génial ! On voulait trop en avoir un !

Valentine, qui semblait dépitée, n'avait pas voulu briser la joie des retrouvailles. Son frère paraissait transformé et rien ne pouvait lui faire plus plaisir. Une impression qui se vérifia au fil des semaines : Alexis ne restait plus englué dans cet état de sidération qu'elle avait connu. Non, cette fois, il lui donnait l'impression d'aller de l'avant. Avec de vraies envies, de vrais projets professionnels et un dynamisme redoublant chaque jour. Jusqu'à lever les enfants le matin, préparer le petit déjeuner, faire les trajets d'école, les courses, le ménage. Ce n'était pas Valentine qui allait s'en plaindre, même si elle ne pouvait s'empêcher de penser que cette énergie devait cacher quelque chose. Une inquiétude ? Un vide sentimental ? Un passé difficile à oublier ? Elle ne cherchait pas à en savoir plus, espérant qu'il s'ouvrirait à elle le moment venu. Et de ce côté-là, il y avait du progrès : son frère se montrait plus loquace et plus à l'écoute. Valentine appréciait ce temps d'échange autour d'un verre, après avoir couché les enfants. Ils semblaient désormais partager la même philosophie positive, tous les deux. Même si leur vie était loin d'être parfaite, ils avaient conscience qu'il y avait plus malheureux qu'eux et s'empêchaient de pleurer sur leur sort.

– Quand je me regarde, je me désole ; quand je me compare, je me console, lui souffla-t-elle un soir, après avoir évoqué sa solitude.

Et il ne put que lui donner raison. Sa sœur commençait tout juste à entreprendre des démarches pour se protéger du père de ses enfants. Encouragée par Alexis, elle avait d'ailleurs pris rendez-vous chez un avocat pour obtenir des conseils. Quand l'évocation de ses problèmes devenait trop douloureuse, Valentine demandait à Alexis de lui raconter ce qu'il avait le plus apprécié dans son remplacement à Groix : le contact avec les malades, la proximité qu'apportait la médecine générale, la diversité aussi, et ce lien de fidélité, nouveau pour lui. Si Yann ne lui avait pas mis des bâtons dans les roues, il lui assura qu'il y serait encore.

– Dommage, je t'aurais bien vu continuer.

– Vivre sur une île, je ne sais pas si c'est fait pour moi… Surtout après avoir fait le tour du monde, j'aurais l'impression de tourner en rond.

– Groix n'est pas si loin du continent. Et c'est bien toi qui m'as dit qu'il y avait plusieurs bateaux par jour pour faire la liaison, non ?

– La question ne se pose pas, de toute façon, soupira-t-il.

Cette expérience n'avait-elle pas eu au moins le mérite de lui ouvrir les yeux sur son avenir professionnel ? Bien décidé à s'orienter vers la médecine générale, il ne manquait aucune occasion de participer à des cours du soir avec ses collègues brestois. Peu importait le thème, tout l'intéressait. Traitement de la dépression, suivi gynécologique de routine, atelier de palpation mammaire, mise en place d'une psychologie de soutien, annonce diagnostique : les erreurs à éviter, quelques bases de l'hypnose, aspects juridiques et administratifs d'une installation en cabinet libéral, prise en charge des douleurs fonctionnelles abdominales et constipation. Valentine s'étonnait de la diversité des sujets et se demandait s'il ne se dispersait pas un peu.

– Tu n'en as pas marre des études ? Pourquoi tu ne cherches pas d'autres remplacements ?

– Pas pour l'instant… Dans l'idéal, je préférerais trouver directement une association. Travailler pour un autre, c'est trop compliqué !

– Tu comptes t'installer à Brest ?

– J'hésite justement… Ça me ferait plaisir de rester à côté de toi et des enfants, mais je me verrais bien aussi dans un cabinet à la campagne. Ou dans une petite ville au bord de la mer. J'ai bien aimé la patientèle de Groix.

– La patientèle, ou une patiente en particulier ?

– Comment ça ?

Elle le regarda avec un petit sourire en coin. Dans ses nombreuses descriptions de l'île, elle s'étonnait qu'il ne lui ait jamais parlé d'Olivia. Celle qu'il appelait tous les soirs, sans chercher à se cacher. Parfois même en visio, en déambulant dans l'appartement, comme s'il était seul chez lui. Valentine commençait à trouver gênant qu'il ne fasse pas les présentations. Surtout que leur complicité dépassait le cadre amical. Ça ne faisait aucun doute ! Jamais son frère ne s'était intéressé à ce point à la vie d'une femme. Aux détails de son quotidien. Et ce ton qu'il adoptait avec elle, à la fois préoccupé, soucieux, tendre, jamais elle ne l'avait entendu chez Alexis. C'était comme s'il se sentait responsable d'elle et de sa petite fille. Elle trouvait ça touchant. Si bien qu'un jour, Valentine provoqua leur rencontre en passant sa tête par-dessus l'épaule de son frère. La jeune femme recula soudain, surprise par cette intrusion. Olivia. Une belle brune à la peau dorée, avec de grands yeux en amande et un nez légèrement épaté. Son expression troublée confirma ce qu'elle pressentait : ces deux-là ne s'appelaient pas pour parler de la pluie et du beau temps. Ils avaient de l'affection l'un pour l'autre. Et la séparation qu'ils s'imposaient depuis plusieurs semaines lui semblait de plus en plus incompréhensible. Qui connaissait mieux qu'elle les effets désastreux de l'éloignement ? Valentine attendit quelques jours pour s'immiscer à nouveau dans leur conversation.

– Bonsoir, Olivia. Comment vas-tu ? les interrompit-elle en déboulant de la cuisine, dès qu'elle sentit une opportunité.

Nouveau mouvement de recul.

– Bonsoir, Valentine. Très bien, et toi ?

Le tutoiement lui avait paru naturel.

– Super, merci. Je voulais te demander un service. *Coup d'œil intrigué de son frère.* J'aurais bien réservé une maison à Groix mi-juillet ; mais j'ai regardé sur les sites, tout est complet ! Tu ne connaîtrais pas quelqu'un d'intéressé pour nous louer son logement ?

Alexis grinça des dents et lui murmura, si bas qu'elle fut seule à l'entendre.

– Pourquoi tu ne m'en as pas parlé avant ?

– À ton avis, gros bêta.

Olivia mit un petit temps à réagir.

– Je vais voir. Vous resteriez combien de temps ?

– Trois semaines au moins…

– Ce serait pour vous trois, seulement ?

– Je ne sais pas… Alexis, ça te dirait de venir avec

nous ? demanda-t-elle à son frère le plus innocemment possible.

– Pourquoi pas ? Au moins quelques jours. Les cours s'arrêtent à cette période.

– J'ai une chambre d'amis chez moi, ça sera un peu juste pour vous tous… Mais je peux demander à une voisine qui passe toujours l'été chez son fils.

– Formidable ! Avec les enfants, on a très envie de découvrir l'île… Alexis nous en a fait une telle description !

Olivia interrogea Alexis du regard.

– C'est vrai ?

Il lui adressa un sourire plein de sous-entendus, puis la salua en lui donnant rendez-vous le lendemain. Une fois qu'il eut raccroché, il se tourna vers sa sœur, l'air furieux.

– Toi !

– Moi ?

– T'es contente de toi ?

– Absolument… Et je suis sûre que les enfants aussi.

Il soupira.

– Tu ne changes pas. Il faut toujours que tu te mêles de la vie des autres.

– Quand je te regarde, je me désole ; quand je te compare, je me console, mais… ce n'est pas pour ça que je n'ai pas envie de vouloir plus pour toi ! Tu mérites d'être heureux, Alexis. Vraiment !

Elle enroula ses bras autour de son cou et prit un air suppliant. Le même que le chien quand il attendait sa récompense, pensa-t-il. Le même que Rose quand elle réclamait une part de tchumpôt. Il eut une moue à la fois amusée et reconnaissante. Émue aussi.

– Mon frère…

– Ma sœur…

– Qu'est-ce que tu attends pour faire tes bagages ?

42

Yann n'aimait pas mentir à son fils. Par souci d'honnêteté, mais surtout par crainte de sa réaction quand Matthieu apprendrait qu'il l'avait trompé. Il opta donc pour une demi-vérité.

– Désolé, je ne vais pas pouvoir t'accompagner à la pêche ce matin.

– Pourquoi ? Ne me dis pas que tu as calé des consultations un samedi ! On s'était mis d'accord à ce sujet.

– Non, je me fais livrer un colis dans la matinée. Ils n'ont pas pu me donner un horaire précis.

– Tu veux que je demande à Marie-Lou de le réceptionner ?

Yann avait oublié à quel point son fils pouvait se montrer coriace quand il avait une idée derrière la tête. Les chiens ne faisaient pas des chats.

– C'est gentil, mais ils ont besoin de ma signature. On reporte à dimanche ?

– Impossible, j'ai prévu de passer du temps avec Alexis et sa famille. Ils arrivent cet après-midi, tu as oublié ?

– À quelle heure déjà ?

Yann avait bien sûr l'horaire en tête mais préférait éviter de parler de sa livraison pour ne pas aiguiser les soupçons. S'il était bien question de colis, il ne s'agissait pas d'un simple paquet. Mais de toute une cargaison ! Et c'est d'ailleurs ce qui inquiéta le livreur en voyant l'espace déjà bien surchargé du cabinet.

– Où j'installe tout ça, Doc' ?

– C'est simple... On remplace tous les meubles par les nouveaux.

En l'examinant de plus près, Yann se rappela que cet homme était venu le consulter une ou deux fois. À chaque fois, dans un contexte d'urgence : pour une plaie de la main à suturer et une méchante pneumonie qui lui avait valu un aller-retour à l'hôpital. Un homme dur au mal qui n'avait pas l'habitude de se plaindre, ni de s'inquiéter de son état de santé.

– Tu veux que je déballe les cartons et que je fasse le montage moi-même ? demanda-t-il, en remarquant les difficultés de Yann à marcher.

Ce dernier, peu habitué à se faire prendre en pitié, adopta le ton directif d'un chef opérateur.

– Oui, mon garçon. Et j'ai même prévu de te payer pour ça.

– Je fais quoi des anciennes étagères, du bureau, des chaises, de la table d'examen ?

– Eh bien... Tu les embarques dans le camion !

– Et ensuite ?

– Ensuite, tu verras bien ! Une chose à la fois, mon garçon… Ne mets pas la charrue avant les bœufs !

Yann se sentait de trop. Les haies d'honneur à l'arrivée du bateau l'avaient toujours mis mal à l'aise. Comme les effusions à l'américaine dont les jeunes raffolaient. L'attroupement formé par son fils, Marie-Lou, Malo, Olivia et Rose lui semblait déjà suffisant – disproportionné même. Et il s'apprêtait à faire demi-tour quand Olivia le retint par le bras.

– N'oublie pas que c'est un peu à cause de toi si Alexis est parti comme un malpropre… Alors, rattrape-toi !

Lorsque Prozac fendit la foule de voyageurs pour courir vers lui et sauter dans ses bras, sa mine boudeuse se dérida enfin. À croire que les chiens se mettaient à la mode américaine, eux aussi. Yann chercha des yeux son remplaçant. Mais ce fut un tout autre individu qui se présenta à lui, accompagné d'une jeune femme et deux petits bruns qui sautillaient d'excitation. Un individu avec un corps d'homme et une énorme tête d'éléphant. Yann fronça les sourcils, tandis que Malo et Rose, à ses côtés, arrondissaient leur bouche, l'air médusé.

– Bonjour, tout le monde, déclara la bête. Merci d'être là pour nous accueillir.

La tête souriante d'Alexis leur apparut juste après, quand il daigna baisser l'imposante peluche qu'il tenait dans ses bras.

– Mon pote, tu sais soigner tes arrivées ! s'enthousiasma Matthieu en lui faisant une accolade. C'est digne de Disneyland !

– T'as vu ça !

Rose s'avança, intriguée, et pointa du doigt le pachyderme.

– Et lui ? C'est qui ?

– Je te laisse lui donner un nom, lui proposa Alexis en s'agenouillant pour se mettre à sa hauteur. Je l'ai ramené pour toi.

L'aîné des petits bruns se sentit obligé de préciser en remontant ses lunettes avec l'index.

– Quand Tonton l'a commandé sur Internet, il ne pensait pas qu'il serait aussi gros, gloussa-t-il. Surtout qu'il en a acheté un pour nous aussi ! Ils prenaient toute la place sur le canapé. Maman disait que l'appartement n'était pas fait pour les éléphants !

Alexis plissa les yeux en direction d'Olivia en guise d'excuse. Avec son angle de vue, Yann la vit disparaître un bref instant derrière la peluche et déposer un baiser furtif sur la bouche de son remplaçant.

– Si tu vois tout en gris, déplace l'éléphant, déclara-t-il sur un ton triomphant, sans que personne comprenne. C'est un proverbe indien, se justifia-t-il, alors que son fils levait les yeux au ciel. J'aime bien les proverbes…

Et le convoi se mit en mouvement – lentement mais sûrement – vers le village de Quelhuit : la Méhari jaune suivie de près par la deux-chevaux verte. Elle-même suivie par Alexis en vélo, tractant ses neveux et son chien dans une carriole. Olivia et Valentine avaient déjà tout planifié par téléphone : cette dernière s'installerait chez la voisine avec ses deux enfants tandis qu'Alexis occuperait la chambre d'amis ou celle d'Olivia à côté si affinités, mais personne n'avait osé l'évoquer. Ce soir, ce serait barbecue dans le jardin pour marquer le début des vacances. Les quatre enfants – qui n'avaient pas attendu longtemps pour devenir les meilleurs amis du monde – s'appliquaient déjà à déménager les jouets de Rose un peu partout dans la maison. Un joyeux désordre sur lequel les adultes préféraient fermer les yeux pour savourer pleinement l'apéro sur la terrasse. Alors que Valentine s'extasiait de la vue plongeante sur l'océan, qu'Olivia lui parlait de l'heure dorée, que Marie-Lou leur racontait sa première venue à Groix – son arrivée en bateau, son réveil à l'anse Saint-Nicolas après une nuit de navigation à vomir ses tripes –, Matthieu et Alexis, eux, refaisaient le monde en entrechoquant leurs bières.

– Tu ne restes pas manger ?

Yann pensait s'éclipser en douce, mais Marie-Lou avait levé la tête juste à ce moment-là.

– Non, désolé, je dois filer ! Amusez-vous bien…

Le fuyard n'avait pas encore franchi la porte qu'il entendit son fils plaisanter à son sujet :

– Débordé, le paternel ! Il m'a déjà planté pour une partie de pêche, ce matin.

– Tu crois qu'il nous cache un truc ? s'inquiéta Olivia.

– À tous les coups, il s'est trouvé une gonzesse !

Une remarque qui fit rire tout le monde, même l'intéressé, tellement elle était loin du compte.

Le camion n'avait pas bougé depuis ce matin ; en revanche, le cabinet était transformé. Un bureau tout neuf de médecin débutant, pensa Yann avec satisfaction. De quoi lui donner un coup de jeune, à lui aussi. En faisant irruption dans la pièce sans frapper, il fit sursauter le livreur en plein assemblage du fauteuil.

– Alors mon garçon, toujours là ?

– Houlà Doc', tu m'as fait peur ! J'ai bientôt fini, mais il m'a fallu la journée pour tout monter.

Yann désigna le camion rempli avec tout son ancien mobilier.

– Et ce n'est pas fini !

– À ce rythme, tu vas m'achever…

– Je ne t'ai pas demandé de tout faire aujourd'hui !

En détaillant l'homme à genoux devant lui – la sueur qui perlait sur son front, son teint gris, son ventre plus proéminent que dans son souvenir –, Yann prit un air soucieux tout à coup.

– J'y pense, depuis combien de temps tu n'es pas venu me voir au cabinet ?

– Deux… Peut-être trois ans ?

– Ce n'est pas très sérieux. Quand tu auras fini, je te prescrirai un bilan de routine. Et puis je te prendrai une tension.

– La rumeur n'est pas vraie, alors ?

– Quelle rumeur ?

– Comme quoi tu vas prendre ta retraite !

Yann fit un geste de la main pour le faire taire d'urgence.

– Avec un mobilier tout neuf comme tu viens de m'installer ? Tu peux leur dire, à tous, que je rempile pour au moins vingt ans !

43

Depuis quand avait-elle fermé les yeux ? Alexis s'en voulait de ne pas l'avoir remarqué. Le pouls de la fillette faiblissait sous ses doigts, mais elle était toujours vivante. Jusqu'à quand ? Des paupières qui se ferment pour toujours, c'est comme un rideau qui tombe au milieu d'une histoire, pensa-t-il. Et quand il s'agit d'un enfant, le sentiment de frustration et d'injustice paraît plus grand encore, car l'histoire ne faisait que commencer. Conscient que le sort de la fillette était déjà scellé et qu'il ne pourrait plus rien pour elle, Alexis trouva une pièce où l'installer au fond du couloir. Une petite salle d'examen, étrangement calme au milieu du chaos. Sans relâcher la pression sur son cou, Alexis allongea délicatement le petit corps ensanglanté sur la table. Le pouls ralentissait encore, marquant des pauses par moments. À l'affût de la moindre grimace, il prit le temps de détailler son visage. Ses traits détendus, l'arrondi de sa bouche. Signe qu'elle ne souffrait pas. N'était-ce pas le principal ? Si un de ses collègues l'avait surpris à ce moment-là, il l'aurait sans doute bousculé.

Dans ces situations de crise, il savait qu'il n'y avait pas de temps à perdre avec les causes désespérées. Mais c'était plus fort que lui ! Comment pouvait-il relâcher la pression ? Relâcher, c'était précipiter sa mort. C'était l'abandonner. Quand le dernier battement laissa place à l'immobilité – au silence, glacial –, Alexis sentit ses doigts trembler sur sa peau encore chaude. La rapidité avec laquelle la pâleur devenait cireuse l'étonnait à chaque fois. Mais là, il était trop ému pour réfléchir et analyser quoi que ce soit. Combien de temps resta-t-il assis à ses côtés ? Combien d'heures ? De minutes avant que la déflagration le souffle à son tour et le mette à terre ? La seule chose dont il se souvenait, c'étaient ses pensées qui se bousculaient au milieu du silence. D'un côté, le désir d'être ailleurs – dans un pays en paix où les enfants ne meurent pas dans les rues, terrassés par les bombes ; et de l'autre, l'intime conviction d'être à sa juste place. À cet instant précis, une fillette – quelque part sur cette Terre – avait eu besoin de ses bras pour mourir dignement. De son regard dans le sien pour dire au revoir au monde qui l'abandonnait. Et il comptait bien honorer sa mission jusqu'au bout.

– Alexis, tout va bien ?

La tête d'Olivia reposait sur son épaule et il se demanda depuis combien de temps elle lui murmurait à l'oreille. Son bras parcouru de fourmis lui indiqua qu'ils avaient dû rester lovés l'un contre l'autre, dans cette position, un long moment. Peut-être toute la nuit. À sa façon de le dévisager, il se dit qu'il avait dû parler dans son sommeil. Crier même. Et il tenta de la rassurer, pas encore prêt à lui raconter cette histoire.

– Tout va bien, oui… Je crois.

Au fond de lui, il se sentait soulagé d'un poids. Ce cauchemar allait-il enfin le laisser en paix, maintenant qu'il en avait accepté la fin ? Il l'espérait.

– Alors, tant mieux, dit-elle en l'embrassant, sans chercher à en savoir plus.

Y avait-il plus doux comme réveil ? Plus réconfortant ? Un face-à-face qu'Alexis aurait souhaité prolonger plus longtemps, mais en entendant les petits pas de Rose dans le couloir, il se redressa subitement.

– Mince… Faut que je retourne dans ma chambre !

– Je crois que c'est trop tard ! gloussa Olivia en découvrant sa fille au pied de leur lit, droite comme un piquet avec son éléphant sous le bras.

À son air de chipie, elle avait déjà tout compris.

– Vous avez dormi ensemble ! pouffa-t-elle – comme si c'était sujet à moquerie –, avant de bondir sur le matelas et de les écarter à coups de pachyderme pour s'allonger entre eux.

– On a dormi… en tout bien tout honneur, précisa Alexis du tac au tac, en réalisant après coup que cette expression ne voulait rien dire dans cette situation – encore moins pour une petite fille de quatre ans.

– Ça veut dire quoi, « en tout bien, tout bonheur » ?

Olivia éclata de rire.

– Je crois que Rose a trouvé sa définition.

Alexis se tourna sur le côté pour mieux les observer. Pourquoi était-il le plus gêné des trois ? Était-il le seul à trouver cette situation étonnante ? Depuis qu'il avait débarqué la veille, la grande brune et sa version miniature se comportaient comme s'il avait toujours été là. Le troisième élément de leur famille modèle. Il s'imagina qu'elles avaient dû parler entre elles, l'avaient attendu pleines d'espoir et, sans doute, nourrissaient plein de projets pour lui. Une impression gratifiante et angoissante à la fois pour quelqu'un qui n'arrivait pas à se projeter dans l'avenir. Alexis s'efforça de sourire, honteux de ne pas être plus enthousiaste. Y avait-il plus craquant au monde que ces deux minois-là ?

– Il est où, Prozac ? demanda Rose, en soulevant les draps pour voir s'il ne se cachait pas en dessous.

Alexis fit la grimace en voyant le chien foncer droit sur eux à l'appel de son nom.

– Tu ne trouves pas qu'on est déjà assez serrés comme ça ?

– Il va falloir que j'achète un plus grand lit, déclara Olivia, tout sourire, en se rapprochant dangereusement du bord pour lui laisser une place.

Mais Rose ne partageait pas cet avis.

– Prozac, dehors ! Oust !

– Pourquoi tu dis ça, ma chérie ?

– Ce chien est méchant ! Il a fait pipi sur mon éléphant !

– Pardon ?

Olivia prit un air écœuré en soulevant la peluche humide et malodorante.

– C'est vrai ! Je l'ai vu ! s'insurgea Rose, vexée qu'on mette en doute ses propos.

Et en quelques secondes, Alexis se retrouva seul au milieu du grand lit. Avec tout le monde qui s'affolait autour de lui en poussant des cris suraigus. Même le chien ! Le premier drame au sein de la famille modèle, pensa-t-il en les rejoignant dans la cuisine.

Après une séance de toilettage pachydermique, un petit déjeuner gargantuesque en compagnie des voisins – à savoir Valentine et ses deux fils –, Olivia proposa d'aller pique-niquer à Poulziorec. Une plage qui avait la fâcheuse manie de disparaître à marée haute. Et d'après Matthieu, qui avait étudié les horaires des marées la veille, l'heure de midi serait idéale pour étendre leurs serviettes. Ce dernier avait d'ailleurs prévu de les rejoindre en bateau avec Yann, Marie-Lou et Malo, jugeant la descente de la falaise trop périlleuse pour son vieux boiteux de père. Le temps de rassembler les affaires et de mettre le groupe en mouvement, Olivia ouvrit la marche en direction du sentier côtier. Il n'y avait pas grand monde à Quelhuit en ce début de saison estivale. Les vacanciers venus à la journée préférant ne pas trop s'éloigner de l'embarcadère et profiter des plages à l'est de Groix. La jeune femme, avec toutes les connaissances accumulées sur l'île ces dernières années, était devenue incollable sur l'histoire du village, la faune et la flore, et se plaisait à jouer les guides pour Valentine et ses fils.

– Ici, on préfère utiliser le nom de Poulziorec, plutôt que Tahiti Beach, expliqua-t-elle sur le chemin. Les Groisillons n'aiment pas qu'on dénature leur île avec des termes exotiques.

– Je comprends… Le trou de l'Enfer, tout de suite, ça sonne mieux !

– Ha ha ha ! Tu as tout compris, Valentine.

Cette dernière se retourna vers son frère qui traînait derrière et l'intégra à la conversation :

– Et le nom du chien, on en parle ?

– Comment ça ?

– C'est O'Zac ou Prozac ? Je n'y comprends plus rien.

Alexis adressa un sourire de connivence à la petite brune qui se tenait à ses côtés.

– Sur le caillou, c'est Prozac… « Prozac le pissou » pour les intimes, hein, Rose ?

– Ça veut dire quoi, « les intimes » ? lui demanda-t-elle en lui prenant la main.

Alexis fut troublé par ce geste qui pouvait paraître anodin. Rose s'était accrochée à lui naturellement. Pour marcher à son rythme. Ou peut-être juste parce qu'elle en avait envie. Mais c'était plus fort que lui. Une vague d'émotion venait de l'envahir. Avec la sensation nouvelle d'être important pour la fillette. Responsable d'elle, d'une certaine manière. Et il eut à cœur de lui apporter la meilleure des réponses :

– Les intimes… c'est compliqué à expliquer. Ça désigne

les personnes qui nous sont proches, celles qui comptent le plus.

Rose leva la tête vers lui, pleine d'incompréhension.

– Ça n'a rien de compliqué, alors ?

Alexis lui sourit.

– Non, tu as raison. C'est plutôt dans ma tête que c'est compliqué.

La descente s'apparentait plus à de l'escalade qu'à une simple promenade et Alexis préféra prendre la fillette dans ses bras pour franchir la barrière de rochers et atteindre le sable. Matthieu avait raison : Poulziorec se méritait. Mais quel spectacle, une fois en bas ! Une palette de bleus. Tous les bleus possibles et inimaginables. À commencer par le turquoise, irrésistible, qui donnait envie d'y plonger la tête la première. Synonyme de chaleur habituellement, celui-ci s'avérait trompeur et vous rappelait à l'ordre immédiatement. Car ici, forcément, c'était Poulziorec, pas Tahiti ! Alexis resta en retrait à l'ombre de la grotte et prit le temps d'observer tout ce petit monde. Yann descendant maladroitement du zodiac et remontant son pantalon pour ne pas le mouiller. Les enfants riant aux éclats et s'amusant à s'éclabousser. Leurs mères cherchant à les éviter, peu enclines à se faire tremper. Et Matthieu – le capitaine – toujours sur son bateau, s'appliquant à dérouler l'ancre. Un vrai spectacle de vacances, réalisa Alexis, le sourire aux lèvres. Un spectacle qui pourrait se répéter, s'il décidait de rester. Il repensa à son cauchemar. À toutes les expériences qu'il avait vécues à travers le monde. Aux choix qu'il avait faits. Au baiser d'Olivia au réveil. À la main de Rose dans la sienne. Aux intimes de sa vie. À sa juste place, à cet instant précis. À cette plage capricieuse. Unique.

– Alexis… Tu viens faire un château avec moi ?

Il sourit.

– J'arrive, Rose. J'arrive.

44

Après leur journée de travail, Yann et Alexis s'étaient donné rendez-vous à la terrasse du PMU sur la place de l'Église. La saison d'été touchait à sa fin et le Bourg retrouvait sa quiétude habituelle. Dimanche prochain, se déroulerait la cérémonie pour Jo. Plusieurs amis de Brest avaient prévu de venir, notamment Yvonne du *Gobe-mouches* et son frère Francis, Guillaume et Marie avec leur nouveau-né, ainsi qu'Anna et Gabriel. Mais ce n'était pas pour organiser ce moment solennel que les deux hommes se retrouvaient ce soir-là, ni pour parler de la pluie et du beau temps. Yann avait prévu d'aller droit au but et attendait de son jeune ami qu'il prenne de vrais engagements pour la suite – ce qu'il avait été incapable de faire jusque-là.

– Deux « Machin Mule », commanda le Doc' au serveur, sans prendre la peine de demander à Alexis ce qu'il souhaitait boire.

– Qu'est-ce que c'est ?

– Un cocktail avec de la vodka… Le vrai nom est imprononçable, paraît-il. Machin, ça sonne bien.

Alexis sourit.

– C'est le « Gobe-mouches » de l'île ?

– Oui, on peut dire ça. M'étonnerait que les insectes y survivent très longtemps ! Bon, je voulais te parler de notre organisation à la rentrée, enchaîna-t-il abruptement, peu désireux de tourner autour du pot. J'aimerais continuer à me libérer deux après-midi par semaine. Le mardi et le vendredi par exemple. Toi, j'ai pensé que tu voudrais peut-être prendre les mercredis pour la petite. Ça ne me pose aucun problème !

– Yann, je t'arrête tout de suite ! Si j'ai accepté de travailler la saison d'été, je ne me suis pas engagé à m'installer définitivement à Groix.

– Mais qu'est-ce qu'ils ont, tous les jeunes d'aujourd'hui, à avoir peur de se fixer ? Que te faut-il de plus ? Une belle femme, une magnifique petite fille, un chien, un cabinet à toi…

Alexis leva les yeux au ciel.

– Je sais tout ça.

– Alors ? Pourquoi tu t'empêches d'être heureux ? Les années filent à toute vitesse, crois-moi. Saisis ta chance !

– Je peux te prendre une taffe ? lui demanda-t-il après un temps de réflexion, les épaules basses.

Yann écarquilla les yeux, surpris par sa requête, puis lui tendit sa cigarette artisanale.

– Fais-toi plaisir, mon garçon… Finis-la, si tu veux !

Alexis fuma en silence en alternant avec quelques gorgées de ce fameux « Machin Mule », trop sucré à son goût. Un cocktail de filles, pensa-t-il. Alcool, cannabis, il était en train de filer un mauvais coton. Mais parler carrière, projets, vie future, lui faisait perdre tous ses moyens, comme s'il se retrouvait face à un mur qui l'empêchait d'avancer. Il se remémora le moment où il avait découvert son nouveau cabinet. C'était début juillet, il venait d'arriver sur l'île avec Valentine et ses neveux pour quelques jours de vacances. Très vite, la rumeur avait couru à Groix que le remplaçant allait reprendre du service pour seconder le Doc'. Yannick le livreur en avait parlé au boucher, qui en avait touché deux mots à la boulangère. Et de là, tout le caillou avait été mis au courant. De retour de congés, Olivia s'était tout de suite rendu compte que l'agencement de sa salle d'attente avait été modifié. Des chaises avaient été rajoutées ainsi qu'un bureau pour une secrétaire. Pas n'importe lequel, celui de Jo avec son grand fauteuil pivotant.

– Alexis ? Désolée de te réveiller… Tu peux me rejoindre au travail ?

– Tout de suite ? Tu as un problème ?

– Non… Enfin, j'ai peur d'avoir une hallucination. J'aimerais avoir ton avis.

En arrivant, ce dernier avait été surpris par l'expression enjouée d'Olivia. Lorsqu'elle lui avait demandé d'ouvrir la porte du local attenant – celui laissé vide jusqu'ici –, il s'était dit qu'il n'était pas encore suffisamment réveillé. La pièce – plus grande qu'il ne l'imaginait – avait été intégralement aménagée avec les meubles de Yann. Seul manquait son mur de casiers avec tous les dossiers rangés par ordre alphabétique.

– Tu étais au courant ? avait bredouillé Alexis, en s'installant à son bureau.

– Non… Mais je comprends mieux pourquoi toute l'île me parle de ta reprise.

– Yann a vraiment un problème de communication. Tu crois qu'il m'en aurait parlé ?

Alexis avait examiné les papiers posés devant lui. Un ordonnancier à son nom, avec l'adresse de son cabinet, son numéro professionnel.

– J'ai même mon propre tampon ! Tu te rends compte ?

– Si ce n'est pas une déclaration d'amour, ajouta Olivia, tout sourire.

– Ou une prise en otage… Question de point de vue.

– Ha ha ha ! Quel phénomène, ce Doc' !

En y repensant, Alexis avait été trop faible encore une fois. Encouragé par tout le monde – Matthieu, Valentine, Olivia –, il avait finalement accepté de consulter tout l'été. Seulement trois jours par semaine – nuits comprises – pour que Yann ne soit pas trop surchargé et qu'il puisse continuer – débuter plutôt – sa rééducation. Même si la patientèle avait été globalement la même – hormis quelques touristes en plus –, travailler aux côtés d'Olivia, sans un assistant qui commentait tout ce qu'il faisait, n'avait rien à voir avec son expérience précédente. Jamais il n'avouerait à son tortionnaire qu'il y avait pris du plaisir.

– Une autre tournée de Machin ! commanda le Doc', avec son autorité habituelle, en laissant Alexis réfléchir en silence et consumer son joint.

– Euh, non… Plutôt une bière pour moi.

– Ha ! Je me demandais si tu n'avais pas perdu ta langue.

– Rappelle-moi… Quels après-midi veux-tu te libérer déjà ?

– Mardi et vendredi.

Alexis hocha la tête. Et lorsqu'il leva enfin son verre pour trinquer avec son acolyte, celui-ci ne se fit pas prier.

– Au fait, je voulais te demander quelque chose… En quarante ans de carrière, t'as déjà eu peur du lundi matin ?

– Non, pourquoi ?

– J'en étais sûr.

– Tu te poses trop de questions, mon garçon !

– Je sais, répondit le buveur de bière en souriant. Mais je me soigne…

Alexis n'avait pas encore une file de groupies devant son cabinet en arrivant le matin, mais ce jour-là, il se félicita d'avoir une première patiente qui l'attendait dans la salle d'attente. Avec son fichu sur la tête et ses lunettes noires, on aurait dit une star de cinéma qui voulait rester incognito. En s'approchant, il n'eut aucun mal à la reconnaître.

– Madame Sarfati, qu'est-ce qui vous amène ?

– Oh, docteur… Je ne me sens pas bien depuis hier soir, je crois bien que je fais une poussée de tension. J'ai mal à la tête, mes oreilles bourdonnent et, par moments, j'ai des palpitants.

Elle parlait à toute vitesse sans prendre le temps de reprendre sa respiration.

– Palpitations, vous voulez dire… Suivez-moi, je vais vous examiner.

– Surtout, ne dites pas au Doc' que je suis venue vous voir, lui précisa-t-elle en s'allongeant sur la table. Il risquerait d'être vexé.

– Je vous le confirme… Yann ne comprendrait pas qu'une de ses plus anciennes patientes lui fasse des infidélités.

– Pas si ancienne que ça, docteur !

– Une tension de jeune fille, en tout cas, répondit-il en ponctuant sa phrase d'un clin d'œil. 11/8… Laissez-moi écouter votre cœur. Une fréquence bien régulière, pas trop rapide. C'est parfait, madame Sarfati !

– Je suis rassurée, docteur ! Pour vous remercier, je vous ai apporté des bottereaux. Jo en raffolait… D'ailleurs, j'ai vu l'annonce de la cérémonie dans le journal et sur la porte du cabinet. Vous pouvez compter sur ma présence dimanche prochain, ajouta-t-elle en lui tendant un sac en papier taché d'huile.

– C'est gentil.

En la voyant se camoufler à nouveau avant de sortir de son bureau, Alexis prit un malin plaisir à la raccompagner dehors et à crier pour la saluer :

– Au revoir, madame Sarfati… À bientôt, j'espère !

Jamais il n'aurait imaginé que la petite femme rondelette était capable de courir aussi vite. Les patients étaient décidément pleins de surprises, pensa-t-il, le sourire aux lèvres.

45

Yann avait pris l'habitude de faire plusieurs séries d'abdominaux entre ses consultations. Il s'allongeait sur sa table d'examen, pliait légèrement les genoux et relevait les pieds. Au début, ce simple exercice lui demandait beaucoup d'efforts mais, petit à petit, il réussissait la prouesse d'incliner son buste en avant, en essayant d'aller plus haut chaque jour. « Un, deux, trois, quatre », soufflait-il à chaque mouvement pour se donner du courage. C'est Lorraine, une patiente nouvellement arrivée sur l'île, qui les lui avait conseillés.

– C'est essentiel, docteur.

– Appelez-moi Yann.

– Yann, avait-elle répété en plongeant son regard bleu océan dans le sien. Non seulement cela affine la silhouette en gainant la ceinture abdominale. *Le Doc' avait rentré son ventre machinalement.* Mais c'est aussi bon pour le dos… Et il paraîtrait même que cela facilite le transit.

Sur ce dernier point, le médecin était dubitatif ; mais Lorraine s'était montrée particulièrement convaincante. Si bien qu'il n'avait pas tardé à suivre ses conseils. De façon bien plus assidue que ses exercices de rééducation. Jamais il n'oserait avouer à Olivia qu'il accordait plus d'importance à son tour de ceinture qu'à sa hanche rouillée. Elle n'aurait pas compris. Comment lui expliquer qu'il avait envie de plaire de nouveau ? Arrêter les aiguilles de son horloge biologique ? L'autre jour, Lorraine lui avait proposé de boire un verre après le travail. Un jus de fruits, parce qu'elle ne buvait jamais d'alcool. « Moi non plus », lui avait-il répondu en détournant la tête pour qu'elle ne lise pas le mensonge dans ses yeux. Et depuis qu'il avait accepté sa proposition, le Doc' se sentait un peu coupable. Honteux même. Était-ce bien raisonnable de répondre aux avances d'une de ses patientes ? N'était-ce pas contraire au code déontologique ? Mais comment pouvait-il rencontrer de nouvelles personnes en dehors de son travail, s'il y passait tout son temps ? Après de mûres réflexions, Yann avait finalement décidé d'honorer son rendez-vous. Si le charme opérait, il n'aurait qu'à demander à son cher collègue de reprendre son suivi. N'était-ce pas l'avantage d'être plusieurs médecins sur l'île ? Un avantage auquel il n'avait jamais pensé jusque-là.

Cet après-midi-là, en allant chercher le patient suivant dans la salle d'attente, le Doc' s'était présenté essoufflé, la sueur perlant sur son front, content de sa performance lors de sa dernière série d'abdominaux. À force, il commençait à y prendre goût.

– Bonjour, suivez-moi, annonça-t-il au couple qui le regardait avec inquiétude.

Yann ne les avait jamais vus, et leur attitude un peu guindée ne ressemblait pas à celle de sa patientèle. Plus détendue habituellement. Sans parler de leur façon de s'habiller : tailleur pour madame, pantalon à pinces pour monsieur.

– Nous venons d'emménager à Groix et nous aimerions vous prendre comme médecin référent, annonça le jeune retraité.

Une phrase qui aurait dû le faire sauter de joie. N'était-ce pas le plus beau compliment qu'on puisse lui faire ? Le prendre comme médecin référent signifiait qu'on lui faisait toujours confiance, qu'on ne le trouvait pas trop vieux pour exercer et surtout, qu'on misait sur lui pour l'avenir. Pourtant, il n'arrivait pas à se réjouir, sentant les difficultés pointer derrière l'épais dossier qu'ils venaient de poser sur son bureau, avec l'en-tête de l'hôpital de la Pitié-Salpêtrière à Paris.

– Je ne vous cache pas que nous avons déjà consulté votre confrère, le docteur Délépine, ajouta l'homme, voyant que le Doc' hésitait à lui répondre. Et qu'au vu de la pathologie de mon épouse, il nous a réorientés vers vous.

– Vraiment ? C'est étonnant. Mon jeune collègue est bien plus au fait des dernières avancées médicales que moi.

Ça lui coûtait de le dire mais il fallait qu'il riposte. Et vite ! Cela ne faisait aucun doute qu'Alexis, en les renvoyant vers lui, avait cherché à se venger. N'était-ce pas de bonne guerre, après tout ? Qu'il prenne des libertés, depuis qu'il avait officialisé son installation ?

– Je vous écoute, soupira-t-il – plus bruyamment qu'il ne l'aurait voulu.

Le mari lui tendit l'épaisse liasse de comptes-rendus classés de façon chronologique. Trop grosse pour rentrer dans un casier, réfléchit Yann en examinant le mur en face de lui.

– Alors voilà, sa pathologie est dite orpheline. Seuls dix cas ont été décrits dans le monde. Ce n'est pas grave, mais cela nécessite de réaliser un bilan sanguin tous les mois et un suivi médical très régulier…

Le Doc' examina tour à tour le mari loquace, avide de détails, et sa femme repliée sur elle-même, anormalement silencieuse. Sa mine craintive, ses traits tendus. Et il se demanda alors si la maladie orpheline était réellement son problème principal ? Si ce n'était pas l'autorité de son époux ? L'emprise qu'il avait sur elle ? En quarante années d'expérience, il n'avait pas son pareil pour cerner les gens. Leur personnalité, leur fonctionnement au sein de leur couple, de leur famille. Et en tant que médecin, il se sentait souvent démuni pour les aider. Depuis combien de temps avait-il perdu le fil de la conversation ? Le flot de paroles du mari était intarissable. Discrètement, Yann tâta la poche de son pantalon pour vérifier qu'il lui restait bien une cigarette. Alexis ne perdait rien pour attendre, pensa-t-il. S'il cherchait à le décourager et à lui faire prendre sa retraite, c'était peine perdue ! Encore vingt ans d'exercice, avait-il annoncé au livreur, et il ne plaisantait pas. Son métier, c'était sa raison de vivre. Sa motivation pour se lever le matin. Pour se coucher le soir. C'était sa façon d'interagir avec les gens. D'oser. D'avoir confiance. De se sentir à sa juste place. Plus qu'une vocation, c'était son identité. Yann serait toujours le Doc' jusqu'à sa mort. Il ne pouvait en être autrement.

– Je peux vous demander de sortir ? demanda-t-il enfin au mari, guidé par toutes ses réflexions. J'aimerais prendre le temps d'examiner votre épouse.

Car en quarante ans d'expérience, pas une seule fois le Doc' ne s'était laissé manipuler. Être médecin, c'était suivre ses intuitions en son âme et conscience. Et surtout avec son cœur. Ces qualités-là, ne les avait-il pas retrouvées chez Alexis ? Même si, au début, cela lui avait coûté de le reconnaître, ils étaient faits du même moule tous les deux. Lorsqu'il l'avait assisté pendant ces quelques jours – aussi maladroitement que possible –, le Doc' avait su qu'il pouvait mourir tranquille. Que la relève serait assurée sur l'île. Ce garçon avait beau se poser trop de questions, redouter les lundis, l'avenir, la stabilité, le bonheur en général, son regard sur les gens ne trompait pas. Le même regard qu'il posait en ce moment sur cette femme, en l'encourageant à relever le menton. Doux, concerné, et réconfortant à la fois.

46

Ce dimanche-là, le ciel avait décidé de pleurer Jo. Une bruine fine qui vaporisait la foule réunie au bout du quai, près de la plage de la Glacière. Pourtant, l'ambiance n'était pas aux lamentations. En voyant les gens discuter dans la joie et la bonne humeur, habillés simplement – en ciré coloré pour la plupart –, personne n'aurait pu deviner le motif du rassemblement. Brestois et Groisillons partageaient leurs souvenirs au milieu des casiers à homards, filets à poissons et odeurs de moules, tout en admirant la flotte de bateaux parader devant les balises verte et rouge de l'entrée de Port-Tudy. Olivia, qui avait tout orchestré, se tenait en première ligne aux côtés de Rose et d'Alexis pour admirer la ronde de zodiacs et de pêches promenades, dispersant sur leur passage des pétales de fleurs. Un spectacle que le temps ne parvenait pas à gâcher, pensa-t-elle. Au contraire, la mer était particulièrement belle sous les nuages. D'un bleu acier qui tirait vers le gris, où voguaient des centaines de petites taches multicolores. Rapidement gagnée par l'émotion, elle se serra contre

Alexis. Et dans un jeu de dominos, leurs voisins se rapprochèrent à leur tour pour finir en embrassade générale. Quand Matthieu, à la tête de la flotte, décida de regagner le port dans une fanfare de cornes de brume, tout le monde se mit en mouvement vers l'ancien abri du canot de sauvetage où la suite de la cérémonie devait se dérouler. C'étaient Yvonne et Francis du *Gobe-mouches* qui s'étaient chargés du buffet, constitué essentiellement de *pistaches-cacahouètes* – les fameuses – et de carafes remplies de cocktail maison.

– Attention ! Ça peut être dangereux quand on n'a pas l'habitude, prévint Alexis en stoppant Olivia qui s'apprêtait à se servir un grand verre avant son discours.

– Ouch ! Ça attaque la gorge.

– Pas seulement la gorge. Crois-moi !

Au même moment, Yann faisait retentir sa cuillère contre son verre pour réclamer le silence. Peu adepte des monologues, l'homme annonça qu'il allait faire passer un micro pour que chacun puisse dire un mot définissant Jo, selon eux.

– Un seul mot, précisa-t-il. Comme trouillard, par exemple.

Ce qui provoqua un rire général.

– Tricycliste, enchaîna Matthieu sur le même ton, et toute une série de qualificatifs fusa.

– Artiste, drôle, sensible, animateur, rêveur, provocateur, touchant, pêcheur, gourmand, émotif, pilier de comptoir…

– Un seul mot, ordonna le Doc', en direction d'Yvonne.

Et la tenancière protesta en braillant comme une charretière :

– Comment ça ? Pilier de comptoir, c'est un mot composé ! Pourquoi je n'aurais pas le droit ! Pilier de comptoir, c'est parfait pour Jo !

– Moi aussi, j'ai un mot composé ! intervint Marie en levant la main au fond de l'abri, et la foule s'écarta pour faire de la place à la jeune maman qui portait fièrement sa petite Elsa, lovée dans un sac kangourou. Amuseur de galerie, ça lui va bien, dit-elle, tout sourire, après avoir obtenu le micro.

Yann approuva d'un signe de tête – peu désireux de contredire les deux femmes – et déclara que c'était maintenant au tour d'Olivia de prononcer son discours. Cette dernière montra quelques réticences à monter sur l'estrade. Le ton de ce qu'elle avait écrit n'était pas aussi joyeux et elle craignait de gâcher l'ambiance.

– Vas-y, Olivia ! l'encouragea Alexis. J'ai besoin de l'entendre, ton texte.

La jeune femme se mordit l'intérieur des joues en parcourant sa feuille des yeux. Tout lui semblait ridicule : ses mots, les rires, les verres de « Gobe-mouches », la pluie qui s'intensifiait dehors, la mort de son ami. Et lorsqu'elle releva la tête, elle constata que l'assemblée regardait dans sa direction et attendait qu'elle commence.

– Pour ceux qui ne me connaissent pas, je m'appelle Olivia. Comme vous, j'étais une amie de Jo. Vous allez me dire : ce n'était pas difficile car il aimait tout le monde. Et vous aurez raison… Merci pour tous ces mots simples et composés que vous venez de prononcer, ça m'a fait du bien de les entendre. Jo, c'était tout ça à la fois. Un peu comme ses collages, il avait plusieurs facettes. Ça dépendait des jours, de l'humeur du moment. Certaines avec plein de couleurs vives, certaines très sombres aussi. D'autres un peu déchirées, cachées derrière des plus visibles… Mais mises bout à bout, toutes ces pièces formaient une œuvre unique à la valeur inestimable… Ces dernières années, je me demande à quel moment Jo a été le plus heureux. Affalé dans son fauteuil au cabinet ? Sur sa jetée en train de pêcher ? À faire le clown avec son chien à la maison de retraite ? Avec son tube de colle et ses morceaux de papier ? À vrai dire, je me demande s'il a été heureux un jour… Jo a disparu comme ça, sans prévenir. Sans dire au revoir. Je ne sais pas pour vous, mais moi, je n'ai pas arrêté de le chercher après. Comme s'il pouvait à tout moment surgir dans ma vie, me faire rire, me rapporter sa pêche, s'inviter à manger, jouer avec ma fille… Et j'ai réalisé à quel point c'était important de dire au revoir à une personne qu'on aime. J'ai réalisé que si Jo n'avait pas eu le temps ou la force de nous saluer, c'était à nous de le faire. Selon un proverbe anglais : une joie partagée est une double joie, une peine partagée est une demi-peine… Alors, apaisons notre peine tous ensemble. Rions, chantons, dansons, comme il aurait tant aimé qu'on le fasse. Car Jo était un être à part, comme vous l'avez si bien dit. Un amuseur de galerie, pilier de comptoir, profondément émotif… Merci.

Un silence cérémonieux s'installa et quelques regards

brillants remercièrent l'oratrice. Celle qui avait fini son texte avec des trémolos dans la voix et s'était rapprochée d'Alexis pour qu'il enroule son bras derrière son dos.

– Bravo, lui susurra-t-il à l'oreille. Je ne suis pas tombé amoureux de toi par hasard.

La chanson *Under the Bridge* des Red Hot Chili Peppers venait de retentir dans la pièce – une des préférées de Jo – et Olivia en profita pour lui faire répéter.

– Pardon ?

– Tu m'as très bien entendu, dit-il en l'invitant à danser.

– Je crois que je t'aime aussi.

– Je ne suis pas sûr que ça soit le moment idéal pour une déclaration d'amour, non ?

Elle sourit. C'est vrai que c'était étrange de dire au revoir à une personne et « je t'aime » à une autre, en même temps. Mais la sincérité de l'instant s'y prêtait. L'émotion aussi. Et la vie était trop courte pour remettre les choses au lendemain. Lorsqu'elle se suspendit à son cou, Olivia se sentit légère tout à coup, comme si ses pieds avaient quitté le sol. Légère d'avoir enfin dit ce qu'elle avait sur le cœur. Légère d'être aimée. Légère.

Pour se replonger dans l'histoire

avec le plaisir des papilles
cette fois,

voici
les recettes :

Le Gobe-mouches

Dans un shaker,
mélanger 5 cl de Martini,
5 cl de Rye whisky,
1 trait de Picon bière,
2 glaçons.

Machin Mule de Groix

(Recette inspirée du Moscow Mule)
Remplir un verre de glace pilée.
Ajouter 6 cl de vodka,
1 cl de jus de citron vert,
12 cl de Ginger Beer.
Décorer avec des feuilles de menthe fraîche
et 1 tranche de citron vert.

Les bottereaux de Mme Sarfati

500 g de farine
15 g de levure de boulanger
2 œufs
7 g de beurre
5 cl d'eau
90 g de sucre
30 g de sucre glace

Dans un saladier, mélanger la farine, le sucre, les œufs puis le beurre fondu.

Dans un bol, délayer la levure dans l'eau tiède puis la verser dans le saladier. Mélanger jusqu'à ce que la pâte soit homogène.

Réserver pendant une nuit à température ambiante en recouvrant le saladier d'un torchon propre.

Étaler la pâte pour obtenir une épaisseur d'environ ½ cm puis la détailler en petits rectangles.

Les plonger dans une friteuse bien chaude environ 30 secondes. Les égoutter sur du papier absorbant et les saupoudrer de sucre glace.

Les cookies aux Smarties d'Olivia

70 g de beurre mou
1 œuf
120 g de sucre
200 g de farine
½ sachet de levure chimique
100 g de Smarties

Dans un saladier, mélanger le beurre, le sucre, l'œuf, la farine puis la levure, jusqu'à obtenir une pâte épaisse homogène. Concasser grossièrement la moitié des Smarties et les incorporer à la pâte.

Former des boules de la taille d'une grosse noix et les déposer sur une plaque de cuisson recouverte de papier sulfurisé. Aplatir de la paume de la main, et enfourner 10 à 12 minutes à 180 °C (th. 6).

Sans attendre, déposer le reste des Smarties sur les cookies en les enfonçant légèrement et laisser refroidir.

Le tchumpôt de l'île de Groix

1 kg de farine de froment
3 œufs
70 g de crème fraîche épaisse
250 g de sucre vergeoise
160 g de beurre salé

Sur votre plan de travail, mettre la farine en fontaine. Ajouter les œufs et mélanger. Puis ajouter la crème et mélanger. Travailler le tout comme une pâte à pain.

Faire 2 boules, les aplatir. Déposer la moitié du sucre sur chaque pâte et la moitié du beurre en morceaux. Former 2 chaussons en soudant bien les bords. Poser chaque chausson dans un torchon ficelé comme un bonbon.

Cuire 35 minutes dans de l'eau bouillante salée d'une poignée de gros sel en laissant bien bouillir. Servir chaud, coupé en tranches.

Remerciements

Mes projets d'écriture débutent souvent avec l'idée d'un personnage. Quelqu'un de fictif, si précis dans mon imaginaire, qu'il va pouvoir me dicter l'intrigue, le décor, l'ambiance, la direction à prendre jusqu'à ce que tout devienne une évidence. Après Marie-Lou dans *Les yeux couleur de pluie*, Alexandre, Anna, Lily, Marie dans *Des matins heureux*, cette fois-ci, c'est Yann qui m'a servi de guide.

Mes sources d'inspiration pour décrire ce médecin généraliste passionné, qui retarde le moment de partir en retraite, je n'ai pas dû aller les chercher très loin. Merci papa ! Je me suis toujours dit que tu ferais un bon personnage de roman ! Depuis quarante ans, ton cabinet se trouve au rez-de-chaussée de notre maison familiale, ta salle d'attente à côté du salon. Une maison plus animée que les autres, où la sonnette de la porte d'entrée rythmait notre quotidien, où on entendait parfois des bébés crier, des gens tousser. Et inversement, tes patients avaient le loisir d'assister aux mots doux que j'échangeais avec mon frère, ainsi qu'à nos compositions de piano. « Il y a de l'ambiance ici, te faisait-on remarquer régulièrement. Ou bien, la petite Sophie a fait des progrès. » Car bien sûr, tes patients connaissent mon prénom et bien d'autres choses encore. Ils ont pris l'habitude de t'appeler Patrick, ils savent qu'ils peuvent compter sur toi. Que la porte de notre maison sera toujours ouverte – ou presque, même le dimanche en cas d'extrême urgence. Et ils te le rendent bien : le vendredi midi, tu as un paquet de galettes fraîches déposé sur ton radiateur, des légumes du jardin, des pots de confiture ou un poisson du plus grand pêcheur de brochets de la région. Dernièrement, tu as mis un écriteau dans ta salle d'attente pour les rassurer : « contrairement aux rumeurs, je ne compte pas partir en retraite ». Je suis tombée dessus par hasard, un jour où je faisais le tour du propriétaire. Et comme on dit, le hasard fait bien les choses, car il m'a donné un sujet de roman. Et il s'est trouvé que, par un étrange concours de circonstances, le sujet était aussi d'actualité à Groix au moment où j'écrivais cette histoire. On venait d'annoncer la fermeture de l'unique cabinet médical de l'île, et les habitants inquiets, à juste titre, dressaient des banderoles un peu partout pour réclamer l'installation de nouveaux médecins. Depuis, le problème a été résolu et je me devais de trouver une fin heureuse à mon histoire.

Alors merci papa !

À Pierrick, Milla, Axel et Arthur, ma tribu aux yeux couleur de pluie. À ma mère qui ferait aussi un très beau personnage de roman. Un jour, qui sait ?

À tous les libraires passionnés, les blogueurs inventifs, les amis enthousiastes. Vous vous reconnaîtrez !

À mes amis auteurs avec qui je partage ma passion : Mélissa, Lorraine, Gavin's, Julien et tous les autres…

À Katia, ma fidèle correctrice.

À Lina, mon amie, mon éditrice, ma balise verte qui m'éclaire jusqu'au mot « fin ».

À toute la maison Albin Michel : Gilles, Francis, Richard, Anna, Nathalie, Aurélie, Florence, Céline, Sandrine, Remy…

Et enfin, à l'équipe fidèle du livre de poche : Béatrice, Audrey, Zoé, Sylvie, Anne, Florence…

Pour me contacter :
sophietalmen@yahoo.fr
@sophie_tal_men
www.facebook.com/sophie.tal.men/

DE LA MÊME AUTRICE

Aux Éditions Albin Michel

LES YEUX COULEUR DE PLUIE, 2016

ENTRE MES DOIGTS COULE LE SABLE, 2017

DE BATTRE LA CHAMADE, 2018

QUI NE SE PLANTE PAS NE POUSSE JAMAIS, 2019

VA OÙ LE VENT TE BERCE, 2020

LÀ OÙ LE BONHEUR SE RESPIRE, 2021

DES MATINS HEUREUX, 2022

Retrouvez toute l'actualité des éditions Albin Michel
sur notre site albin-michel.fr
et suivez-nous sur les réseaux sociaux !
Instagram : editionsalbinmichel
Facebook : Éditions Albin Michel
Twitter : AlbinMichel

Composition : IGS-CP
Impression : Imprimerie Floch, février 2023
Éditions Albin Michel
22, rue Huyghens, 75014 Paris
www.albin-michel.fr
ISBN : 978-2-226-47022-5
N° d'édition 24779/01 – N° d'impression : 101911
Dépôt légal : mars 2023
Imprimé en France